PRAZO FINAL

STELLA RIMINGTON

PRAZO FINAL

tradução de **Elaine Moreira**

EDITORA RECORD
RIO DE JANEIRO • SÃO PAULO
2013

CIP-BRASIL. CATALOGAÇÃO NA FONTE
SINDICATO NACIONAL DOS EDITORES DE LIVROS, RJ

Rimington, Stella, 1935-
R438p   Prazo final / Stella Rimington; tradução de Elaine Barros
Moreira. – Rio de Janeiro: Record, 2013.

Tradução de: Dead line
ISBN 978-85-01-09351-6

1. Romance inglês. I. Moreira, Elaine Barros. II. Título.

12-1739   CDD: 823
                                                CDU: 821.111-3

TÍTULO ORIGINAL EM INGLÊS:
Dead line

Copyright © Stella Rimington, 2012

Texto revisado segundo o novo Acordo Ortográfico da Língua Portuguesa.

Todos os direitos reservados. Proibida a reprodução, no todo ou em parte, através de quaisquer meios. Os direitos morais da autora foram assegurados.

Editoração eletrônica: Abreu's System

Ilustrações de miolo e capa: Ricardo Cunha Lima

Direitos exclusivos de publicação em língua portuguesa somente para o Brasil
adquiridos pela
EDITORA RECORD LTDA.
Rua Argentina, 171 – Rio de Janeiro, RJ - 20921-380 – Tel.: 2585-2000,
que se reserva a propriedade literária desta tradução.

Impresso no Brasil

ISBN 978-85-01-09351-6

Seja um leitor preferencial Record.
Cadastre-se e receba informações sobre nossos
lançamentos e nossas promoções.

EDITORA AFILIADA

Atendimento e venda direta ao leitor:
mdireto@record.com.br ou (21) 2585-2002.

CAPÍTULO 1

Em seu apartamento próximo à embaixada britânica em Nicósia, Peter Templeton acordou cedo. Por alguns minutos, ficou deitado olhando as sombras horizontais na parede de seu quarto, resultado das persianas bloqueando a luz solar. Então, com um sobressalto de antecipação, lembrou-se da mensagem que recebera no dia anterior: a palavra-código de Jaghir, que o chamava para um encontro urgente. Templeton era chefe da base do MI6 em Chipre, e Jaghir era um de seus agentes mais importantes.

Havia pouco tráfego em Nicósia assim tão cedo, então, quando o sedã preto de Templeton saiu da garagem subterrânea, teve a rua só para si. Mas depois de 30 segundos, um *hatch* pequeno e batido virou uma esquina e começou a seguir de perto o sedã.

Os dois carros rumaram para o sul, por meio da velha cidade murada, como um cauteloso comboio, evitando a Linha Verde da ONU e o setor turco ao norte. Tomaram as estreitas ruas laterais, passando por antigas casas de pedra com varandas enfeitadas, altas venezianas de madeira ainda bem fechadas e lojas que ainda não estavam abertas. Dirigindo por uma passagem na antiga muralha veneziana, outrora fronteira de uma cidade muito menor, atravessaram o rio Pedieos. Os dois veículos prosseguiram com cautela, seus motoristas atentos e tensos; outro carro poderia ter seguido seu progresso labiríntico, mas não sem ser detectado.

Ao emergirem da periferia da cidade, um lugar no meio do nada cheio de prédios residenciais de concreto branco, os carros aceleraram e foram em direção às montanhas Troodos. Lentamente, a estrada começou a se elevar e se dividiu na base da serra, sua artéria principal indo para o norte ao redor da montanha, uma trilha menor seguindo em um zigue-zague tortuoso montanha acima. No gancho da junção havia um pequeno café, com apenas meia dúzia de mesas num pátio empoeirado sob um *tourathes* suspenso para bloquear o sol.

Templeton ergueu brevemente a mão do volante, numa rápida saudação ao colega, e subiu a trilha dirigindo. O *hatch* parou no estacionamento da pequena cafeteria, o motorista saiu para se sentar em uma mesa e pediu um café quando o proprietário apareceu piscando sob a luz forte. Mas os olhos do motorista observavam a estrada por onde tinha vindo. Embora mal fossem 7h e estivesse mais fresco ali que em Nicósia, a temperatura estava acima dos 30°C.

Enquanto Templeton seguia seu caminho pela traiçoeira trilha que cortava os imensos pinheiros-mansos que margeavam a encosta da montanha, ele ficou de olho no retrovisor, mas só o que conseguia ver era a nuvem de poeira levantada pelo carro. Eram apenas 5 quilômetros até seu destino, mas sabia que levaria pelo menos mais 15 minutos. Manobrou com cuidado a ladeira com suas voltas e curvas que pareciam ser infinitas, tendo vislumbres de um antigo mosteiro entre às árvores à frente, primorosamente aninhado numa ampla saliência na metade da montanha. Seus muros de blocos de silhar branco pareciam brotar da montanha, abarcando um grupo de construções, seus telhados de telha envelhecidos pelos anos, em um marrom-café escuro.

Depois da última curva na estrada, alcançou os muros e, passando por um arco, deixou o carro estacionado na base de um lance de escadas curto e íngreme. Ele subiu devagar, deixando os olhos se acostumarem à penumbra depois da ofuscante luz da encosta. No topo, num longo terraço ladrilhado em pedra branca, ele parou e olhou para a estrada por onde viera. Ao lado dele, um pórtico coberto alongava-se em uma grande capela baixa com um claustro em um dos lados, do qual vinha o som dos monges indo rezar. Isso os manteria ocupados pela meia hora que Templeton precisava para o encontro.

Sentou-se numa saliência que dava para a encosta da montanha e o vale abaixo, escolhendo um canto sob uma sombra onde o terraço se unia ao pórtico. O ar estava perfumado pelas folhas secas caídas dos pinheiros e pelo tomilho crescendo nas rachaduras das paredes. Sentado naquele lugar, podia ver a cafeteria, não muito maior do que um cisco. Enquanto esperava, o celular no bolso do paletó vibrou.

— Sim — disse baixinho. Podia ouvir o zunido das cigarras na encosta abaixo.

— A caminho. Sozinho até agora.

— Certo. Me mantenha informado.

Observou pacientemente até ver poeira subindo em pequenas nuvens na trilha bem lá embaixo, depois um ponto em movimento que se tornou um carro, um Mercedes, cinzento de poeira. O ruído dos pneus ficou mais alto conforme o carro subia apressado a trilha e depois brecava com um pequeno rangido perto do carro de Templeton.

Momentos depois, um árabe num elegante terno cinza-claro aparecia no topo da escada. Estava na faixa dos 40, era elegante e magro, o cabelo aparado curto num corte caro e, mesmo sob o calor, sua camisa estava bem passada, o colarinho impecável. Vendo Templeton, aproximou-se do canto, os olhos atentos.

— Salam aleikum, Abboud — disse Templeton ao se levantar para apertar-lhe as mãos.

Falava árabe clássico, aprendido num curso intensivo de 6 meses numa escola de idiomas nas colinas além de Beirute, depois aprimorado até a fluência em 20 anos de trabalho no Oriente Médio.

— Aleikum-as-salam — respondeu o homem chamado Abboud, depois mudou para o inglês. — Estamos sozinhos, presumo.

— Completamente — disse Templeton. Deu um pequeno sorriso e indicou a capela com a cabeça. — Os irmãos estão todos em oração.

Sentaram-se na saliência e Abboud espreitava com desconfiança a encosta. Templeton disse:

— Deve ter algo importante para me contar.

O próximo encontro não aconteceria senão em um mês, mas a mensagem de Abboud — Jaghir — fora inequivocamente urgente.

— Tenho — disse Abboud.

Tirou uma cigarreira do bolso, oferecendo-a a Templeton, que meneou a cabeça. Acendendo um Dunhill com um isqueiro dourado, Abboud inalou fundo, depois soprou fumaça numa comprida nuvem branca acima da saliência. A 100 metros, um francelho caçador pairava alto sobre a encosta da montanha, as asas se agitando ligeiramente para estabilizá-lo no movimento das correntes de ar quente.

— Estive em Damasco na semana passada. Tibshirani me chamou.

Templeton assentiu. Tibshirani era o vice-diretor da Idarat al-Mukhabarat, um dos serviços secretos mais temidos da Síria, e superior direto de Abboud. Era um homem que misturava sofisticação intelectual (foi estudante de pós-graduação de Berkeley, na Califórnia) e brutalidade campesina.

— O que ele queria?

— Andamos tendo problemas com os turcos. Prenderam um dos nossos agentes no mês passado em Ancara. Poderia trazer consequências, especialmente aqui em Chipre. — Deu outra baforada no cigarro. — Mas não é por isso que quis vê-lo. Jantei com Tibshirani na minha segunda noite. No antigo quartel. Nada de esposas, embora houvesse outras mulheres como entretenimento. — Ele exibiu um breve e vacilante sorriso. — Depois Tibshirani começou a falar sobre outra operação. Pensei que estivesse apenas bêbado e sendo indiscreto, conheço-o desde que entrei para o Serviço Secreto, mas na manhã seguinte, em seu escritório, ele me inteirou formalmente do caso.

Ficou quieto por um instante, olhando para o pé da montanha, depois se levantou para ter uma visão melhor. Satisfeito por não haver movimento na trilha, sentou-se novamente na saliência, atirando o cigarro no chão e esmagando-o com o salto do mocassim franjado. Então disse:

— Você ouviu falar dessas conversas entre meu país e os americanos.

— Sim — concordou Templeton. Era um ponto delicado em Whitehall, já que os britânicos foram excluídos das discussões.

— Todos pensam que não vão chegar a lugar nenhum. Sem o envolvimento de Israel, dizem, os americanos não podem chegar a nenhum acordo. Se o fizerem, o lobby judeu vai bloqueá-los no Congresso. É o que a mídia diz, de todo modo.

Aquilo era verdade. O entusiasmo original de que os dois governos hostis estavam realmente dialogando entre si fora aos poucos abrindo espaço para um cinismo difundido de que nada de grande importância surgiria das reuniões "secretas" sobre as quais o mundo inteiro já sabia.

Abboud puxou um dos punhos da camisa e fitou o árido vale em direção a Nicósia. O francelho estava então mais baixo no céu, planando pacientemente sobre a escarpa, feito um cão de caça trabalhando num campo. Ele disse:

— Eu aviso, meu amigo, que desta vez os rumores estão errados. Dessa vez as conversações podem levar a algo: o governo em Washington parece determinado a quebrar finalmente o impasse no Oriente Médio, mesmo que isso signifique desafiar Israel. Eles querem um legado e escolheram criá-lo assim.

"Era por isso que Abboud tinha pedido um encontro urgente?", imaginou Templeton. Era algo bem interessante, mas dificilmente valia o risco que cada homem havia assumido para ir até ali.

Percebendo a impaciência de Templeton, Abboud ergueu uma das mãos em gesto apaziguador.

— Não se preocupe... Estou chegando à questão. Não quero ficar aqui por mais tempo do que necessário. — Olhou para o relógio, uma faixa dourada que cintilava no sol pungente que ainda se erguia. — Em dois meses haverá uma conferência internacional na Escócia. Deve saber disso. Ainda não atraiu muito interesse porque só moderados aceitaram participar. Mas meu governo quer progresso. Precisamos de um acordo para a estabilidade de nosso país. Então decidimos participar. Farei parte da nossa delegação, razão pela qual Tibshirani me contou a história. — Ele ergueu os olhos para o céu.

— Que história?

— Temos informações de que certas pessoas estão trabalhando para abalar o processo. Sabemos de dois indivíduos que estão agindo para impedir qualquer solução pacífica ao impasse atual. Eles pretendem manchar o bom nome da Síria e assim destruir qualquer confiança na conferência.

— Como vão fazer isso?

— Não sei. Mas posso dizer, meu amigo, que se forem bem-sucedidos, acontecerá um banho de sangue na região.

— Sabem quem são, quem os comanda?

— Sei que têm ligações com seu país, e sei seus nomes. Mas Tibshirani não sabe quem os controla. Não acha que sejam os britânicos. — Ele sorriu, um brilho de dentes brancos à luz do sol. Então deu dois nomes a Templeton, recitando cada um duas vezes, bem devagar, para garantir que não houvesse mal-entendido. Nada foi anotado por nenhum dos homens.

— Certo — disse Templeton, tendo memorizado os dois nomes. — De onde veio esta informação?

— Isso não posso dizer. — Abboud riu quando viu a irritação se espalhar pelo rosto de Templeton. — Mas só porque eu mesmo não sei. Acredite, não compensa tentar descobrir; já sei mais do que deveria. Acredito que seja verdade, assim como Tibshirani. Mas ouça; é o que mais importa. Estas pessoas, estes dois indivíduos que estão trabalhando contra nós: meus colegas vão agir contra eles antes que possam causar algum mal.

— Agir?

Abboud apenas assentiu. Ambos sabiam muito bem o que aquilo significava.

— Quando eles vão "agir"?

— Em breve, muito em breve. Vai ser no Reino Unido. Secretamente. Então não se saberá quem agiu. Meu lado não quer que nada abale esta conferência. Vemos que a Síria tem muito a ganhar. Esperamos recuperar nosso país dos invasores israelenses. Então meus superiores consideram que a ação contra estas pessoas vale o risco, se mantiver a conferência viva. Pessoalmente, temo que cause o efeito oposto caso cometam um erro, por isso estou contando a você. Mas agora devo ir — disse Abboud, levantando-se.

Templeton ficou de pé também, olhando para a encosta lá embaixo. O francelho não estava mais circulando; devia ter encontrado sua presa.

CAPÍTULO 2

Liz Carlyle não estava no melhor dos humores quando o táxi parou enfadonhamente em um congestionamento na Trafalgar Square. Tinha passado a manhã no Central Criminal Court, o Old Baley, apresentando evidências no julgamento de Neil Armitage, um cientista que fora preso no Café Rouge em St. John's Wood, no ato de entregar uma pasta de documentos da mais alta confidencialidade a um agente da inteligência russa.

Era sua primeira vez como testemunha em um tribunal, uma experiência que raramente acontecia com agentes do MI5, embora agora, com as frequentes prisões de terroristas, fosse mais comum. Liz não gostara nem um pouco da situação. Ficava mais feliz quando usava seus talentos analíticos e intuitivos para compreender uma informação complicada — trabalhando para compilar o caso que levava às prisões. A Sala de Audiências nº1 no Old Baley não era seu ambiente natural, e ela a considerou surpreendentemente estressante.

Sabendo que sua identidade e aparência seriam preservadas, ela esperava ficar sentada por trás de algum tipo de tela. Em vez disso, o tribunal foi esvaziado da imprensa e do público, e Liz saiu de uma porta nos fundos direto para o banco de testemunhas, onde ficou encarando diretamente o acusado no banco dos réus. Embora não soubesse seu nome, ele sabia que estava ali em grande parte por causa do trabalho dela. Sentiu-se uma atriz saindo dos bastidores para o palco, sem um roteiro, exposta e sem ter controle da situação. Para alguém habituada a trabalhar nas sombras, foi uma experiência enervante.

Então não ficou muito satisfeita quando, logo após se recuperar com um café forte e as palavras cruzadas do *Guardian*, seu chefe, Charles Wetherby, ligou para pedir que ela fosse representar o serviço numa reunião em Whitehall.

— É sobre a conferência de paz no Oriente Médio que acontecerá na Escócia — dissera ele.

— Mas, Charles — protestara —, não sei praticamente nada a respeito. O pessoal da segurança preventiva não está cuidando disso?

— Claro. Eles andam trabalhando nisso há meses e estão com tudo sob controle. Mas não há ninguém disponível para nos representar nesta tarde. Não se preocupe. Não há nada para ser decidido na reunião. O Ministério do Interior a convocou no último instante para que pudessem demonstrar que estão no comando, antes que o ministro do Interior vá ao Gabinete amanhã. Sabia que você já havia saído do tribunal e estava por perto, então a indiquei.

"Muito obrigada", pensou Liz com lástima, "por jogar esta sobre mim depois da manhã que tive". Mas, apesar de estar irritada, não conseguia ficar zangada com Charles por muito tempo. Trabalhou com ele por boa parte de seus dez anos no MI5, e ele era tudo o que ela admirava — calmo, sensato, profissional e despido de vaidades. Fazia com que as pessoas se sentissem parte de uma equipe comprometida, trabalhando com ele tanto quanto para ele. Era mais do que admiração, ela precisava admitir a si mesma. Sentia-se extremamente atraída por Charles e sabia que ele se importava com ela também. Mas era uma afeição velada, um fio invisível que nenhum dos dois reconhecia. Charles era um homem honrado — uma das razões pelas quais o admirava — e era casado com Joanne, que estava muito doente, talvez em estado terminal. Charles, ela sabia, nunca pensaria em abandoná-la, e Liz nunca poderia respeitá-lo se o fizesse.

Enquanto isso, Liz, aos 35, não estava ficando mais jovem e uma série de relacionamentos insatisfatórios não era o que queria. Por que permitira se apaixonar por alguém tão indisponível?

Então ali estava ela, presa num táxi, possivelmente atrasada para uma reunião sobre algo que pouco conhecia e, ainda por cima, provavelmente prestes a ficar ensopada, refletiu, enquanto nuvens baixas começavam a depositar suas primeiras gotas de chuva no para-brisa do táxi. "Típico", pensou; o verão fora atipicamente seco e ela não trouxera um guarda-chuva.

Mas Liz não era alguém que ficava deprimida por muito tempo. Havia muitos aspectos de seu trabalho que considerava realmente fascinantes. E quando, como era o costume no tráfego de Londres, o congestionamento subitamente sumiu e o táxi prosseguiu, seu humor melhorou, e, ao ser deixada a meio caminho da Whitehall, diante da porta do Escritório do Gabinete, ou seja, a tempo para a reunião, sentia-se realmente animada.

Uma ampla mesa quadrada dominava a sala de reuniões do primeiro andar, que teria uma bela vista dos jardins da Downing Street caso as janelas não estivessem obscurecidas por cortinas amareladas de tela resistente a impacto. *Isso é bom*, pensou Liz, lembrando da granada de morteiro que aterrissou no gramado dos fundos, disparada na década de 1980 pelo IRA do teto de uma van estacionada a menos de 400 metros dali.

— Sugiro começarmos agora — disse o funcionário sênior do Ministério do Interior, numa voz seca que deixava claro que presidira inúmeras reuniões como aquela. Liz não tinha prestado atenção ao nome quando ele se apresentou e agora, encarando seus traços insípidos e desinteressantes, mentalmente o nomeou de "Sr. Anônimo". — Como todos sabem, a conferência de Gleneagles acontecerá em 2 meses. Descobrimos recentemente que, ao contrário das expectativas, todos os principais participantes provavelmente comparecerão, o que, claro, aumenta em muito o nível das questões de segurança. Acredito que todos os departamentos e agências representados aqui já estão em contato entre si e com os aliados. — E aqui o Sr. Anônimo apontou com a cabeça para dois homens, obviamente americanos, sentados diante de Liz no outro lado da mesa. — O objetivo desta reunião é enfatizar a importância que o ministro do Interior e o primeiro-ministro dão ao sucesso da conferência. É vital que nada ocorra para interrompê-la. Os ministros acham, e acredito que seus colegas em Washington concordam, que esta conferência, visto o amplo comparecimento, representa a primeira possibilidade real de um avanço fundamental na região.

Enquanto o Sr. Anônimo continuava com suas observações, Liz observou a mesa discretamente. Ele não tinha se preocupado, enquanto presidente da reunião, em começar com a usual cortesia de permitir que todos à mesa se apresentassem, então ela ficou se divertindo ao tentar desvendar quem era cada um. Um vice-comissário da Polícia Metropolitana — vira a foto dele no jornal, embora nunca o tivesse encontrado — estava sentado próximo a um homem que ela também julgava ser um policial, provavelmente escocês. Depois havia os dois americanos. Deviam ser da base londrina da CIA; não pareciam do FBI e, de qualquer forma, ela conhecia a maioria das pessoas do FBI na embaixada. Um deles usava óculos com armação de tartaruga, um terno de verão caqui e uma gravata listrada que gritava Ivy League. O outro, mais velho que seu colega, era um homem robusto e calvo, que aproveitou uma pausa nas observações do presidente da reunião para dizer:

— Sou Andy Bokus, chefe da base em Grosvenor. — CIA, como ela suspeitava. Falava numa voz baixa e monótona. "Como um vendedor de carros do Meio-Oeste num filme", pensou Liz.

— E este é meu colega, Miles Brookhaven. Até o momento, não recebemos nenhuma informação negativa específica relativa à conferência.

Liz reprimiu um suspiro. Qual era o problema de tantos americanos? Encontrados informalmente, podiam ser as pessoas mais amigáveis e menos pretensiosas do mundo, mas bastava colocá-los no palco para que se transformassem em robôs.

Bokus continuou:

— As comunicações com o FBI prosseguem. Até agora, também negativo. Um representante da agência comparecerá em alguma reunião futura. — Ele fez uma pausa. — Pode ser que o Serviço Secreto também compareça.

— Sério? — perguntou um homem alto de cabelo cor de areia, recostando-se languidamente na cadeira.

"Oh, Deus!" Era Bruno Mackay, um oficial da MI6 com que Liz já tinha se deparado antes. Não o encontrava havia vários anos, mas ele não mudara nada durante o meio-tempo. O mesmo bronzeado forte, o nariz e a boca esculpidos, o terno bem cortado que exibia elegância. Mackay era astuto, charmoso e irritante em igual medida — e também, pela experiência de Liz, profundamente desleal. Ele a pegou observando-o e devolveu o olhar com distanciamento frio e profissional até dar uma inegável piscadela e seu rosto se abrir num grande sorriso.

Ignorando-o, Liz voltou sua atenção para o resto da mesa e percebeu que a interferência de Mackay parecia ter irritado Bokus, que estava então calado e olhando feio para o presidente da reunião. Pigarreando, o Sr. Anônimo observou em tom de confidência:

— Embora não seja de amplo conhecimento, mesmo entre os departamentos e agências, e eu peço a todos que guardem esta informação desde agora, há uma grande possibilidade de que o presidente compareça à conferência.

"Bem, talvez haja uma chance de avanço afinal", pensou Liz. O presidente certamente não compareceria se fosse apenas mais uma cúpula inútil. Como se para confirmar que daquela vez se tratava de algo diferente, a porta se abriu e um homem entrou, andando rapidamente até a cadeira de presidente da reunião.

Ele parecia familiar para Liz, que ficou confusa por um instante até perceber o porquê. Era Sir Nicholas Pomfret. Nunca o vira pessoalmente, mas o reconheceu das muitas aparições na televisão e na imprensa. Uma figura sombria, careca e de pele escura, com sobrancelhas cor de carvão, nariz aquilino e olhos inteligentes e sagazes, ele era um quase lendário Sr. Faz-Tudo político. Mas ele também possuía um sólido núcleo de experiência governamental; por muitos anos fora funcionário no Ministério do Interior, antes de se tornar conselheiro político sênior dos últimos primeiros-ministros, com exceção de um.

Havia deixado o governo, tornando-se primeiro diretor-executivo, depois presidente de um proeminente banco de investimentos. Mais tarde, após a eleição do novo primeiro-ministro, ele retornou ao número 10 da Downing Street. O primeiro-ministro o enviara para muitas missões no exterior como seu embaixador pessoal — amenizando os humores eriçados dos sauditas quando um acordo armamentista foi ameaçado por causa da hostilidade da imprensa do Reino Unido, ajudando várias empresas britânicas em dificuldades a fazer negócios em Hong Kong, sob controle chinês.

Mais recentemente, fora nomeado o novo *major-domo* da segurança, reportando-se diretamente ao primeiro-ministro. Sua indicação havia causado burburinho quando anunciada, já que era um veterano político e não um profissional da segurança. Mas sua vasta experiência no Ministério do Interior significava que ele conhecia os detalhes tanto dos serviços de polícia quanto de inteligência, e seu status como conselheiro pessoal do primeiro-ministro significava que tinha influência com dirigentes de governos estrangeiros, então agora ele era em geral aceito como uma boa coisa no mais fechado dos mundos: a comunidade da segurança.

Sua presença naquela reunião sugeria uma urgência. Liz se descobriu sentada um pouco mais ereta quando, após um aceno de cabeça do presidente, Sir Nicholas começou a falar.

— Desculpem-me por perder parte da conversa, mas acabei de falar com o primeiro-ministro. Uma das coisas que estávamos discutindo era essa conferência, e eu gostaria de dizer algumas palavras antes que fossem embora.

Ele fez uma pausa dramática, sabendo que tinha a atenção de todos.

— Há um mês qualquer um poderia ser perdoado por considerar a perspectiva de outra conferência sobre o Oriente Médio distintamente... como não promissora. Só com os participantes de costume engajados, era difícil ver como se alcançaria qualquer progresso. Hoje, contudo, estou muito satisfeito em dizer que as coisas mudaram. Parece imensamente provável, graças ao prolongado e intenso lobby do Governo de Sua Majestade, do qual tenho o privilégio de fazer parte, que *todos* os grupos relevantes ao conflito no Oriente Médio provavelmente estarão em Gleneagles. Israel, Jordânia, Síria, Líbano e até Irã demonstraram a intenção de participar.

"Ele está se deleitando com isso", pensou Liz, apesar de não haver dúvida da importância do da qual ele estava dizendo.

— Gleneagles pode ser o avanço do qual tão desesperadamente precisávamos. É uma ótima oportunidade, mas, se fracassar, não haverá outra iniciativa de paz tão cedo. Tenho certeza de que a seriedade do que estou dizendo é clara a todos nós. É por isso que estou aqui. Devo dizer com extremo sigilo que recebemos recentemente algumas informações, informações altamente confidenciais, de que será feita uma tentativa de abortar a conferência, possivelmente antes mesmo que comece. Não posso ser mais preciso do que isto no momento; a informação é vaga, mas altamente confiável. Aquelas agências que necessitam saber serão informadas mais detalhadamente por nossos colegas do MI6. Posso assegurar que a ameaça é real. *Nada* deve sabotar as conversações. Obrigado por seu tempo. — Ele se levantou. — Agora devo voltar.

Mais tarde, quando a reunião terminou, Liz olhou pelo canto dos olhos para Bruno, que estava reclinado na cadeira, parecendo imensamente satisfeito. Não era difícil adivinhar o porquê. Como é típico, pensou ela, alimentar o topo da inteligência para conseguir maior impacto dramático, em vez de informar os colegas da maneira normal.

Seguindo para o andar inferior, passando pelas familiares portas de vidro e saindo para a Whitehall, Liz se viu na companhia do mais jovem dos homens da CIA, o da Ivy League com óculos de tartaruga e gravata listrada. Andara chovendo e havia várias poças no chão. Ele vestia uma capa de chuva da Burberry que parecia absurdamente nova.

Sorrindo, ele estendeu a mão.

— Miles Brookhaven — disse numa voz macia, o sotaque da região do Médio Atlântico. O tráfego da tarde era leve e havia um amplo calçamento disponível. — Indo nesta direção? — perguntou, indicando os portões do prédio da Guarda Montada, 20 metros adiante na Whitehall.

Não era sua intenção, mas ela se pegou refletindo que poderia muito bem voltar para Thames House tanto atravessando a Horseguards Parade quanto descendo a Whitehall e se envolvendo nas complicadas travessias ao redor do Parlamento. Seguiram juntos para os portões, passaram pelas sentinelas nas vigias e saíram pela arcada escura para a luz do sol refletida no saibro vermelho do chão da área de revista das tropas.

— Esse Sir Nicholas — disse Brookhaven apreciativamente. — Ele é o que vocês chamam de mandarim?

Liz riu.

— Especificamente falando, um mandarim é um funcionário público. Ele já foi um mandarim, mas agora tem um perfil próprio, hoje em dia é um político.

Brookhaven estava andando depressa. Com um pouco menos de 1,80m, era magro e de aparência atlética. Parecia deslizar sem esforço sobre a calçada e, apesar de não ser preguiçosa, Liz achou difícil acompanhá-lo. Pelo canto do olho, enquanto cruzavam o saibro, viu Bruno Mackay tomando o assento do motorista de um carro de aparência impressionante. Como ele tinha conseguido um dos passes especiais que davam direito a estacionar ali? Na verdade, como havia chegado lá fora tão rápido?

— O que acha do que ele disse?

— Sir Nicholas? — Liz deu de ombros. — Ah, acho que temos que confiar na palavra dele, pelo menos por enquanto. Sem dúvida o Seis vai repassar a informação quando esta for avaliada. Não há nada que nós ou qualquer um possa fazer até sabermos mais. — Ela mudou de assunto. — Há quanto tempo trabalha aqui?

— Há apenas dois meses — disse ele, antes de acrescentar rápido —, mas conheço bem a Inglaterra. Em minha escola havia um programa de intercâmbio com uma escola daqui. Foi uma época adorável e voltei com frequência.

Adorável não costumava ser a palavra favorita de um homem americano. Brookhaven era um anglófilo, pensou Liz, e estava feliz em demonstrar isso. Eles eram sempre rápidos em afirmar que conheciam o lugar.

— Que escola? — perguntou.

Eles tinham alcançado a esquina da Birdcage Walk com Parliament Square. Brookhaven apontou quase que diretamente à frente.

— Bem ali. Westminster — respondeu. Eles pararam. — Eu sigo por aqui — acrescentou ele, apontando para a Birdcage Walk.

— Certo. Vejo você outra vez, sem dúvida.

— Espero que sim. — Ele sorriu brevemente e distanciou-se andando.

Liz pretendia contornar a Queen Elizabeth Hall e depois seguir em diagonal na direção da esquina oposta da praça, mas teve um impulso e foi em frente, passou pela Abadia de Westminster e cruzou o arco para o grande pátio da Westminster School. No campo diante dela, um grupo uniformizado de adolescentes de 15 anos brincava casualmente com uma bola. Do seu ponto de vista, havia algo de absurdamente elegante na cena, algo que ela sabia que nunca poderia entender ou gostar.

Sentindo-se de certa forma fora de lugar e de época, atravessou o pátio, saindo pelo minúsculo portão na extremidade oposta para o labirinto de casas do século XVIII iluminado pelo sol que a levou para o lado oposto da Câmara dos Lordes e a sebe longa e acobertadora de um pequeno parque, conveniente para que pares do reino e membros do parlamento tomassem ar. Lembrou-se da fatídica tarde em que se sentou num daqueles bancos com Charles Wetherby e tentou relatar com calma a descoberta de que a coisa que ele mais temia — um traidor trabalhando em meio a eles — era real. Ele havia aceitado a notícia com aparente calma, mas ela sabia o quanto ele devia ter ficado abalado.

Estava pensando nisso quando um carro parou abruptamente na rua, bem próximo a ela. Era o Mercedes 450 conversível — um modelo esportivo rebaixado, prateado, com uma espantosa capota na berrante cor de ketchup — no qual tinha visto Bruno Mackay entrar na Horseguards Parade.

Seu coração afundou ao observar o vidro do assento do carona baixar. O motorista se inclinou.

— Quer uma carona? — gritou ele.

— Não, obrigada — respondeu ela, da forma mais animada possível. A única maneira de lidar com aquele homem, conforme ela havia aprendido, era deixar claro que nada do que ele dizia importava.

— Ora, Liz, relaxe. Vou passar bem na frente do seu prédio.

— Vou andando, Bruno — disse com firmeza, enquanto uma van começou a buzinar em protesto pela demora. — Vá em frente. Se ficar aqui por mais tempo, vai ser preso.

Ele deu de ombros.

— Como quiser. Mas não pense que não vi você lá atrás se associando ao inimigo. — Ele disse aquilo com a censura zombeteira de um diretor de escola.

— Bobagem — disse Liz, tentada a usar uma palavra mais forte. — Miles Brookhaven não é o inimigo. Ele e eu temos um "relacionamento especial". — E saiu andando, certa de que, pelo menos uma vez, havia deixado Bruno sem palavras.

CAPÍTULO 3

Naquela manhã, o reverendo Thomas Willoughby tinha esperança de que chovesse. Naquele ano, durante a inundação em maio, havia desejado nunca mais ver chuva outra vez. Mas agora, no meio do verão, a grama tinha murchado e morrido, amarelada pelo calor e pela seca, e a retorcida macieira diante do pátio da igreja parecia sofrida, seu carpete de frutas caídas murchas e picadas pelas pairantes vespas.

Quando se mudou de sua paróquia numa aldeia de Norfolk para a St. Barnabas, às margens da cidade de Londres, Willoughby temeu pelo pior — trânsito e barulho intermináveis, mendigos, uma cultura secular que não teria tempo para sua religião. Porém, St. Barnabas fora uma surpresa. Transformara-se num refúgio do acelerado mundo urbano. Construída por um estudante anônimo de Hawksmoor, a igreja possuía a graça barroca do mestre e um altaneiro pináculo característico. Ficava pertinho da agitação do antigo mercado de carne de Smithfield e dos impulsionantes aço e vidro do maior mercado financeiro do mundo.

Mas a igreja não figurava em nenhum mapa turístico e só era visitada pelos *aficionados* ocasionais, que consultaram um pesado guia de arquitetura. Era quase intencionalmente obscura, fincada no fim de uma ruazinha lateral de casas geminadas do século XVIII, ainda não reformadas.

— Um pouco esquecida, na verdade — dissera o responsável anterior na primeira visita de Willoughby, apontando depois o pequeno cemitério num canto do adro. — Está lotado desde a época vitoriana. Esta é uma cerimônia que você não precisará conduzir.

Como qualquer igreja urbana, a St. Barnabas ficava trancada à noite. Aproximando-se da porta da sacristia, o reverendo Willoughby ainda buscava pelas chaves quando notou que a porta já estava aberta. "Outra vez não", pensou ele, com poucas esperanças. A igreja fora arrombada no outono anterior — a caixa de coleta roubada, junto com um jarro de prata que fora deixado no vestíbulo. Pior, pensou, fora o vandalismo: dois altos-relevos de bronze suspensos na parede do altar-mor foram atirados ao chão, suas molduras quebradas em pedacinhos; uma das ornamentadas placas memoriais de família foi bem danificada com um golpe de martelo; e — ele estremeceu de indignidade — excremento humano depositado num banco.

Entrou apreensivo na sacristia, confiante de que os intrusos há muito teriam partido, mas preocupado com a destruição que teriam deixado para trás. Então ficou surpreso ao descobrir o cômodo intocado — a caixa de coleta (agora mantida vazia) em seu devido lugar, as batinas penduradas em seus ganchos; até os artigos de Comunhão acomodados no guarda-louça aparentemente intacto.

Ainda ansioso, passou com cautela pelo coro, temendo o que poderia encontrar. Mas não, o altar permanecia ileso, seu mármore branco brilhando num raio de luz solar, e o púlpito de madeira delicadamente entalhada parecia imaculado. Ergueu os olhos e, para seu alívio, percebeu que o vitral no altar-mor ainda tinha suas vidraças. Willoughby olhou ao redor, perplexo, procurando sinais de um intruso. Não havia nada.

Porém, havia um cheiro no ar, leve a princípio, depois mais forte conforme ele descia pela passagem central até a frente da igreja. Algo pungente. Peixe? Não, mais parecido com carne. Mas os dias de Smithfield como mercado de carne tinham terminado. O lugar estava sendo convertido em pequenos apartamentos. E o cheiro era de carne apodrecendo. Eca. O odor se intensificava enquanto ele examinava os bancos dos dois lados da passagem, todos intactos, os genuflexórios devidamente presos às costas dos bancos de madeira, os hinários nas prateleiras baixas de cada fileira.

Intrigado, caminhou até a porta da frente da igreja. Erguendo a pesada barra de ferro que trancava a maciça porta de carvalho por dentro, abriu-a, deixando a luz inundar a nave. Foi quando se virou, piscando por causa da súbita claridade hostil, que viu algo estranho. Estava perto da grande caixa de madeira (originalmente um baú de vestimentas, ele sempre supôs) no qual os hinários sobressalentes eram guardados. Duas ou três vezes por ano — no Natal, ou para a cerimônia em memória de algum dignatário local —, a igreja ficava lotada, e então aqueles livros eram colocados em uso. Mas agora estavam num monte desordenado nas pedras de calçamento cinzentas.

Contornou cautelosamente a pilha, enrugando o nariz devido ao cheiro, que era quase opressor. Hesitou diante da caixa;

pela primeira vez os dedos frios do medo tocaram-lhe a espinha. "Confie no Senhor", disse a si mesmo, enquanto com as duas mãos erguia lentamente a pesada tampa de carvalho.

Viu-se olhando para o rosto de um rapaz — um rosto branco, talvez inglês, na faixa dos 20 anos, com finíssimo cabelo loiro penteado para trás. Seria um rosto convencional, perfeitamente comum, exceto que os olhos se projetavam como os de um macabro papagaio e a boca estava num vinco de agonia, lábios bem esticados e apertados sobre os dentes. Os tendões da garganta contraíam-se sob a pele como cordas retesadas. Não havia dúvida: ele estava morto.

Enquanto Willoughby recuava, horrorizado e apavorado, viu que as pernas do homem estavam dobradas, presumivelmente para comprimi-lo no baú. Os joelhos estavam unidos, erguidos quase até o pescoço, presos por um emaranhado de corda que circundava a garganta, depois passava pelas costas e se enrolava novamente às pernas. O homem fora amarrado como uma galinha, mas como as mãos estavam segurando uma das pontas da corda, parecia que ele mesmo tinha se amarrado. Se era assim, quem o colocara na caixa?

CAPÍTULO 4

No quarto andar da Thames House, no departamento de contraespionagem, Liz estava contando a Peggy Kinsolving as experiências do dia anterior no Old Baley.

— Nossa, felizmente foi você, não eu — disse Peggy, estremecendo. Ela também executara um papel-chave na investigação que levara Neil Armitage ao tribunal.

Já fazia mais de um ano que a jovem funcionária fora transferida do MI6 para o MI5. Depois de deixar Oxford com uma boa formação acadêmica em inglês e vagas ambições eruditas, Peggy conseguiu emprego numa biblioteca particular em Manchester. Lá, com poucos visitantes usando o local, ficara livre para seguir com suas próprias pesquisas, o que pensava desejar fazer. Mas os dias e noites solitários logo a enfastiaram e quando, fortuitamente, soube de um cargo de pesquisadora num departamento especializado do governo em Londres, ela se candidatou. Aos 24 anos de idade, ainda com os óculos redondos e as sardas que fizeram a família chamá-la de Traça de Livros, Peggy se viu trabalhando para o MI6.

Peggy era uma garota que pensava por si mesma. Já tinha visto muito da vida para não julgar ninguém pela aparência. Mas sentia por Liz algo como... precisava admitir a si mesma — algo como idolatria a um herói. Ou seria heroína? Não, não soava muito definido. Liz era alguém que Peggy gostaria de ser. Não importava o que acontecesse, ela sempre parecia saber o que fazer. Liz não precisava viver empurrando os óculos de volta ao nariz sempre que ficava animada; ela não usava óculos. Liz era cool. Mas Peggy sabia que Liz precisava dela, confiava nela — e isso bastava.

Peggy tinha se candidatado a uma transferência para o MI5 depois de trabalhar num caso especialmente delicado — um espião duplo nos serviços de inteligência —, e apesar do MI6 não ficar muito satisfeito, o MI5 a recebeu de braços abertos. Estudando seu jovem rosto ansioso, Liz percebeu que Peggy agora se sentia completamente à vontade na Thames House. "Ela é uma de nós", pensou.

— Quando saberemos o veredicto? — perguntou Peggy.

Liz olhou o relógio.

— A qualquer momento, imagino.

Como se ouvindo a deixa, Charles Wetherby enfiou a cabeça pela porta aberta. Sorrindo para Peggy, disse a Liz:

— Armitage pegou 12 anos.

— Muito bom — disse Peggy com convicção.

— Imagino que vá cumprir pelo menos metade, não? — perguntou Liz.

— Sim. Vai estar com idade para se aposentar quando sair Como foi ontem no Escritório do Gabinete?

— Eu estava agora mesmo fazendo o relatório. Recebemos a visita de Sir Nicholas Pomfret. Aparentemente há algo quente saindo da prensa no Seis.

Wetherby assentiu.

— É o que presumo. Acabei de receber uma ligação de Geoffrey Fane. Ele vai chegar em meia hora. Gostaria de ver você lá.

Liz ergueu uma sobrancelha. Fane era uma das contrapartes de Wetherby no MI6, um homem complicado, inteligente e ardiloso, basicamente um especialista em Oriente Médio, mas com abrangente conhecimento das operações do MI6 no Reino Unido. Já tinha trabalhado com ele e descobrira que era mais seguro não engolir Geoffrey Fane, ou fazer isso com uma colher longa.

Então Liz disse:

— Por que ele vem falar sobre isso conosco? Não deveria ser assunto da segurança preventiva?

— Vamos esperar para ver o que ele tem a dizer — disse Wetherby com tranquilidade. — Você sabe que o primeiro-ministro está confiando muito nesta conferência. Só Deus sabe o que vai acontecer se fracassar. Acho que o Oriente Médio é o que os americanos chamam de última salvação.

— Havia dois homens de Grosvenor na reunião.

— Andy Bokus era um deles?

— Isso mesmo.

— Chefe da base. É chamado de Bokus, o Brutamontes — disse Wetherby com um sorriso.

— Ele tinha um companheiro, um cara chamado Brookhaven. Parecia bem agradável.

— Não o conheço. Vejo você em breve.

— Estarei lá. — Liz fez uma diminuta pausa antes de perguntar: — Fane vem sozinho?

— Sim. Por que pergunta?

Ela deu de ombros.

— Ele mandou Bruno Mackay à reunião do Escritório do Gabinete.

Wetherby fez uma careta, depois sorriu, irônico.

— Não, só Fane, graças a Deus. Ele já é bem difícil de ser fisgado sem Mackay enlameando a água. Até logo, então.

Ele saiu pelo corredor e Peggy voltou à escrivaninha no amplo escritório aberto.

"Que alívio ter Charles de volta ao comando", pensou Liz. Charles Wetherby, antigamente diretor de contraterrorismo, passara vários meses no início do ano de licença, cuidando dos dois filhos quando se imaginou que sua esposa estava morrendo de uma incurável doença sanguínea. Ao mesmo tempo, Liz fora transferida para o departamento de contraespionagem, trabalhando para o temível Brian Ackers, um combatente de longa data da Guerra Fria que não conseguia enfiar na cabeça que a relação com a Rússia mudara. Liz teve que lidar com Brian Ackers e Geoffrey Fane também. Aquele irlandês! Ainda tremia só de pensar. Se Charles não tivesse voltado no último minuto, poderia ter sido o fim dela. Estava ruim demais como estava. De qualquer forma, Charles tomara o lugar de Ackers, já que a esposa parecia ter vencido outro obstáculo. Não era claro o quanto estava adoentada — Charles nunca falava sobre o assunto.

Liz olhou novamente para o relatório que começara a preparar no dia anterior para a reunião semanal com Charles. Muita coisa estava acontecendo: outra informação fora repassada por um oficial da inteligência russa, desta vez para um secretário do baixo escalão do Ministério das Relações Exteriores que reportara o contato imediatamente; um iraniano passando-se por saudita era suspeito de tentar comprar armamento antitanque de um fabricante britânico; os números na embaixada chinesa continuavam a crescer de maneira suspeita. "Vou terminar isso amanhã", pensou ela, já que Charles ligou avisando que Fane tinha chegado.

Levantou-se, trancou o arquivo no armário, passou a mão apressadamente pelos cabelos e ajeitou o blazer.

CAPÍTULO 5

Muitos anos de trabalho com Geoffrey Fane do MI6 haviam ensinado autocontrole a Wetherby. Sabia que por mais importuno que Fane pudesse ser, com seu porte magro e elegante, os ternos bem-cortados, o ar lânguido e, acima de tudo, o hábito de despejar sobre Charles situações embaraçosas no último minuto, a pior coisa a ser feita era demonstrar irritação. Lidar com Geoffrey Fane era uma arte, e Charles bem que se orgulhava de ser bom nisso.

Dito isso, entretanto, tinha esperança de que a mudança dele para a contraespionagem significasse ver Fane com menos frequência, uma vez que maior parte do seu tempo era gasta em questões do Oriente Médio, principalmente terrorismo. Mas agora, apenas algumas semanas após regressar ao trabalho, estava novamente olhando do outro lado da escrivaninha para Fane, que estava reclinado confortavelmente em uma das duas cadeiras estofadas no escritório de Charles enquanto aguardavam por Liz Carlyle.

Evitando o olhar de seu visitante, Charles fitava por cima do ombro de Fane, pela janela do escritório, a ampla vista do Tâmisa à maré baixa com um sol brilhante espalhando centelhas que lembravam diamantes nas pequenas ondas que recuavam. Pelo menos tinha uma coisa para agradecer a Brian Ackers. Tradicionalmente, o diretor de contraespionagem possuía um dos melhores escritórios da Thames House.

Ackers, ao seu modo curioso e obsessivo, tinha posicionado a escrivaninha de modo a ficar de costas para a vista, e uma das primeiras mudanças de Charles fora virá-la ao contrário. Depois disso, removera a coleção de sovietologia de toda uma vida de Ackers das estantes e a substituíra pela própria biblioteca eclética, montada ao longo de anos de serviço. A única extravagância à qual se permitia era comprar livros e há muito já havia preenchido todo o espaço em sua casa perto de Richmond, que agora tinha de acomodar as posses variadas de seus filhos adolescentes, além das dele e de Joanne.

A porta do escritório foi aberta e Liz Carlyle entrou, trazendo, pelo menos para Charles, um sopro de ar fresco e uma notável leveza de espírito. Charles já tinha admitido a si mesmo que uma parte importante do prazer que tirava do trabalho vinha da proximidade de Liz. Ele a considerava muito atraente — não apenas a aparência, o olhar equilibrado, o corpo esguio e o cabelo castanho macio, mas sua personalidade sincera e prática, sua honestidade e sua rápida intuição.

Achava que ela gostava dele também, mas pouco demonstrava. Sabia que Liz não esperava nada dele e, enquanto Joanne estivesse viva, ele não podia esperar nada dela. Mas isso não impedia que sentisse uma ponta de ciúme ao ver outro homem atraído por ela.

Os dois homens se levantaram.

— Elizabeth — disse Fane calorosamente, apertando-lhe a mão. — Você me parece bem.

Charlie estava ciente de que Liz odiava ser chamada de Elizabeth e suspeitava de que Fane soubesse daquilo também. Esperou para ver como ela reagiria. Fane, com sua sofisticação e seu estilo, era um homem atraente e também divorciado. Mas Charles sabia que ele era implacável na busca de sucesso operacional e provavelmente também na busca de mulheres. Liz e Fane haviam trabalhado juntos durante a ausência de Charlie em um caso sem resultado feliz para nenhum deles. Charles, entrando ao fim, vira como aquilo tinha estilhaçado a confiança de ambos e, assim, os aproximado. Esperava que Liz fosse cuidadosa. Fane não era homem para ela.

— Obrigada, Geoffrey — disse Liz com frieza enquanto Charles apontava-lhe a segunda cadeira diante da escrivaninha.

— Liz, acho que deve ouvir o que Geoffrey estava me dizendo. Me parece algo bem importante.

Liz olhou de maneira direta para Fane, os olhos se estreitando ligeiramente em concentração.

Fane disse:

— Recebemos um relatório intrigante do Chipre. Nosso chefe de base lá é Peter Templeton. Ele está no Oriente Médio há anos, então acho que não o conheceu. — Ela meneou a cabeça. — Ele está agenciando uma fonte bem colocada há algum tempo. É alguém que nos deu excelentes informações no passado.

Fane calou-se outra vez, hesitante, e Charles podia ver que nem toda a antiga arrogância tinha retornado; antigamente, ele saberia exatamente o que diria ou não.

Acomodando-se na cadeira, Fane prosseguiu:

— Esta fonte tem alto nível de acesso. Anteontem convocou uma reunião urgente com Templeton. O que ele tinha a dizer era um tanto preocupante.

E Fane relatou de maneira sucinta o que Templeton descobrira com sua fonte: que duas pessoas no Reino Unido estavam trabalhando para manchar o nome da Síria e assim destruir a confiança e arruinar a conferência de paz. E que a inteligência síria atuaria contra eles.

— E esta — disse Fane, terminando seu relato com um floreio de um dos punhos cobertos pela camisa — é a razão pela qual vim vê-los.

Ninguém falou por um instante. Então Liz perguntou:

— Esta é a ameaça sobre a qual Sir Nicholas Pomfret estava falando no Escritório do Gabinete?

Fane assentiu.

— Sim. Bruno me disse que Pomfrey tinha se dirigido a todos vocês. — Ele sorriu intencionalmente.

Charles tamborilava seu lápis no bloco. Olhou pensativamente para Liz, que disse:

— Se é questão de proteger duas pessoas, me parece um trabalho para a polícia, não para nós.

— Isso é material de fonte delicada, Elizabeth. Dificilmente poderia ser entregue à polícia — replicou Fane. — De qualquer forma, não sei quem deveríamos estar protegendo.

— Você disse que estas duas vidas estão em risco — respondeu ela.

Ele ignorou a implicação.

— Isto tem a ver com o futuro do Oriente Médio. Se houver algum tipo de conspiração para abalar a conferência, e os sírios a extinguirem, quem somos nós para reclamar?

“Típico de Fane”, pensou Charles, que vendo Liz se enfurecer, falou rápido para impedir-lhe a reação.

— Esta fonte tem alguma noção do que estas duas pessoas estão planejando fazer? Estão trabalhando juntos? E acima de tudo, como os sírios descobriram esta conspiração?

— Contei tudo o que sabia, Charles, e dei-lhe os nomes. — Charles empurrou um papel sobre a escrivaninha para Liz, enquanto Fane se recostava na cadeira. Ele disse: — É com vocês agora. — E como se o silêncio subsequente confirmasse que a bola fora passada para a quadra do MI5, um sorriso beirando a presunção se firmou nos lábios de Fane.

Charles o ignorou e começou a tamborilar seu lápis novamente, os olhos se desviando para a janela e a vista do Tâmisa.

— Poderia ser apenas uma velha armadilha. Deus bem sabe que já as vimos antes, especialmente vindas do Oriente Médio.

Liz falou:

— Mas qual seria o propósito, Charles? Digo, além de nos colocar numa perseguição vã, por que alguém desejaria implantar uma desinformação desse tipo?

Incomumente, notou Charles, Liz estava argumentando a favor de Fane.

Fane disparou:

— Não o fariam.

— Talvez — disse Charles. — Mas quem quer que tenha contado a eles pode ter seus próprios motivos, ou alguma razão que não podemos imaginar no momento.

— Segundo minha experiência, Charles, sondar motivos no Oriente Médio é o equivalente a construir castelos de areia. — Fane foi enfático. — Você pode erguer a estrutura mais impressionante, e depois uma onda grande pode desmanchá-la.

Charles reprimiu uma resposta afiada e Liz se intrometeu:

— Estes dois nomes — disse ela, olhando para o papel —, sabemos algo sobre eles?

— Não muito — respondeu Fane.

— Sami Veshara. Bem acho que podemos dizer que não é inglês.

— Libanês, talvez — disse Charles. Acrescentou secamente: — Curioso.

Fane deu de ombros outra vez. Estava sendo irritante de propósito, pensou Charles.

Liz prosseguiu:

— E Chris Marcham. Há algo de familiar nele, ou é só porque soa inglês?

De repente Fane pareceu ligeiramente perturbado.

— Na verdade, este é um nome sobre o qual sabemos algo. É um jornalista, especialista em Oriente Médio. Agora é freelancer; mas costumava ser da equipe do *Sunday Times*. Tivemos contato com ele no passado. Não com frequência. Pessoa um bocado estranha, francamente.

— Por quê? — perguntou Liz.

— Ele se consagrou divulgando em primeira mão os massacres falangistas nos campos de refugiados no sul do Líbano. Por um momento, o mundo esteve a seus pés. É extraordinariamente versado nos palestinos e um dos poucos jornalistas ocidentais nos quais todas as facções deles parecem confiar. Poderia ter se tornado outro Robert Fisk, mas algo parecia impedi-lo. Não escreve muito hoje em dia.

— Problemas pessoais?

— Não sei — disse Fane. — É um solitário, não sabemos de qualquer esposa. Viaja muito, deve ficar por lá pelo menos metade do ano.

— Deve ser bem fácil encontrá-lo.

— Sim, sugiro que comecem com ele.

— Começar?

Charles percebeu o olhar ultrajado de Liz. Mas ele já tinha se decidido.

— Geoffrey e eu concordamos que esta história precisa ser investigada, mesmo que para estabelecer que não é nada. Quero que faça a investigação. — Ele deu de ombros e soube que, quando se acalmasse, Liz perceberia que ele não tinha escolha. Saber que pessoas, agindo no Reino Unido para abalar uma conferência de paz, também eram alvo de assassinato exigia alguma reação; mesmo que, como ele suspeitava, tudo se provasse uma absoluta tolice.

A expressão presunçosa de Fane deixou óbvio que quer estivesse repassando uma bomba-relógio ou um rojão molhado, ele agora estava livre.

— Quando quer começar com isso? — perguntou Liz, sabendo a resposta.

— Imediatamente — disse Charles, acrescentando o que esperava ser um consolo: — Chame Peggy Kinsolving para ajudá-la.

Liz reprimiu uma gargalhada. Sabia que Fane havia ficado aborrecido quando Peggy trocou o MI6 pela Thames House.

Mas Fane parecia inabalável.

— Boa ideia — declarou. — Ela é uma garota esperta. — Levantou-se. — Enquanto isso, pedirei a Templeton que tente arrancar mais dessa fonte dele. — Sorriu para Liz. — Será bom trabalhar novamente com você, Elizabeth.

— É Liz — disse sucintamente.

— Claro que é. — Fane ainda estava sorrindo. — Como poderia esquecer?

"Orgulhos mantidos, eu acho", disse Charles a si mesmo enquanto Fane deixava a sala.

CAPÍTULO 6

— Isso é muito bom! — exclamou Peggy, e Liz teve que reprimir um sorriso. Só Peggy ficaria deliciada com um sanduíche de queijo comprado numa delicatéssen na Horseferry Road.

Estavam almoçando na mesa de Peggy no amplo escritório aberto, cercadas por livros de referência e papelada brocrática. Liz olhou com desgosto para seu próprio almoço, uma repugnante salada de alface, tomates-cereja e um pedaço de borracha se passando por ovo cozido.

— Muito bem — disse a Peggy. — Vamos começar com os sírios. O que sabemos sobre o pessoal deles aqui?

— Não muito — replicou Peggy, remexendo seus papéis. — Falei com Dave Armstrong do antiterrorismo, mas ele disse que os sírios não são um dos alvos prioritários, então não fizeram nenhum trabalho sobre eles recentemente. E não temos nenhum caso de contraespionagem os envolvendo há muitos anos. Tudo o que sabemos é o que está nos pedidos de visto. Chequei os nomes com contatos europeus e americanos e consegui três possíveis rastros de informações.

— Melhor pedirmos para o pessoal do A4, da RAF, para dar uma olhada neles e conseguir fotografias melhores, assim poderemos começar a ter uma ideia de quem enfrentamos aqui.

Peggy assentiu e fez uma anotação.

— Agora — continuou Liz —, que me diz destes dois nomes? O que você tem sobre Sami Veshara?

— Descobri um bocado sobre ele. É um cristão libanês que vive em Londres há cerca de 20 anos. É membro proeminente da comunidade libanesa aqui e dirige um negócio muito bem-sucedido de importação de alimentos do Oriente Médio: azeitonas e pistaches do Líbano, vinho do vale do Bekaa, todo tipo de itens, não apenas do Líbano. Parece abastecer praticamente cada restaurante de comida do Oriente Médio em Londres; lojas de especialidades compram seus produtos, e até a Waitrose recebe suas azeitonas. Ele tem esposa e cinco filhos, e viaja muito; Líbano, claro, mas também Síria e Jordânia.

— Interesse partidário?

— Parece não ter nenhum, embora tenha dado muito dinheiro ao Partido Trabalhista, e estava na fila para algum tipo de título de nobreza até o escândalo das honrarias.

— Algum problema com a lei?

— Não, mas ele anda na berlinda. Falei com a Receita e disseram que ele passou por quatro auditorias nos últimos 6 anos, o que é muito incomum. Não falaram muito, mas tive a impressão de que não acham que Veshara esteja completamente limpo. O negócio dele é do tipo em que o dinheiro muda de mão e as transações nem sempre são registradas.

— Mais alguma coisa?

— Sim. A Alfândega anda de olho nele. Aparentemente alguns dos carregamentos vêm de barco.

— Algo de errado nisso?

— Não. Mas não são embarcações grandes. Algumas não são maiores do que barcos de pesca, e vêm navegando da Bélgica e da Holanda, depois descarregam em East Anglia, principalmente em Harwich. Parece uma maneira estranha de transportar azeitonas.

— O que acham que ele anda trazendo?

— Não quiseram especular. Mas drogas é o mais óbvio.

— Se acham isso, vão checá-lo por conta própria. Melhor nos precavermos de mal-entendidos. Mas realmente precisamos saber mais.

Peggy assentiu.

— E você? Conseguiu localizar Marcham?

— Não. Presumo que esteja fora em algum tipo de tarefa para a *Sunday Times Magazine*. Acabou de entrevistar o presidente da Síria, supostamente deve entregar a matéria na semana que vem. Isso pode explicar por que não está atendendo ao telefone. Ele mora em Hampstead, então pensei que talvez pudesse encontrá-lo lá.

— Talvez ele beba.

— Por que diz isso? — perguntou Liz, ligeiramente surpresa.

— Não sei. Todos os jornalistas não bebem muito?

Liz riu, enquanto o telefone da escrivaninha de Peggy tocava. Peggy o atendeu e escutou por um minuto.

— Onde você está? — disse ela. — A Waitrose teria sido muito melhor.

"Waitrose? Do que se tratava"?, pensou Liz, distraída. Peggy estava ouvindo atentamente, então irrompeu de repente:

— Não, brócolis *não*. *Feijões verdes*.

41

E então compreendeu: Peggy tinha um namorado. Bem, que surpresa, pensou Liz. Nunca lhe ocorreu que Peggy tivesse qualquer vida pessoal; parecia sempre tão envolvida com o trabalho. Que boa notícia.

Lembrando-se de repente da presença de Liz, Peggy corou vivamente, o rosto da cor de beterraba.

— Preciso ir — disse de modo sucinto e desligou o telefone.

Liz abriu um largo sorriso. Não conseguiria deixar de provocá-la.

— Então ele não é bom com legumes?

Peggy meneou a cabeça.

—.Incorrigível.

— Mesmo assim, estou impressionada que tenha conseguido com que ele fizesse as compras. Ele sabe cozinhar?

Peggy suspirou.

— Ele não sabe fazer uma omelete sem usar todas as tigelas e frigideiras da cozinha. Bem lá no fundo, ele acha que é o Gordon Ramsay. Todos os homens são assim?

— De modo geral — disse Liz. — O que ele faz quando não está destruindo sua cozinha?

— É professor conferencista de inglês em King's. Está apenas começando.

— Que bom. Como se conheceram?

— Numa palestra que ele deu na Sociedade Real de Literatura. Era sobre John Donne, a especialidade de Tim. A editora da Universidade de Oxford vai publicar o livro dele — acrescentou com orgulho. — Fiz uma pergunta, e ele veio me procurar depois. Disse que não achava ter me respondido de maneira adequada.

"Posso adivinhar", pensou Liz. Ela conseguia imaginar: a séria, porém bonita, Peggy, com sardas e óculos; o respeitável Tim, impressionado com a pergunta inteligente, mas também atraído de maneira estritamente não intelectual. "Os modos consagrados pelo tempo do homem", pensou Liz.

CAPÍTULO 7

Wally Woods conhecia aquele deprimente prédio da década de 1930 na saída da North Circular Road. Anos atrás, quando era um jovem agente de vigilância do A4, começando a carreira, costumava ficar sentado ali do lado de fora. Naquele tempo, no auge da Guerra Fria, o prédio fora o lar de um grupo de agentes da inteligência da Alemanha Oriental e suas famílias. Quando o muro caiu em 1989, eles desapareceram feito neve derretida.

Wally e o A4 se voltaram para novos alvos. Agentes de vigilância novos e mais jovens foram recrutados, e ele tornara-se chefe de equipe. Além de sua parceira, Maureen Hayes, ele era o único na equipe que realmente se lembrava da Guerra Fria. Halton Heights também mudara, apesar de ainda guardar a apa-

43

rência miserável. Agora era lar de alguns diplomatas sírios e suas famílias.

Era um dia calmo para o A4. Para variar, não tinham nenhuma grande operação acontecendo, e Wally e sua equipe foram instruídos a observar as idas e vindas em Halton Heights. A oficial de instruções, Liz Carlyle, do departamento de contraespionagem, informara que isso fazia parte do estabelecimento de informações de base sobre um novo alvo. O serviço era fotografar qualquer um entrando ou saindo. Mas se qualquer um dos três homens suspeitos de serem agentes da inteligência aparecessem — ela havia entregado fotografias de péssima qualidade que pareciam oriundas de passaportes ou pedidos de vistos —, deveriam segui-lo e relatar seus movimentos, assim como fotografar qualquer um com quem se encontrasse. Era o tipo de trabalho que o A4 odiava: vago e prometendo pouca ação.

Às 10h daquela manhã quente e opressiva, nada havia acontecido ainda. Wally estava satisfeito com sua posição, estacionado numa área de repouso diante de uma fileira de lojinhas ao lado dos apartamentos. Tinha uma boa vista das extremidades do passeio semicircular que levavam à porta de entrada. Maureen estava na lavanderia automática, uma das lojas enfileiradas, colocando umas roupas velhas do A4 para lavar. Caso fosse chamada, simplesmente abandonaria as peças.

De onde estava sentado, Wally podia ver Dennis Rudge aparentemente cochilando num banco do lado oposto dos apartamentos, com visão completa da porta dianteira, enquanto poucos metros atrás dele, num parquinho, o mais jovem da equipe, Norbert Bollum — eles o chamavam de *Bollocks* — estava sentado num banco lendo jornal. Outros membros da equipe estavam estacionados em ruas próximas ou dirigindo lentamente pela vizinhança.

Wally bocejou e deu uma olhada no relógio. Mais quatro horas antes do turno terminar. Então seu olho percebeu um movimento — Dennis Rudge, cuja cabeça estava afundada no peito, havia erguido o olhar.

O rádio de Wally estalou.

— Há movimento na porta da frente. Um homem. Acho que é o Alvo Alfa.

A porta da lavanderia foi aberta. Maureen saiu e entrou no carro ao lado de Wally. A várias ruas de distância, um carro fez um retorno e dois outros que estavam estacionados ligaram os motores.

— Está parado na porta. Parece estar esperando alguém — informou Dennis pelo rádio. Enquanto ele falava, uma minivan preta com vidros fumê virou no passeio semicircular. — Há dois, não, três homens saindo — reportou Dennis poucos minutos depois. — Jaquetas de couro, cabelo curto. Parecem militares. Estão descarregando sacolas grandes. Acho que vão entrar.

— Tire fotos, inclusive da bagagem — ordenou Wally. Apanhando a bolsa, Maureen saiu do carro e andou apressada através da estrada e diante dos apartamentos. A câmera escondida na bolsa complementaria as fotos que Dennis tirasse do banco.

Depois que tudo foi descarregado e todos os homens haviam entrado, a minivan se foi. Seguindo instruções, Wally deixou o veículo partir e manteve a equipe em Halton Heights para o caso de alguém deixar os apartamentos. Mas às 14h, quando seu turno terminou, ninguém havia surgido, e Wally retirou sua equipe. O controle na Thames House faria um relatório preliminar de suas descobertas; Wally e seu pessoal seriam interrogados em pormenores no dia seguinte.

CAPÍTULO 8

Sami Veshara bebericou a meia xícara de café libanês e deu um pequeno arroto apreciativo. O almoço celebrando o quadragésimo quinto aniversário de seu amigo Ben Aziz estava quase no fim, e fora um perfeito banquete.

"Não era de surpreender", pensou Sami, já que a maioria dos ingredientes havia sido fornecida a aquele restaurante londrino por sua própria empresa, e ele tinha se certificado que nada além do melhor fosse usado naquela refeição. A *mezze* foi excelente, especialmente o *babaganoush* e o *fatayer*, pasteizinhos recheados com pato moído e espinafre. Depois o prato principal, *shawarma* de carneiro, estava de dar água na boca de tão macio, depois de um banho de dois dias numa marinada de temperos. Por fim veio a sobremesa: sorvete de moscatel e torta de gergelim com musse de *berry-rose*. Tudo acompanhado de água mineral e um fino *Chateau Musar* dos vinhedos das colinas do vale do Bekaa, ao norte de Beirute.

"Beirute — não se teria melhor refeição lá", pensou ele com certa satisfação. Olhou distraído para o prato de delícias turcas sobre a mesa e decidiu demonstrar alguma autodisciplina. Então apanhou apenas uma.

Recostou-se e acendeu um pequeno charuto, conversando de tempos em tempos com os tantos outros amigos de Ben Aziz reunidos ali. Eram todos camaradas libaneses que geralmente se encontravam para almoçar naquele pequeno restaurante numa rua lateral saindo da Edgware Road. Antigamente o bairro fora cheio de ianques, e chamavam-no de *Little America*. "Mas aquela época já é passado distante", pensou Sami com satisfação, "e agora os árabes estavam em maior número que os ocidentais".

Contemplou a tarde à sua frente. Os negócios foram muito bons durante os últimos 12 meses, tanto o lado de importação de alimentos pelo qual era conhecido quanto as outras atividades as quais preferia não ser publicamente associado. Tinha ido ao escritório de sua companhia importadora em Bayswater naquela manhã para uma reunião com os contadores e ficara satisfeito com as baixas estimativas do imposto de renda devido daquele ano. Isso havia sido muito bem pensado. Sentia que uma tarde de folga era bem merecida.

Lá fora, seu motorista esperava no Mercedes. A esposa e os filhos de Sami estavam em Beirute para uma visita de pré-Ramadã a família e amigos, ficando no grande casarão que construíra no Corniche quando os problemas amainaram na década de 1990.

Normalmente, Sami teria encontrado distração nos braços da amante, uma beldade italiana cuja carreira de modelo ele ficava alegre em promover. Mas ela estaria fotografando em Paris por dois dias, então teria que encontrar outra maneira de passar a tarde. Pensou fugazmente em outras possíveis distrações, mas lembrou-se de que esperava um telefonema a respeito da chegada de um carregamento. E mais tarde teria uma reunião, para a qual precisaria de toda sua sagacidade. Melhor ir para casa, cochilar um pouco e ler a *Al Nabad* até lá.

Aos poucos o grupo se dispersou. Sami saiu e alongou os braços, os olhos piscando sob o sol forte. Seu motorista pulou para fora do carro e deu a volta correndo para abrir a porta. Malouf era egípcio, um homem obsequioso, eternamente grato ao seu benfeitor. Tinha quase 70 anos e problemas de coração. A esposa de Sami, Raya, queria que o marido arranjasse um motorista mais jovem, mas Malouf estava com ele há 25 anos e Sami valorizava sua lealdade. Também sabia que pelo menos metade do salário que pagava ao homem era enviada aos parentes nas favelas de Gizé, próximo às pirâmides. Eles sofreriam se mandasse Malouf embora.

Agora Malouf perguntava:

— Para onde, Sr. Veshara?

— Para casa. Depois pode tirar o resto do dia de folga. — Ele próprio dirigiria até a reunião no início daquela noite, já que não confiava em ninguém, nem mesmo em Malouf, para acompanhá-lo.

A chamada veio por celular quando o motorista manobrava o carro e rumava para o norte, em direção à mansão de 20 quartos de Veshara na Bishops Avenue, na deserta área de Highgate.

— Sim — disse ele ao celular.

— O carregamento chega esta noite. — A voz era baixa, e respeitosa.

— Quantos?

— Cinco.

— É um a menos que o combinado.

— Eu sei. Houve um acidente.

— Acidente? Onde?

— Em Bruxelas.

Então não estava aos seus cuidados. Sami ficou aliviado: a última coisa que queria era a Interpol bisbilhotando. Ele perguntou:

— O transporte terrestre já foi arranjado?

— Sim. E temos uma casa em Birmigham.

— Me avise quando os pacotes chegarem aqui.

— Sim. — E a linha ficou muda.

Malouf estava observando do retrovisor.

— Me perdoe, senhor, mas há um carro grande atrás de nós, uma limusine. Está chegando bem perto. Poderia ser um dos seus amigos do almoço?

Sami olhou para trás por cima do ombro. Realmente, havia uma limusine preta quase no seu para-choque, e enquanto passavam por baixo da ponte e cruzavam o sinal verde, o veículo piscou momentaneamente as luzes. Quem poderia ser? Não era um de seus companheiros de almoço, disso tinha certeza. Eram homens de negócios, mas nenhum deles poderia arcar com uma limusine estendida. Porém, não ficou alarmado; Londres estava cheia de idiotas em carros. Não era Bagdá, afinal.

— Relaxe, Malouf. É só algum tolo se exibindo.

De repente um Range Rover surgiu bruscamente à direita e cortou à frente deles na Edgware Road, forçando Malouf a frear. Depois desta explosão súbita de velocidade, o Range Rover desacelerou, obrigando-os a reduzir ainda mais a própria velocidade.

— Não estou gostando disso, Sr. Veshara.

Nem Sami. Pela primeira vez, pressentiu uma ameaça; estavam sendo encurralados.

— Pegue a próxima virada à direita. Mas não indique. Isso deve despistá-los.

Malouf assentiu. Angulou um pouco para fazer a curva, mas de repente um imenso 4X4 apareceu do lado direito, acompanhando-os. Quando Malouf reduziu a velocidade, o mesmo fez o 4X4. Isso truncou o meio da estrada, e os carros que vinham da outra direção eram forçados a desviar, um piscando a luz furiosamente e o motorista dando uma vigorosa saudação insultuosa.

Sami imaginava quem poderia estar naqueles carros que o cercavam. Será que o confundiram com outra pessoa?

— Vire à esquerda — ordenou. Sua garganta estava seca, contraída.

Mas daquele lado, também, outro carro apareceu de súbito, quase perto o suficiente para quebrar o retrovisor do Mercedes. Era uma van branca, do tipo que a polícia usava para transportar prisioneiros, com vidros fumê que ocultavam seus ocupantes.

O Mercedes agora estava efetivamente cercado, e Sami não tinha mais dúvida de que estavam trabalhando juntos. Quem eram estas pessoas? A máfia russa andava fazendo barulho por causa de sua pequena atividade paralela, aquela que precisava de barcos pequenos cruzando o mar do Norte até a doca que alugara perto de Harwich. Quem mais poderia ser? Por um breve instante, imaginou se seu segredo mais profundo e sombrio não teria sido descoberto. Não, era impossível. Sempre fora extremamente cuidadoso. Então talvez fossem os russos, afinal. Mas o que queriam? E por Alá, o que pretendiam fazer? Não poderiam estar tentando matá-lo a plena luz do dia, e um sequestro parecia igualmente absurdo. Só estão tentando me assustar, pensou, e caso este fosse o objetivo, estavam fazendo um bom trabalho.

— Se segure, senhor — disse Malouf, que apertou bem o volante com as mãos. Mais à frente, à esquerda, um homem de camisa verde estava saindo de um carro estacionado. Parecia alheio ao tenso comboio que se aproximava, e apesar da van branca buzinar furiosamente em alerta, ele não fez qualquer tentativa de sair do caminho.

A van branca foi obrigada a reduzir, e foi quando Malouf fez seu movimento, girando acentuadamente o volante e conduzindo rápido o carro para uma rua lateral, as rodas guinchando como numa perseguição de carros num filme de segunda categoria. Por pouco não atingindo um trio de mães que atravessava a estrada, empurrando carrinhos de bebê, Malouf acelerou e disparou. Quando Sami olhou para trás, só a van branca os seguia, agora a 100 metros deles.

Quando alcançaram a junção com uma grande avenida, Malouf inexplicavelmente diminuiu.

— Vai, vai — gritou Sami. Notou que o idoso estava suando.

Mas Malouf sabia o que estava fazendo. A van estava chegando bem perto deles, e Sami estava prestes a gritar outra vez quando Malouf pisou no acelerador e entrou na estrada principal quando o sinal ficou amarelo. O fluxo de trânsito na rua maior significava que não havia como a van ultrapassar o sinal vermelho.

Sami se inclinou para a frente e falou apressadamente:

— Malouf, não vá para casa. Pode haver outros nos esperando lá. Encontre um esconderijo, mas rápido. — Notou que o egípcio agora suava com mais profusão.

Passaram por um confuso labirinto de ruas laterais. Só Deus sabia onde estavam. Sami continuava olhando para trás, mas tinham despistado a van. Por fim, Malouf parou numa pequena cavalariça e manobrou o carro para que pudessem sair rápido. Deixou o motor ligado enquanto Sami pensava no que fazer em seguida.

Não queria chamar a polícia. O que poderia dizer a eles? "Policial, quatro carros me cercaram, e eu estou certo de que queriam..." o quê? Sequestrá-lo? Assassiná-lo? A polícia o consideraria paranoico, não podia dar qualquer evidência do que tinha acontecido. Além disso, era importante chamar o mínimo de atenção possível das autoridades policiais para si.

Não, precisava de segurança do tipo particular, que não pediria provas e não faria perguntas difíceis. Mahfuz surgiu-lhe à mente, um primo que dirigia vários clubes noturnos nos subúrbios ao norte de Londres. Empregava todo tipo de "músculos" para evitar problemas em seus clubes. Uma vez mostrara a Sami um atirador com quem andava quando tinha grandes somas de dinheiro a transportar.

— Preciso fazer uma ligação, Malouf. Depois digo para onde iremos em seguida.

Não houve resposta do motorista. Sami discava para a casa de Mahfuz, mas quem atendeu foi a esposa. Ele estava fazendo um inventário num dos clubes, em Finchley, disse ela. Ele agradeceu a ela e estava para ligar para lá quando notou que Malouf ainda estava sentado ereto no banco do motorista.

Sami chamou:

— Malouf. — O homem não se moveu. Sami inclinou-se à frente e tocou o velho empregado com delicadeza no ombro, mas não houve reação. Poderia se passar por uma estátua.

— Ah, não! — disse Sami. O coração do velho homem não havia resistido. A agitação o matara.

CAPÍTULO 9

Geoffrey Fane não gostava de visitar a embaixada americana em Grosvenor Square. O detrito de blocos de concreto e os vasos de flores tortos espalhados pela estrada e ao redor dos jardins ofendiam seu senso estético. "Que bagunça fizemos de Londres em nome da 'guerra contra o terror'", refletiu.

O táxi o deixou na praça do lado oposto da embaixada.

— Não podemos chegar mais perto, chefe — disse o motorista, ecoando seus pensamentos. — Foram erguidas novas barreiras no mês passado. Se os ianques não rodassem o mundo interferindo onde não são desejados, poderíamos ter nossas ruas de volta. Mais ninguém quer viver por aqui, sabia? Costumavam receber lances altos por estas propriedades, agora não conseguem se livrar delas.

"Hum, não era bem assim", pensou Fane, enquanto caminhava em direção ao posto policial diante do prédio pesado e branco que preenchia um dos lados da praça. A imensa águia dourada no topo reluzia sob o sol de fim de verão, anunciando abertamente a presença do dominante aliado britânico.

Naquele dia, Fane tinha um almoço no hotel Connaught ali perto, então em vez de chamar Andy Bokus, o chefe da base da CIA, ao seu escritório em Vauxhall Cross, decidira fazer uma visita. Quando passou pelas lentas e deliberadas medidas de segurança à porta, estava lamentando a decisão. A cordialidade jovial da limpíssima moça americana de longas pernas que o recebeu do outro lado, com seu grande sorriso de dentes perfeitos e brancos e seu *Bom dia, senhor*, não melhorou o humor dele. "Completamente sem sal", pensou consigo mesmo.

Fazia 5 anos que o casamento de Fane terminara e Adele fora viver em Paris com seu rico banqueiro francês. De certa forma, tinha sido um alívio. Com franqueza, agora podia admitir a si mesmo, ela havia sido um empecilho à sua carreira. Nunca se portou como uma esposa do MI6. Não possuía simpatia pelo trabalho dele ou qualquer vontade de compreendê-lo e ficava simplesmente irritada com as frequentes colocações no exterior e as ausências misteriosas e imprevisíveis do marido.

Apesar de tudo, sentia-se solitário sem ela. Odiava essa vulnerabilidade e a disfarçava. Seus pensamentos geralmente se voltavam para aquela mulher do MI5, Liz Carlyle. Seria uma companhia atraente. Ela o compreendia, bem sabia — talvez até demais. Apreciava a importância do trabalho. Por um tempo no ano anterior pensou que estavam ficando bem próximos, mas agora que Charles Wetherby estava de volta, era tremendamente óbvio que era dele que ela gostava. "Que desperdício", pensou

Fane. Charles, um chato velho e seco, cauteloso demais. Talvez não fosse velho, pensou melancólico, já que Charles era uns 5 anos mais jovem que Fane.

Bem nas profundezas do prédio, na base da CIA, Andy Bokus estava esperando por ele em seu escritório com Miles Brookhaven, um jovem agente da CIA que Fane apenas encontrara uma vez, alguns meses antes, quando o rapaz fizera visitas de cortesia de chegada ao país. Fane, mais alto que os dois, o porte de garça elegantemente vestido num terno cinza-escuro, a gravata ostentando as listras discretas com que os homens ingleses se comunicavam entre si, examinou-os com seus sagazes olhos azuis.

Soube de Brookhaven por Bruno Mackay, que o conhecera na reunião em Downing Street a respeito da Conferência de Gleneagles. Fane pôde avaliar o homem de imediato: o clássico WASP, anglófilo, outro ianque disposto a mostrar que se sentia em casa no Reino Unido — sem dúvida, como outros que Fane conhecera, Brookhaven logo o estaria pressionando para lhe indicar ao Travellers Club.

Bokus parecia-lhe infinitamente mais interessante, e difícil de desvendar. Quando se tratava de americanos, preferia alguém que não estivesse tentando ser europeu, alguém como Bokus, que divertira Fane quando almoçaram no Travellers ao pedir uma Budweiser. Pelas fotos emolduradas alinhadas na parede do escritório, viu que Bokus tinha jogado futebol americano (nada surpreendente a julgar pelo porte e pela óbvia força) em alguma universidade da qual Fane nunca ouvira falar, em algum lugar no interior do meio-oeste. Talvez esta fosse a origem de seu sotaque notável. Ele não falava inglês como Fane o reconhecia, mas como Fane imaginava que um estivador dos Grandes Lagos devia falar. Era encenação, não era? Por trás do exterior musculoso e calvo do sujeito, Fane suspeitava — apesar de não ter certeza;

tinha lidado com alguns agentes imbecis da CIA — haver uma inteligência de primeira, alguém com confiança suficiente para não precisar se exibir, exceto quando fosse absolutamente necessário. Seria muito fácil subestimar o Sr. Andy Bokus, concluiu Fane. Poderia ser estúpido como parecia, mas não faria mal presumir o oposto.

— Cavalheiros — disse Fane com um sorriso ensaiado, concluindo que se Bokus podia agir como um jogador profissional de futebol americano, então poderia adotar seus modos mais aristocráticos —, é muitíssima bondade me receberem. Não quero tomar muito de seu precioso tempo, mas pensei que gostariam de saber mais sobre o que há por trás da interferência de Sir Nicholas anteontem na reunião no Escritório do Gabinete. Talvez pudéssemos nos retirar para que eu possa falar mais um pouco.

Este era o sinal para que os três se retirassem para a sala protegida, aquela bolha resguardada que as unidades de inteligência mantinham nas embaixadas, onde poderiam falar sem medo de que alguém escutasse às escondidas. Sempre divertira Geoffrey ligeiramente pensar que a função normal de uma sala protegida numa embaixada era impedir que os serviços de inteligência da nação anfitriã espiassem. Sempre que penetrava na bolha de Grosvenor Square, Fane, do coração da inteligência britânica, sentia-se um gato convidado ao aquário dos peixinhos dourados.

Fane se demorou contando a história da revelação de Jaghir sobre a ameaça à conferência de Gleneagles, prolongando-se para disfarçar o quanto estava deixando de fora. Quando terminou, nem Bokus nem Brookhaven sabiam de que país, muito menos de que fonte, viera a informação.

Bokus coçou a testa, como se ainda tivesse o cabelo que antes crescia ali.

— O que estes dois indivíduos estão planejando fazer para estragar a conferência? — perguntou ele.

Fane deu de ombros.

— Não está claro. Estamos pressionando nossa fonte para tentar descobrir.

— Quero dizer, supõe-se que seja uma bomba? — inquiriu Bokus. — Ou uma bala? Ou talvez um constrangimento? Um dos seus jornais apanhando um presidente ou um primeiro-ministro na cama com uma garotinha de 8 anos.

Fane riu educadamente, notando que Brookhaven só conseguiu exibir um pálido sorriso. Não havia nada de sutil em Andy Bokus. Fane disse:

— Se o *News of the World* fosse a extensão do problema, não o incomodaria com isso. Não, só podemos presumir que é algo dramático; e letal. — Recostou-se no firme estofamento do sofá, acrescentando de maneira quase casual: — Esperava que vocês soubessem algo sobre estas duas pessoas.

Brookhaven parecia surpreso, mas Bokus respondeu impassível:

— Quais são os nomes mesmo? — perguntou sem titubear.

— Veshara e Marcham.

— Parece a encenação de um vaudeville — disse Bokus, e desta vez Brookhaven fez uma demonstração melhor de risada.

— Temo que estes dois tenham potencial cômico limitado — disse Fane, deixando o tom gelar lentamente. — Veshara é libanês; vive aqui em Londres. É tudo que sabemos até o momento. Marcham é um jornalista. — Ele olhou para o relógio. — Descobriremos mais sobre eles no momento devido, mas pensei que pudessem nos poupar algum tempo. — Não havia nada de casual em seu tom agora. — Podem?

Bokus olhou indagadoramente para Brookhaven. O sujeito mais jovem balançou a cabeça de imediato.

— Nenhum deles me é familiar. Vou conferir os arquivos, claro.

— Claro — disse Fane, que voltou a olhar para Bokus

Bokus o encarou diretamente, mas depois a boca se abriu, como se não estivesse sendo controlada pelo cérebro.

— Vamos verificar no nosso QG em Langley se há algo lá, mas talvez...

— Certo — disse Fane, aceitando derrota. Mas ainda não tinha terminado. — Gostaria de ficar em contato. Nosso pessoal da segurança preventiva já está agindo em grupo, mas isto é informação altamente confidencial e quero mantê-la assim por enquanto.

Brookhaven se intrometeu, hesitante.

— Tenho conversado com o MI5 sobre a conferência. Está sugerindo algo diferente?

Fane levantou as palmas cerca de 4 centímetros e meio acima dos joelhos para indicar reafirmação.

— Não, não — disse ele. — Charles Wetherby está completamente ciente. Eu contei que estava vindo vê-los. Ele já colocou uma de suas melhores agentes nisso; tenho certeza de que ele desejaria que vocês trabalhassem com ela.

— Liz Carlyle?

Havia um toque de entusiasmo na voz de Brookhaven? Fane esperava que não.

— Ela mesma — declarou.

— Certo, certo — disse Bokus. — Miles vai intermediar com Carlyle. — Sua voz assumiu um tom categórico. — Mais alguma coisa?

— Não — respondeu Fane, enquanto deixavam a bolha e voltavam para o escritório de Bokus —, apesar de que se pudéssemos ter uma palavrinha a sós, eu ficaria grato. — Sorriu para Brookhaven para mostrar que não era nada pessoal. Ficando ligeiramente vermelho, o rapaz pediu licença e saiu.

Fane permaneceu de pé enquanto Bokus voltava para trás de sua escrivaninha.

— Como espero ter deixado claro, estritamente falando, este é um assunto entre vocês e Thames House.

— Estritamente falando, sim — disse Bokus, sem revelar nada.

— Bem, o que eu gostaria de sugerir... isto é, será que podemos nos falar extraoficialmente?

— Extraoficialmente? — Bokus pareceu divertido pela primeira vez. — Você parece um daqueles repórteres de um daqueles... como vocês chamam, tabloides?

Fane inclinou ligeiramente a cabeça.

— Bem, talvez. Mas cá entre nós, acho que eu e você deveríamos ter um canal *informal* de comunicação. Apenas para manter contato... sobre este assunto, claro, e qualquer coisa que possa aparecer. Parece importante, dada a possível urgência.

— Por mim, tudo bem — disse Bokus, sem entusiasmo.

CAPÍTULO 10

Quando Fane partiu, Andy Bokus apanhou o telefone e discou um ramal.

— Miles, poderia voltar por um minuto? — perguntou, apesar de não ser exatamente um pedido.

Havia algo de cachorrinho em Brookhaven que incomodava Bokus quase tanto quanto seus modos da Costa Leste, suas roupas em estilo inglês (aplicação no cotovelo, faça-me o favor) e sua admiração aberta por todas as coisas inglesas.

De qualquer forma, que espécie de nome era Miles Brookhaven? Sua família provavelmente estava desembarcando em Massachusetts enquanto os ancestrais de Bokus estavam cavando bosta na Ucrânia. "Miles", por Deus — qualquer homem com um primeiro nome como aquele tinha hera retorcida ao redor da cabeça.

Bokus não fora pobre, mas diferente da maioria de seus colegas de Agência, viera de uma cidadezinha no coração da América onde "sofisticado" não era uma palavra usada de maneira apreciativa. Mas ele sempre acreditara em si mesmo e na promessa americana de que qualquer um naquele país poderia, caso trabalhasse com afinco e propósito (e, ele admitia a si mesmo, desfrutasse de uma boa porção de sorte), fazer qualquer coisa. Quando uma lesão no futebol em seu segundo ano de faculdade frustrara suas esperanças de carreira profissional, Bokus pela primeira vez na vida prestara atenção nos estudos. Aluno de ciência política, sabia que queria ver um mundo mais amplo do que a rural Ohio tinha a oferecer, então quando um de seus professores sugeriu que fizesse os testes para a Agência, aproveitou a oportunidade.

E até agora ele tinha visto uma boa parte do mundo. Sua colocação mais recente antes de Londres tinha sido Madri. Ele falava espanhol fluentemente e havia gostado do povo de lá — os homens eram dignos, mas diretos; as mulheres geralmente bonitas e cheias de graça. Estivera lá numa época interessante também — os atentados a bomba de Madri foram uma verdadeira sacudida naquele país e colocaram a base da Agência em Madri na linha de frente em Langley. Tinha se saído bem em Madri, motivo pelo qual conseguira aquele ótimo cargo em Londres.

Mas não estava tão feliz ali. Os ingleses pareciam a Bokus um bando desagradável: esnobes, evasivos quando lhes convinha, dispostos a confiar no poder de fogo americano enquanto deixavam claro que possuíam intelecto superior. Como Fane, que nunca conseguia esconder sua óbvia convicção de que Bokus era um idiota.

Porém não era a maneira aristocrática de Fane que estava a preocupá-lo agora; era o que Fane tinha dito. Não era preciso gostar dos britânicos — e Deus sabia que Bokus não gostava

— para respeitá-los. Uma vez que colocavam os dentes em algo, esqueciam todos os rapapés e agiam como antiquados cães de caça. Eles não desistiam.

Bokus não poderia negar ajuda aos britânicos com aquela grande ameaça à conferência de Gleneagles, mas teria que andar em uma corda bamba. Não haveria dúvida em Langley de que "Tiger", a fonte que Bokus andava agenciando nos últimos 18 meses em Londres debaixo do nariz do MI5, era valiosa demais para ser comprometida. Se os britânicos sequer suspeitassem, a confusão estaria armada. Tiger era uma fonte tão confidencial que ninguém mais na unidade londrina da CIA estava ciente de sua existência. Os relatórios de Tiger seguiam diretamente para um pequeno grupo em Langley, que controlava o caso. Era um "restrito" do mais alto nível e só um punhado de pessoas estava doutrinado a saber. Mas se os britânicos descobrissem sobre Tiger, então Langley estaria, para usar uma expressão que Bokus realmente gostava, em uma enrascada.

Ouviu uma batida na porta e ele se virou para permitir que Brookhaven entrasse. O homem ficou parado diante da escrivaninha enquanto Bokus, de pé por trás dela, remexia papéis enquanto pensava.

— Escute — disse enfim —, quero que faça algo.

— E o que é, Andy?

— Quero que se aproxime desta agente do MI5, Carlyle. Certo?

— Claro — Brookhaven disse com obediência. — Eu a conheci na reunião do Escritório do Gabinete. Parecia perfeitamente competente, agradável, na verdade.

Onde ele aprendeu a falar assim? No colégio particular?

— É, bem, ser competente é bom, mas se certifique de ficar perto dela, e não o contrário. Essas pessoas agem como se fossem nossos melhores amigos. Mas não são, certo?

— Certo — respondeu Brookhaven, mas Bokus só estava começando o assunto.

— Claro que esta Carlyle vai ser "perfeitamente charmosa". Vai arrulhar, conversar e oferecer chá. — Olhou com severidade para Brookhaven. — Pode até agir como se disposta a oferecer mais do que isso. Mas se fechar os olhos para o primeiro beijo, quando abri-los vai descobrir que ela roubou seus sapatos. Me entendeu?

— Entendi, Andy.

"Acho bom", pensou Bokus, que apenas resmungou em resposta.

CAPÍTULO 11

Ben Ahmad deixou a embaixada síria em Belgravia um pouco antes das 15h, e avisou à secretária que só estaria de volta pela manhã. Ela estava acostumada a estas partidas repentinas e aprendera a não fazer perguntas. A caminho da saída, ficou contente por saber que o embaixador não estava. Ahmad se reportava a ele em sua posição como adido comercial; ambos sabiam que sua verdadeira linha de informação remontava à Síria, ao quartel-general do Mukhabarat, o Serviço Secreto sírio. O embaixador não disfarçava sua insatisfação com este arranjo.

Do lado de fora, Ahmad olhou para o relógio, um belo Cartier, presente da esposa, que estava em Damasco cuidando de seus três filhos pequenos. A reunião não aconteceria antes das

16h30, mas ele levaria pelo menos uma hora para chegar lá, já que haveria diversos desvios na rota.

Estava bem-vestido num terno escuro e carregava uma capa de chuva em um braço. Com um bom corte de cabelo e um elegante bigode, estava indistinguível de milhares de outros homens do Oriente Médio cuidando da vida em Londres naquela tarde. Tinha se esforçado para cultivar aquele ar anônimo.

Andando até Hyde Park Corner, desceu em um dos labirínticos túneis subterrâneos e saiu vários minutos mais tarde no lado mais afastado de Park Lane, onde caminhou até o Hilton. Lá se juntou a um bando de turistas americanos animados esperando numa pequena fila por táxis diante do hotel, dando ao porteiro uma moeda de uma libra quando foi sua vez de entrar num táxi. Não podendo ser ouvido por qualquer um que não o motorista, deu seu destino como Piccadilly Circus.

Lá, ele desceu, e ficou por um minuto numa entrada abandonada ao fim da Shaftesbury Avenue, procurando outros táxis que poderiam tê-lo seguido. Era difícil com tanto trânsito ter certeza de que não estava sendo vigiado; da mesma forma, no alvoroço das ruas ali, segui-lo sem ser notado seria uma tarefa difícil.

Não viu nada adverso, então caminhou rápido até a entrada do metrô. Não gostava da área, que ele achava a síntese da maneira desconcertante do amor inglês pela vulgaridade. Ele era fiel à esposa, abstêmio, e simplesmente não conseguia compreender uma cultura que dava tanto valor à infidelidade e ao álcool.

Esperava estar de volta à Síria agora, pois sua colocação originalmente deveria durar apenas 6 meses. Tibshirani prometera a ele; do contrário, Ahmad nunca teria deixado a família para trás. Mas então "Aleppo" chegou — codinome para uma fonte que surgira do nada, cheio de informações tão extraordinárias que Ahmad a princípio ficou desconfiado e apenas transmitiu fragmentos, enquanto tentava confirmar sua autenticidade.

Porém mesmo estes fragmentos causaram consternação em Damasco, suficiente para Tibshirani insistir em voar para Londres para cuidar de Aleppo pessoalmente. Mas Aleppo se recusou a encontrar qualquer um que não fosse Ahmad, salientando que se os sírios tentassem pressioná-lo, ele interromperia qualquer contato. Tibshirani não ousou arriscar, especialmente assim que a autenticidade e o valor das informações de Aleppo se tornaram indiscutíveis.

Aleppo tinha previsto o assassinato de um graduado político libanês, informação que subsequentemente se provou de intenso interesse por parte do Serviço Secreto sírio, que foi amplamente (e erroneamente) apontado como responsável pelo assassinato. Ele havia exposto uma célula fundamentalista de extremistas sauditas na Alemanha que estava tramando matar Bashar-al-Assad, o jovem presidente da Síria, durante uma futura viagem a Paris. O resultado foi a descoberta de quatro homens baleados num apartamento em Hamburgo, mortes atribuídas pela polícia alemã a rixas internas do Wahhabi. E Aleppo revelara a localização da instalação de pesquisa iraniana de detonações limitadas a base de plutônio, informação que a Síria mantinha cuidadosamente reservada.

Então quando Aleppo revelou que dois agentes estavam trabalhando ativamente contra os interesses sírios no Reino Unido com a intenção de manchar o nome da Síria antes da conferência de paz de Gleneagles, Ahmad ignorou a imprecisão da informação e imediatamente a repassou para Tibshirani. Há muito aprendera que, quando um agente tem um histórico perfeito, não existe motivo para se tentar ser seletivo; deixaria isso para seus superiores em casa, enquanto ele continuava tentando controlar esta mina de ouro sozinho.

No metrô, Ahmad pago por um bilhete com um funcionário em vez de adquirir diretamente numa máquina, depois parou para comprar uma cópia do *Evening Standard* antes de descer de escada rolante para as profundezas cavernosas da Piccadilly Line.

Parou na plataforma, quase vazia àquela hora do dia. Não embarcou no primeiro trem que veio, mas tomou o próximo, e ficou de pé no veículo, segurando o jornal diante do rosto, até sair em Acton Town. Ali ele subiu e passou pelas máquinas de bilhetes, depois parou para olhar o relógio, antes de voltar para a estação. Pegou um trem rumo ao norte e depois de uma única parada saiu em Ealing Common. Lá permaneceu na plataforma até os outros passageiros que desembarcaram — só havia três deles — pegarem o elevador e sumirem. Então pegou o próximo trem.

Em Park Royal, ele saiu outra vez, mas desta vez deixou a estação. Pegou a passagem subterrânea para o lado sul do trevo para North Circular e caminhou ao longo da Hangar Lane até de repente virar e refazer seus passos, parando bem perto da passagem subterrânea e descendo por uma lúgubre rua lateral com lojinhas.

Perto do fim da fila de lojas havia um estabelecimento, com uma placa pendurada do lado de fora onde se lia *G. M. Olikara*. Na vitrine da loja estavam colados dúzias de adesivos para cada tipo de aspirador de pó concebível, e ela estava entupida com modelos antigos e novos. Na vidraça da porta, perto de uma plaquinha que dizia ABERTO, estava outra placa, escrita à mão e presa por fita adesiva. Lia-se "Consertamos Aspiradores!".

Lá dentro, um assistente estava demonstrando um modelo Dyson para um cliente, entornando de propósito o conteúdo de um cinzeiro no ralo carpete da loja antes de sugar a sujeira para o reservatório transparente do aspirador com uma única passada do aparelho.

Ben Ahmad ignorou os dois homens e se encaminhou diretamente para o fundo da loja, cruzando uma cortina de contas, passando pelo depósito e pelo único e mínimo banheiro, saindo para o quintal nos fundos. Ali, em contraste com a pobreza da loja, um módulo habitacional novo fora instalado, recém-pintado, as portas abertas. Ahmad descobriu o local preparado para sua visita: uma chaleira cheia esperando para ser levada ao fogo, e no frigobar a um canto estava uma caixa de leite fresco.

Ele acendeu o fogo da chaleira e sentou-se, subitamente cansado pela tensão da viagem. Sabia que precisava tomar todas as precauções possíveis. A vigilância britânica era lendária, uma intimidante mistura de última tecnologia e trabalho de campo inteligente — e agentes do Mossad também estavam por toda Londres. Mas estava confiante de que não fora seguido até a loja, que era alugada no nome do sírio cristão que gerenciava o lugar, mas paga integralmente pela República Árabe da Síria.

Não teve que esperar muito. Antes que a chaleira começasse a ferver, ouviu-se uma batida repentina na porta. "Entre", ordenou Ben Ahmad, que recebeu o homem que conhecia como "Aleppo". Aleppo estava usando uma jaqueta de couro preto, o rosto vermelho e a respiração pesada. Sem tirar a jaqueta ou sequer olhar para o anfitrião, afundou numa das duas cadeiras de diretor a cada lado da pequena escrivaninha da cabine. Estava claramente nervoso.

— Não é conveniente para mim encontrá-lo aqui — reclamou, zangado.

Ben Ahmad deu de ombros. Já haviam tido esta conversa.

— É mais seguro aqui. Sabe disso. Preciso insistir nisso.

Aleppo franziu a testa, balançou a cabeça com desgosto, mas não discutiu mais. Sua mente e seus olhos pareciam estar em outro lugar, e ele de repente alternou para o árabe clássico falado desde o Marrocos até o Golfo. Falava de maneira bonita, enquanto Ahmad, que crescera numa aldeia abatida pela pobreza no planalto de Hauran, não conseguia esconder inteiramente todos os traços populares de sua fala. Aleppo disse, lacônico:

— Houve um vazamento entre sua gente.

— Um vazamento? — Ben Ahmad estava chocado; aquela era a última coisa que esperava. — O que quer dizer?

— Alguém está falando. Ao Ocidente, aos britânicos, provavelmente. Sabem os dois nomes que dei a você e sabem que pretendem sabotar a conferência na Escócia.

— Como descobriu isso? — perguntou Ben Ahmad. Ele estava começando a tremer conforme a terrível implicação do que o outro dizia lhe abatia.

— É meu trabalho saber. — Depois, sarcástico: — Não é como se eu esperasse que sua gente fosse me proteger.

— Como sabe que o vazamento vem da Síria?

De repente, os olhos de Aleppo ficaram vermelhos e zangados, trovejaram contra o homem do outro lado da mesa. A voz era mordaz.

— De onde mais poderia vir? A não ser que seus chefes em Damasco tenham o hábito de compartilhar segredos com os inimigos.

Ben Ahmad estava tentando pensar, embora o pânico retardasse seu cérebro. Devia tranquilizar e apaziguar Aleppo.

— Vou relatar isso imediatamente — declarou. — Dou minha palavra, vamos encontrar o traidor.

Aleppo estava insatisfeito.

— É melhor, senão esta será a última vez que me vê. E por que nenhuma ação foi feita contra estas duas pessoas ainda? Assumi grandes riscos para conseguir esta informação. Presumi que vocês veriam a importância dela. Mas os dois ainda estão operando. Contra vocês, não preciso dizer.

— Agradeço por isso. Mas meus superiores são cautelosos.

— Por quê? Duvidam da minha informação?

Falou de maneira desafiadora, e as palmas das mãos de Ahmad começaram a suar, enquanto sentia a situação saindo de seu controle. Era uma regra básica para um agenciador ficar no comando, deixar claro que ele, não o agente, estava comandando o show. Mas com este sujeito, Ahmad achava isso impossível. Além de ser irritadiço e ficar ofendido rápido, havia algo de perigosamente imprevisível nele, um ar de ameaça que Ahmad temia. Se seus superiores não valorizassem tanto Aleppo, Ahmad ficaria feliz em não entrar mais em contato com ele. Mas sabia que se perdesse Aleppo, sua carreira estaria acabada.

— Não mesmo — disse de modo tranquilizador. — Ninguém duvida da verdade do que diz. Mas tem sido difícil descobrir o que estas pessoas poderiam fazer que danificasse nossos interesses de maneira substancial. — E, decidiu não acrescentar, que justificasse os riscos de agir contra eles em território estrangeiro.

— Então preferem se arriscar, seus chefes? Tolos.

— Não disse isso. Na verdade, ações serão tomadas em breve. — Ahmad pensou que isto seria provável, embora na verdade não soubesse o que aconteceria ou quando, e não ousava se arriscar prometendo ao homem um prazo de execução. *Em breve* serviria por enquanto.

Aleppo não estava nada impressionado.

— Garanta que sim. — Ele se levantou da cadeira, indo em direção à porta. — Agora que isto vazou para o Ocidente, estou em perigo. Não tenho muitas esperanças que vocês consigam tampar este vazamento, o que torna ainda mais urgente que estas pessoas sejam liquidadas imediatamente. Do contrário, vocês podem agir tarde demais. Diga isto a seus superiores, por mim. — E saiu, batendo a porta com tanta força que as paredes finas do módulo habitacional sacudiram.

"Aquilo era uma ameaça?", perguntou-se Ahmad. Não exatamente, decidiu, e não repassaria aquilo para seus superiores em

Damasco — eles poderiam insistir que encontrasse novamente a fonte, até poderiam tentar se apoderar dele, e então Ahmad voltaria para casa sem qualquer crédito que sabia ter conquistado. Mas teria que contar a eles do vazamento.

Depois de esperar dez minutos para ter certeza de que não esbarraria com Aleppo a caminho de casa, Ahmad deixou o módulo habitacional, atravessou a loja, caminhou pela lúgubre rua lateral e voltou para a estação de Park Royal.

Estava alarmado com o que Aleppo dissera. Era desesperadamente preocupante que seu próprio serviço tivesse sido penetrado pelo Ocidente — preocupante, mas não inconcebível. Os britânicos eram bons e o Mossad também tinha infiltrado agentes em todos os inimigos em algum momento. Na estação, comprou outra cópia do *Standard*, a atenção presa numa manchete chocante, tardia. Enquanto esperava pelo próximo trem, leu a história, meio fascinado, meio enojado com os detalhes. Autoasfixia — por que alguém gostaria de brincar com isso? E numa igreja, ainda por cima. "Estes ingleses", pensou ele enquanto via o brilho âmbar do trem que se aproximava preencher o túnel distante, "estavam além do bizarro."

CAPÍTULO 12

Ao menos ela sabia onde estava, não que isso ajudasse. Vinte metros abaixo do chão, 30 segundos depois de sair da estação Chalk Farm, presa num túnel sem qualquer noção de quando se moveriam novamente.

Diante dela, uma mulher de aparência rabugenta num cardigã marrom fitava o chão de forma apática, enquanto perto dela um construtor civil de botas cobertas de poeira virava de maneira barulhenta as páginas do *Sun*. Na manchete lia-se "Mistério do Homem na Caixa". "Que repulsivo", pensou Liz, depois lembrou que um ex-namorado, um jornalista do *Guardian*, alegara que tais manchetes eram tranquilizadoras.

— Se eu aterrisso no Heathrow e a manchete no *Evening Standards* diz "Enfermeira Encontrada Estrangulada", então sei que está tudo bem com o mundo. Nenhuma bomba terrorista explodiu, nenhuma ameaça de guerra nuclear iminente. Só um monótono assassinato sexual para excitar os transeuntes.

Olhando para o relógio, Liz viu que estavam imóveis por mais de dez minutos. Graças a Deus não era claustrofóbica; Peggy estaria subindo pelas paredes a esta altura. Pensando em Peggy, ponderou a mistura de timidez e alegria da garota ao descrever Tim. Liz podia imaginar os primeiros encontros, todos em locais convenientemente intelectuais (a National Gallery, o Soane Museum). Teriam conversado seriamente em meio a panquecas e canecas de chá, discutindo os méritos comparativos dos poetas metafísicos ou os quartetos de cordas do finado Beethoven.

Era fácil ser condescendente, mas Liz precisava admirar a iniciativa de Peggy — ir a palestras, conhecer gente nova. Conhecer homens. Liz pensou que não havia razão para ser limitada a respeito disso. Não se funcionasse para Peggy. E tinha funcionado. E olhe só para a mãe de Liz. Mais de 60 anos, uma viúva com uma casa adorável, um emprego interessante — até ela tinha encontrado uma companhia.

Nos anos após a morte do pai, Liz se sentiu responsável pela mãe. Não o bastante para concordar em largar o emprego que ela considerava "perigoso" e voltar a Wiltshire para dividir a administração do centro de jardinagem que a mãe gerenciava. Mas o suficiente para fazer a tediosa jornada todo mês e manter contato regular por telefone. Então no começo do ano, de repente, a mãe arranjou um namorado, Edward, e agora parecia contente e menos dependente da filha.

Liz sabia que devia ficar satisfeita pela mãe, mas quando pensava em todos os fins de semana nos quais se obrigara a dirigir até Wiltshire quando preferiria ficar em Londres, na ansiedade de quando sua mãe passara por uma suspeita de câncer exatamente quando Liz estava em meio a um caso complexo e preocupante, sentia um lampejo de ressentimento. Era irracional, sabia que sim, mas sentia-se ressentida mesmo assim.

Liz tentou imaginar este novo namorado da mãe, a quem nunca conhecera, mas que sabia que não gostaria. Ele usaria tweed e seria um ex-militar, um major talvez, ou até mesmo um coronel. Falaria interminavelmente sobre a campanha de Áden ou qualquer coisa assim. "Deus, que enfadonho", pensou Liz, "e possivelmente mercenário" — estava certa de que parte do interesse de Edward por sua mãe devia ser todo o conforto que a mulher poderia oferecer em sua aconchegante casa em Bowerbridge. Mesmo assim, respondeu rancorosa, a mãe parecia estar desfrutando este romance tardio.

"Enquanto eu estou simplesmente presa à rotina", considerou Liz, observando a mulher de cardigã bocejar e fechar os olhos. Os únicos homens que encontrava estavam no trabalho, porém, no trabalho, suas emoções já estavam comprometidas. Por Charles, um homem que só via no escritório e que de alguma forma estava indisponível.

De repente, pareceu-lhe ridículo. "Não posso continuar assim", pensou Liz, surpresa por perceber o quanto aquela conclusão era óbvia. Não podia culpar ninguém senão ela mesma — não era como se Charles a tivesse encorajado, ou pedido para esperar por ele. Supunha que ele tinha deixado claro seus sentimentos, à sua maneira discreta e honrada, mas por outro lado, ele nunca fingiu que podia fazer qualquer coisa por eles.

"Muito bem então" pensou Liz, "esqueça os fracassos e siga em frente. O tempo voa, por mais que eu me sinta jovem. Deve haver um homem que eu possa encontrar." A imagem de Geoffrey Fane passou-lhe rapidamente pela cabeça. Havia algo inegavelmente atraente nele — era bonito de numa maneira arrogante; sagaz, perspicaz, divertido quando queria ser. E o melhor de tudo, Fane não era mais casado.

Mas não era sem razão que ele era conhecido no MI5 como Príncipe das Trevas, e Liz sabia que nunca poderia confiar inteiramente nele. Não, como Peggy, precisava de alguém de fora da inteligência, e se alegrou brevemente com a perspectiva. Só existia o probleminha de como conhecer este novo alguém.

Um som sibilante de ar escapando veio do túnel, e o trem deslizou para frente como se estivesse sobre gelo. O construtor civil ergueu os olhos das páginas de esporte e encontrou os olhos de Liz por um instante. Do outro lado do vagão, a senhora dormia profundamente, as mãos apertadas sobre o colo.

CAPÍTULO 13

Eram quase 19h quando Hannah Gold saiu do metrô na estação de Bond Street e começou a andar lentamente em direção a Piccadilly. Poderia ter trocado de linha e chegado muito mais perto do destino, mas adorava andar em Londres naquelas noites de fim de verão. O tempo fora uma surpresa — tinha vindo à cidade armada com suéteres, uma capa e guarda-chuva, mas até o momento não precisara de nenhum deles. Poderia estar ainda em Tel Aviv, a julgar pelo clima.

Agora, enquanto descia a Bond Street, parava de tempos em tempos para admirar as roupas e os sapatos nas lojas elegantes e, conforme se aproximava de Piccadilly, os relógios, as joias e a pinturas nas vitrines das galerias. Ainda achava difícil se acostumar à ideia de que tinha dinheiro próprio suficiente para comprar praticamente qualquer coisa que gostasse, e independência para gastá-lo como quisesse.

Não via Saul há mais de um ano — não desde que ela vendeu a casa do casal em Beverly Hills, quitou o acordo final de divórcio, arrumou as malas e partiu para uma nova vida em Israel. Revendo tudo agora, podia ver que estava com raiva acumulada quando deixou os Estados Unidos para sempre. Trinta e três anos de casamento haviam terminado de repente em uma conversa tarde da noite com o marido. Não conseguira acreditar nos próprios ouvidos. Não era surpresa ele estar tendo um caso — tivera casos antes, com frequência —, mas daquela vez ele queria o divórcio. Todos os anos compartilhados, as experiências, o apoio que dera a ele enquanto erguia seu negócio... Tudo se foi nos 45 segundos que Saul gastou para apresentar o discurso preparado. "Está acabado", dissera ele, e não havia volta.

Depois do primeiro choque, veio a raiva, e foi a raiva que a abasteceu ao longo da discussão contínua dos procedimentos do divórcio. Por fim, fora recompensada com 20 milhões de dólares, o bastante para uma mudança de vida completa. Poderia ter ido morar em qualquer lugar. Poderia ter vindo para Londres, onde seu filho David vivia com a esposa e os filhos pequenos. Mas enfim escolheu Israel, apesar de não ser a escolha óbvia. Sentia-se orgulhosa por ser judia, mas ficava profundamente triste com o comportamento de Israel. A situação naquela parte do mundo parecia piorar a cada ano, e ela simplesmente não conseguia acreditar que nada daquilo era culpa de Israel. Os assentamentos pareciam-lhe loucura e a relutância de muitos israelenses em admitir que os palestinos eram injustiçados, uma loucura maior ainda.

Para ser honesta, tinha realmente escolhido viver lá porque pensava que poderia dar-se a chance de fazer algo por vontade própria. Não era tão ingênua para pensar que poderia mudar o mundo sozinha, e sabia que toparia com gente que discordava fortemente dela. Mas esperava conseguir influenciar alguém ao trabalhar pela moderação, pela concessão e por escutar o ponto de vista do outro.

E até agora estava convencida de estar fazendo algum bem ao seu novo lar. Tinha se afiliado a um movimento de paz, estava assumindo parte ativa na organização de reuniões e debates e ajudando a escrever a literatura que publicavam. Tinha até quase se esquecido de Saul — isto é, até o Sr. Teitelbaum aparecer em seu caminho.

Tudo começara num coquetel em Tel Aviv oferecido por uma de suas novas amigas, uma americana chamada Sara. Hannah conheceu um homem lá, Sidney alguma coisa, que a princípio fizera-lhe as habituais perguntas educadas sobre o que achava da vida em Israel, mas enquanto conversavam, ele parecia muito mais interessado em ouvir a respeito dos feitos de seu ex-marido — particularmente sobre a empresa de comunicações por satélite que Saul havia fundado e ainda dirigia.

Depois da festa, Sara contou-lhe que ele era um agente do Mossad. Quando em seguida ele ligou pedindo que Hannah o encontrasse para o que chamou de "uma conversa", ela soube que seu interesse não era social e, educadamente, mas de maneira firme, recusou.

Mas então surgiu a notícia do novo casamento de Saul, e Hannah descobriu numa ligação de uma de suas amigas californianas menos diplomáticas que a nova Sra. Gold era uma loira de 23 anos, alta e com bronzeado dourado. Para Hannah, que era baixa, morena e não gostava de sol, aquela foi a última gota. Vinte minutos depois ligava para Sidney e concordava em encontrá-lo, mas quando apareceu no café ao ar livre que ele indicara, descobriu outro homem à sua espera.

Seu nome era Sr. Teitelbaum — ela só sabia seu sobrenome, e como era a Sra. Gold para eles, retribuiu com um "senhor", o que dava um toque conservador aos seus encontros. Teitelbaum era baixo e atarracado e lembrava a Hannah um sapo. A cabeça careca, que reluzia ao sol, assentava-se como uma bola de boliche nos ombros sólidos, e as mãos eram rudes como as de um camponês. Pela gola aberta da camisa, pelos brotavam como mato escuro e enroscado. Falou muito pouco, mas ouviu com atenção, aparentemente registrando mentalmente tudo que Hannah tinha a dizer, pois não fazia anotações. Havia muita coisa para ele lembrar.

O ex-marido dela vendia sistemas de satélite por todo o mundo — Saul nunca fora muito criterioso quanto aos seus clientes. Muitos deles estavam no Oriente Médio e alguns eram inimigos de Israel. Era sobre estes clientes que o Sr. Teitelbaum queria ouvir, e uma vez que Hannah fora a única pessoa a quem Saul confiara todos os seus segredos comerciais, ela tinha muito a dizer; vira o Sr. Teitelbaum uma vez por semana por quase três meses.

Agora que alcançava a Piccadilly e caminhava para leste em direção ao Haymarket e ao teatro, achou que merecia um mimo. Era adorável estar ali em Londres. Depois de todas as experiências no primeiro ano em Israel, precisava muito de descanso, e depois de apenas uma semana sentia a energia voltando.

A peça de Stoppard era tremendamente divertida — rápida, inteligente e verbalmente engenhosa. Tudo o que faltava era alguém com quem compartilhar aquilo; olhando ao redor da audiência, Hannah sentiu-se cercada de casais.

No intervalo, abriu caminho entre o amontoado de gente no bar para comprar uma taça de vinho, que ela carregou com cuidado até a segurança de um canto. Estava para dar um gole quando seu braço foi golpeado e a taça saiu voando, aterrissando com uma pequena pirueta no carpete.

— Sinto *muitíssimo*.

Hannah virou para se deparar com um homem às suas costas, parecendo preocupado. Estava na faixa dos 40, era alto, tinha cabelo preto bagunçado, vestido num terno preto e gola rulê carvão. Agachando-se, ele apanhou a taça, que estava miraculosamente intacta.

— Sinto muitíssimo — declarou novamente.

— Não se preocupe — disse Hannah. — Não importa.

— Mas é claro que importa — insistiu o homem. — Vou buscar outra.

— Ah, por favor, não... — Hannah começou a protestar, mas ele já estava a meio caminho do bar.

Apesar da aglomeração, ele voltou em um minuto, trazendo uma taça nova. Esta tinha bolhas.

— Espero que goste de champanhe — disse ele, entregando a taça a Hannah com uma pequena mesura.

Ela se sentiu envergonhada.

— É muita bondade sua — disse ela, tomando um gole.

— É o mínimo que eu poderia fazer.

Hannah se sentiu ligeiramente perplexa por ver que ele não se afastou, mas ficou parado ao seu lado. Ela disse:

— Você foi muito gentil. Mas, por favor, não fique longe de seus amigos por minha causa.

Ele sorriu.

— Estou aqui sozinho. — Ele falava inglês fluentemente, mas com um sotaque sutil que ela não conseguia identificar.

— Eu também — disse Hannah.

— Onde mora?

— Tel Aviv.

— Não — exclamou ele com descrença. — Você é israelense? Eu também.

— Bem, na verdade sou americana. Mas me mudei para Israel no ano passado.

— Que interessante — disse ele. — Você inverteu a tendência. Metade da minha geração parece estar emigrando para os Estados Unidos.

Continuaram conversando, rapidamente descobrindo vários conhecidos mútuos no pequeno mundo da sociedade de Israel. Hannah ficou um bocado desapontada quando o sinal tocou para o início do segundo ato.

— Oh, nossa! — exclamou ele. — Que pena. Deveria me apresentar. Meu nome é Danny Kollek. Trabalho para nossa embaixada aqui em Londres.

— Hannah Gold. — Eles apertaram as mãos.

— Estava pensando... — disse Kollek com hesitação.

— Sim? — disse Hannah, notando o bar quase vazio agora.

— Gostaria de jantar comigo depois da peça?

Hannah estivera pensando em pegar um táxi de volta para a casa de David e ir dormir cedo. Mas gostava daquele homem e se sentia lisonjeada por ser objeto de atenção para variar. Por que não aproveitar?

— Gostaria muito — disse enfim.

Novamente um sorriso — ainda mais do que a aparência, era isso que tornava aquele homem atraente.

— Encontro você lá na frente, então — disse ele, enquanto o último sinal soava antes do segundo ato.

Quando a peça terminou, Hannah quase esperava que Danny tivesse desaparecido; por que alguém na idade dele levaria uma mulher 20 anos mais velha para jantar? Então ficou agradavelmente surpresa por encontrá-lo parado à margem da calçada, procurando por ela.

Foram para um restaurante em St. James's — um lugar amplo e moderno de teto alto, claras colunas em tom pastel e espelhos nas paredes. Danny se mostrou uma pessoa fácil de conversar: prazeroso, divertido, porém disposto a falar sobre coisas sérias. E a ouvir — parecia ter interesse genuíno no que Hannah tinha a dizer, o que era uma mudança revigorante após 30 anos com Saul. A conversa era abrangente: o teatro, a música e as estranhas maneiras dos ingleses. Quando perguntou as impressões de Londres — ele disse que estava ali havia dois anos — comentou, esperando não soar muito banal:

— É diferente aqui. É quase como se algo estivesse faltando.

Ele a encarou quando o aperitivo chegou.

— Sabe o que está faltando, não é?

— Halvah? — perguntou, brincalhona.

Danny riu alto e Hannah notou como seus dentes eram brancos, em contraste à pele cor de avelã. Provavelmente era um sabra, um israelense nativo. Quem saberia de onde teriam vindo seus pais? Poderia ser de quase qualquer lugar.

De repente o rosto de Danny ficou frio e a expressão tornou-se séria.

— O que está faltando aqui é *medo*. Ah, sei que sofreram atentados do IRA por anos, e que depois dos atentados de julho se via apreensão no metrô, a desconfiança nos olhos de todos. Mas isso não durou, porque o status quo daqui é paz. Aqui, quando as pessoas saem de casa pela manhã, esperam voltar sãs e salvas à noite.

— Fala como um verdadeiro israelense — disse ela. Era verdade: a vida em Tel Aviv era uma tensão constante. Danny assentiu e ela prosseguiu: — Infelizmente, não vejo a situação em Israel mudando tão cedo.

— Não enquanto os dois lados estiverem em tamanho desacordo — declarou ele, e Hannah ficou grata por ele ao menos compreender que havia dois lados naquele caso. O Sr. Teitelbaum nunca encorajaria aquilo; ele era um extremista de ponta a ponta.

Ela falou com hesitação, imaginando se ele desaprovaria:

— Juntei-me ao movimento de paz. — Mas longe de ser desaprovada, descobriu que ele conhecia bem algumas das pessoas envolvidas e era simpático às ideias delas. Até afirmou que sim, era parente de Teddy Kollek, o finado prefeito de Jerusalém e um moderado, embora enfatizasse que fosse um parente distante.

— Alguma vez o encontrou?

— Sim — disse ele, olhando modestamente para baixo. — Mas só uma vez ou duas. Era muito gentil, mas eu era apenas um garoto na época.

O jantar pareceu durar apenas minutos e, ao pedir a conta, Danny ergueu sua taça de vinho e propôs um brinde.

— Ao gênio do Sr. Stoppard, e ao meu cotovelo.

— Seu cotovelo?

— Sim, por inadvertidamente derrubar sua taça de vinho.

Ela riu, e ele acrescentou:

— E por assim me oferecer sua companhia esta noite.

Quando ela sorriu, ele perguntou:

— Estive pensando se não estaria livre daqui a duas noites. Tenho certeza de que está bem ocupada com sua família, mas um colega do trabalho me deu dois ingressos para um concerto de câmara na igreja de St. John em Smith Square. Soube que a acústica é maravilhosa.

— Eu gostaria muito — disse ela, desta vez sem hesitação.

Do lado de fora, Danny parou um táxi e Hannah deu ao motorista o endereço em Highgate. Danny disse boa-noite e apertou-lhe a mão formalmente. Enquanto o táxi se afastava, Hannah se descobriu pensando no quanto aquele homem parecia interessante, e no quanto a noite fora agradável.

Mas não era ingênua — não depois de 30 anos vivendo com Saul — e inevitavelmente uma parte sua perguntou o que Danny queria.

"Seu corpo?", imaginou, reprimindo uma risadinha com a ideia. Parecia muito improvável; Hannah estava lisonjeada pela atenção daquele jovem bonito, mas tinha pouca vaidade para pensar que realmente estivesse interessado nela sexualmente. Poderia então ser dinheiro? Achava que não. Não estava vestida de maneira ostentosa naquela noite, nem usando qualquer joia, e nada do que disse indicava riqueza pessoal. E Danny havia pago a conta do jantar, recusando sua oferta de que dividissem.

Não, não podia ser dinheiro o que o atraía — uma conclusão confirmada sem qualquer dúvida quando o táxi chegou à casa do filho. Quando Hannah pegou a bolsa para pagar o taxista, ele meneou a cabeça.

— Já está pago, querida — disse ele, enquanto dizia boa-noite a ela, agitando algumas notas que Danny Kollek entregara a ele.

"Então nem gigolô nem golpista", pensou Hannah satisfeita enquanto entrava na casa em Highgate. Só uma companhia — e uma companhia divertida afinal. E o melhor de tudo, ele não perguntara absolutamente nada sobre Saul.

CAPÍTULO 14

Era uma casa muito pequena para Hampstead, um chalé, na verdade, de um andar com um gablete gótico. Século XIX, talvez até mais velho, e Liz imaginou se o telhado antigamente era coberto de palha. O chalé ficava por trás de uma sebe alta e desordenada de teixo. O portão de madeira da entrada sacudia-se um pouco na brisa, suas dobradiças guinchando melancólicas; quando ela deu um empurrão, ele abriu.

Liz deu dois passos hesitantes e viu-se no jardinzinho frontal escondido da rua pela sebe. Uma trilha com uma calçada de pedras antigas levava à porta da frente do chalé, que parecia precisar muito de reparos: várias telhas estavam caindo, e o peitoril das janelas a cada lado da porta da frente parecia podre.

Tocou a campainha e a ouviu ecoando alto. Nenhum som de movimento no interior. Espreitou pela caixa de correio, mas não conseguiu ver qualquer correspondência espalhada sobre o tapete de dentro. Esperou um pouquinho, depois tocou de novo. Continuou sem resposta.

Foi quando estava imaginando o que fazer em seguida que algum sexto sentido a fez virar-se e ver o homem parado num canto do jardim, perto de um pequeno canteiro circular de rosas. Era de estatura mediana e usava um boné de beisebol, puxado para baixo, tornando difícil ver seu rosto ou dizer sua idade — "entre os 30 e os 50", concluiu Liz. Um avental de jardineiro estava amarrado ao redor da cintura dele, e a mão rígida segurava uma tesoura de podar. Ele a apontou casualmente para Liz, antes de virar-se para cortar uma das rosas altas.

— Com licença. — Liz ergueu a voz enquanto atravessava o gramado.

Ele se virou bem devagar, mas não a olhou nos olhos.

— Sim?

— Estou procurando pelo Sr. Marcham. Ele está? — Imaginava se aquele poderia ser o próprio Marcham, cuidando do jardim, mas não; as fotos de Marcham mostravam um rosto inglês anguloso. Este homem parecia um pouco estrangeiro; de pele escura, mediterrâneo.

O homem meneou a cabeça, afastando-se dela.

— Não o vi hoje. Tocou a campainha?

— Sim, mas ninguém atendeu. Por acaso sabe onde posso encontrá-lo?

O homem agora estava de costas para ela.

— Sinto muito. Ele não costuma estar quando venho aqui.

— Certo — afirmou Liz, imaginando se deveria deixar um bilhete para Marcham. — Muito obrigada — disse ela, e o homem simplesmente assentiu, continuando com sua poda.

"Espero que seja melhor jardineiro do que comunicador", pensou enquanto partia.

Saiu e olhou para os dois lados da rua, como se esperasse que Chris Marcham aparecesse. Onde ele poderia estar? A fonte no *Sunday Times* disse que ele não tinha esposa ou filhos, nenhuma família que se conhecesse. "Um bocado solitário", ele acrescentou para melhor avaliação. Liz amaldiçoou Marcham — se era tão antissocial, então por que não podia ficar em casa?

"Mas não devia estar indo tão mal", concluiu enquanto começava a longa caminhada de volta ao metrô. A casa era pequena e bem precária, mas ficava em Hampstead, e bem à beira do Heath. Ofereceria um belo rendimento na velhice. E ele podia pagar alguém para cuidar dos jardins, apesar de que, pela aparência dos canteiros irregulares, aquele jardineiro não parecia muito bom. "Sujeito engraçado", pensou Liz, subitamente percebendo que o homem não usava sapatos apropriados para o trabalho — sapatos fechados, brilhantes, mais apropriados a um bar que a um canteiro de flores. O que ele estava fazendo mesmo? Podando as rosas, era isso.

Liz parou de repente e congelou. Sua mãe dirigia um viveiro, mas não precisava do conhecimento dela para saber o que estava errado. Ninguém poda rosas no verão — não rosas de cacho, isso era certeza. O homem era um farsante. Fosse o que fosse, não era um jardineiro.

Imaginou o que fazer. Olhando para trás, viu que só estava a 100 metros da casa. Deveria chamar a polícia? Ela refletiu. Melhor voltar por conta própria, imediatamente, antes que ele fuja, para ver o que ele estava tramando.

Hesitou, uma vez que, se ele não era jardineiro, então coisa boa não devia estar fazendo. Mas convenceu sua mente a ignorar a apreensão e começou a correr de volta à casinha. Quando chegou ao portão viu que a porta da frente estava escancarada.

Ela desacelerou momentaneamente, depois correu para dentro, dizendo "Olá" em voz alta enquanto entrava.

Silêncio. Ficou no pequeno vestíbulo próximo a uma sala de estar notável por sua monotonia de muitos anos de uso. Pela porta podia-se ver uma televisão sobre um armário de MDF num canto, coberta por uma grossa camada de poeira. Ao longo da parede afastada, estava um sofá surrado e manchado precisando muito de um novo revestimento. A baixa mesinha de centro diante dele estava coberta de jornais e revistas. "Esqueça o jardineiro", pensou Liz, "Marcham precisa arranjar uma faxineira".

Diretamente à frente, o pequeno vestíbulo levava a uma porta fechada. Foi até ela, virou a maçaneta devagar e a abriu. Estava olhando para uma pequena cozinha quadrada. Havia pratos sujos na pia; uma caixa de cereais aberta estava na mesa de pinho no meio do cômodo. Adiante havia mais duas portas, uma também fechada, a outra aberta e levando para um quarto. Ela atravessou a cozinha e, olhando dentro do outro cômodo, viu uma cama de latão, bem arrumada. Na mesa de cabeceira havia uma cópia de *England's Thousand Best Churches* com uma página marcada, e na parede uma gravura emoldurada de Jesus na cruz.

Então ela ouviu um ruído. Algo sendo movido, ou empurrado, o som de madeira deslizando, vindo do cômodo ao lado. Voltando à cozinha, procurou por algum objeto que pudesse ser usado para se defender. "Não uma faca", pensou; enfrentando um homem mais forte, acabaria com a faca apontada contra ela. Mas havia uma frigideira pesada no fogão. Agarrando seu cabo, aproximou-se da porta fechada e a abriu com cautela. Chegou a tempo de ver um homem sair pela janela dos fundos.

— Pare! — gritou Liz, sabendo que ele não o faria, e quando chegou à janela, o homem estava escalando o muro baixo que separava o jardim dos fundos de Hampstead Heath. Tudo que viu foi um vislumbre dos sapatos. Fechados, ainda brilhantes.

Com a pulsação acelerada, largou a frigideira e olhou ao redor do cômodo, que era um pequeno escritório — o quarto deveria estar ao lado. Em comparação à sala suja, o escritório era limpo e bem-ordenado. Livros alinhados em duas das paredes, bem dispostos, e uma antiga escrivaninha ficava próxima à janela, a tampa abaixada para servir de superfície para escrever. Sobre ela estava um laptop, um gravador digital do tamanho de um isqueiro, um caderno tamanho A4 e três lápis HB, apontados e emparelhados em fila. O arsenal de um escritor profissional.

Examinou o gravador, que estava vazio. Notando uma pilha de pastas de arquivo na estante, puxou a do topo, que estava atravessada sobre a pilha organizada. Leu a etiqueta com súbito interesse. *Entrevista com Al-Assad, Anotações e Cópia Final.* O artigo sobre o presidente da Síria que o *Sunday Times* estava esperando com tanta ansiedade. Porém, quando Liz abriu a pasta, estava vazia. Será que era isso o que o "jardineiro" procurava?

— O que diabos acha que está fazendo?

Liz pulou com o súbito barulho às suas costas. Virou-se e encontrou um homem de meia-idade de jeans e camisa branca parado à porta. Era alto e estava muito zangado — um cúmplice do arrombador que ela acabara de surpreender? Liz olhou rápido à sua volta, mas a frigideira estava fora de alcance.

Parecia melhor tomar a iniciativa; talvez conseguisse baixar sua guarda por tempo suficiente para passar por ele.

— Quem é você? — exigiu ela.

— Meu nome é Marcham. Agora talvez possa me explicar que diabos está fazendo em minha casa?

CAPÍTULO 15

Sophie Margolis sentou-se na cozinha de sua imensa casa em Highgate, pensando na sogra. Para variar, Sophie tinha tempo livre, uma xícara de café diante de si e Hannah estava fora do caminho no momento — a vovó atenciosa passeara com o pequeno Zack pelo Heath.

Sophie sempre gostou de Hannah, mas refletiu que pouco sabia de verdade sobre ela. Primeiro porque Saul sempre ficava no caminho — o antigo marido de Hannah, um míssil intimidador que confundia combatividade com energia, monopolizava atenção e se esforçara ao máximo para diminuir todos ao seu redor. Inclusive David, seu filho, marido de Sophie, cuja gentileza tanto a atraíra, e ainda atrai. Por fim Hannah deu um "tempo" em Saul. Foi um divórcio disputado, um negócio inflamável,

90

cheio de animosidade. Isso havia ferido Hannah? "Não a julgar pelas aparências", pensava Sophie. Ela estava cheia de entusiasmo com sua nova vida em Israel; agindo, na verdade, como se só agora estivesse começando a viver a vida plenamente.

Um par de chapins-azuis apanhava pulgões nas rosas. Sophie levantou-se do banquinho para observá-los e dar uma olhada no carrinho de bebê contendo seu último rebento.

Entretanto, havia algo acontecendo com Hannah — algo não tão preocupante quanto surpreendente. Logo que chegou a Londres, foi difícil fazer com que ela saísse de casa sozinha. Tinha ido com Sophie e David ao teatro, jantar com alguns amigos, isso foi tudo. Mas agora parecia haver um homem em cena. De onde ele surgira? Sophie viu os dois pela primeira vez quando empurrava o carrinho de bebê pela Highgate High Street, e para sua grande surpresa a sogra surgiu de um café na companhia de um homem pelo menos 20 anos mais novo — atraente, também. Não houve qualquer tentativa de disfarce. Hannah veio diretamente até ela e apresentou-lhe seu companheiro — Danny Kollek, da embaixada israelense. E dali tudo decolou. Logo transpareceu que Hannah estava vendo bastante o Sr. Kollek. Frequentavam concertos, restaurantes, às vezes saíam para passeios e uma vez, surpreendentemente, foram ao zoológico.

"Bem", pensou Sophie, voltando ao seu banquinho e passando os olhos pelas palavras cruzadas *Times 2*, "era mesmo tão surpreendente?" Ao menos o Sr. Kollek era tão diferente de Saul quanto o possível. Parecia inteligente, culto e, sinceramente, bonito. Certamente não estava procurando por sexo com Hannah, estaria? Ela não havia passado uma noite fora de casa. Dinheiro? Bem, Hannah tinha lutado com unhas e dentes com Saul por um bom acordo. Ela merecia a maior parte dos 20 milhões de dólares, Sophie sabia disso. Então Kollek poderia estar atrás do dinheiro dela, mas ele parecia estar seguindo um caminho estranho. Hannah havia contado que ele sempre insistia em pagar pela diversão de ambos. Mesmo assim, 20 milhões de dólares justificavam um galanteio cuidadoso e tático. Foi com isso em mente que Sophie decidiu que era melhor fazer alguma coisa.

Estavam no Heath perto do laguinho de cães, revezando-se em empurrar o bebê no carrinho, quando ela abordou o assunto. O sol saía por trás das nuvens, aquecendo o ar, e Sophie tirou o pulôver, sentindo-se desarrumada na velha camiseta e com os jeans. Hannah também estava vestida casualmente, mas de maneira elegante — em calça de linho e camisa de seda.

Sophie comentou, como se por acaso:

— O que exatamente o seu amigo Danny faz na embaixada israelense?

Hannah deu um pequeno sorriso.

— Ele é adido comercial. Não é muito graduado, mas ainda é bem jovem.

— Então ele é só um amigo?

— Sim. O que mais ele seria? Tenho minha vaidade, minha querida, mas não se estende a garotões. Tenho certeza de que não está interessado em mim desta maneira. E se pensa que ele está atrás do meu dinheiro, pode relaxar. Ele me parece ganhar muito bem e, além disso, ele não sabe que tenho meu próprio dinheiro. Não, acho que ele só se sente sozinho por aqui; os ingleses nem sempre são muito receptivos, com exceção da minha presente companhia. E os israelenses não são muito populares em qualquer lugar nos dias de hoje. Nós apenas nos damos bem, amamos música, por exemplo.

Sophie sabia que deveria sentir-se aliviada com isso, mas na verdade só ficou com mais suspeitas. Simplesmente não fazia sentido que Kollek desejasse passar tanto tempo com uma mulher 20 anos mais velha, especialmente se não tinha qualquer objetivo de gigolô em mente. Porém como poderia dizer isso para Hannah, sem ofendê-la? Seria por demais insultante insistir que ele devia ter algum motivo oculto e que talvez não estivesse buscando uma mera amizade.

Isso a preocupou por vários dias, mas agora, enquanto fitava distraidamente um par de melros se juntar aos chapins-azuis, sentiu que precisava agir. Nos velhos tempos, quando ainda estava trabalhando, seria capaz de fazer algumas pesquisas por conta própria, mas como dona de casa em Highgate, sentia-se impotente. "Espere", pensou ela, devia haver alguém de antigamente que pudesse lhe dar algum conselho. "Mesmo que seja apenas para me mandar cuidar da própria vida e parar com preocupações." E concluiu que havia mesmo alguém, uma amiga que não via há algum tempo, mas que conhecia o bastante para ligar assim do nada. Alguém cuja opinião respeitava também, o que agora era mais importante do que um simples apoio moral. Levantou-se e foi até o telefone de parede junto à porta da cozinha.

— Liz Carlyle — disse mecanicamente, pois estava imersa no relatório de um agenciador quando o telefone tocou.

— Liz, é Sophie Margolis.

— Oi — disse Liz, surpresa. Fazia alguns anos que não via Sophie, e provavelmente 6 ou 7 desde que Sophie deixara o serviço. Mantiveram contato, pelo menos a princípio, encontrando-se para um almoço ocasional. Quando o bebê nasceu, Liz enviou um presente. Qual era o nome dele? Zack, era isso. Não veio mais outro depois disso? Liz sentiu uma ponta de culpa, já que não enviara um presente pelo segundo nascimento.

Trocaram gracejos por alguns minutos. Sophie falou sobre suas crianças, sobre como David estava se saindo na City (muito bem, aparentemente) e sobre as férias recentes na Umbria. Liz esforçou-se para soar alegre com sua própria existência solitária, e concluiu que ainda tinha que planejar férias para si mesma.

Então Sophie disse:

— Escute, seria maravilhoso vê-la. David e eu gostaríamos que você jantasse conosco. Alguma chance disso acontecer?

— Claro. Eu adoraria.

— A mãe de David veio de Israel nos visitar. Ela é americana, mas se mudou para Tel Aviv quando se divorciou no ano passado.

— Oh, sinto muito.

— Não sinta. Ele era um monstro do inferno. Até David admitiria isso, e é filho dele. Escute, sei que não é com muita antecedência, mas poderia vir neste sábado?

— Ah, Sophie, sinto muito, mas vou visitar minha mãe neste fim de semana. — "Sim", pensou Liz, "para enfim conhecer o tal Edward. Não perderia a chance."

— Que pena. E na semana que vem? Que tal na quarta-feira?

Liz olhou para sua agenda. Estava acusadoramente vazia.

— Seria ótimo.

— Excelente. Sabe onde moramos. Que tal 20h?

— Ótimo.

Mas Sophie não estava pronta para desligar.

— Liz, queremos muito vê-la, mas é melhor eu confessar: tenho um motivo oculto.

— E o que é? — Talvez Sophie fosse apresentá-la a algum amigo do marido, da City. Liz conteve um bocejo. Podia organizar sua própria vida romântica, muito obrigada.

— Bem, é a respeito da mãe de David. Veja bem, ela tem andando com um homem da embaixada israelense. Um homem bem mais jovem. E aparentemente...

Dois minutos depois, Liz estava com um lápis e escrevia cuidadosamente.

— K-o-l-l-e-k. Entendi. Deixe-me dar uma olhada, e falo com você na quarta.

Sophie estava justamente colocando o telefone no gancho quando Hannah entrou, segurando a mão de Zack.

— Oi, Hannah — disse, animada. — Estava conversando com uma velha amiga que não vejo há séculos. Eu a convidei para jantar na semana que vem; acho que vai gostar dela. O nome dela é Liz Carlyle.

— Que bom — disse Hannah, guiando Zack para uma cadeira junto à mesa, enquanto Sophie ia preparar o jantar dele. — Como a conheceu?

— Costumávamos trabalhar juntas. Em Recursos Humanos. — Ela acendeu o fogo da chaleira. Hannah parecia gostar do hábito inglês de uma xícara de chá ao fim da tarde.

Hannah assentiu.

— Ah, sim. Aquele trabalho que você costumava ter.

Ela disso isso com tanta ironia que Sophie se virou para encará-la.

— Sophie, sempre tive uma boa ideia do que fazia para ganhar a vida. A ideia de que trabalhava com Recursos Humanos é simplesmente absurda. — Ela ergueu a mão. — E não, David não me contou nada.

— Oh! — exclamou Sophie, já que era tudo que conseguiu pensar para dizer. Ficou perturbada por seu artifício ter sido descoberto. Quanto antes Liz checasse Danny Kollek, melhor.

CAPÍTULO 16

"Tanto trabalho para sair cedo", pensou Liz, quando as placas de obras na estrada apareceram e o trânsito começou a ficar lento. Deixara sua escrivaninha na Thames House às 16h, retirou seu Audi Quattro azul-escuro do estacionamento subterrâneo e saiu, esperando chegar à casa da mãe em Wiltshire a tempo para um passeio antes do jantar.

Era um belo fim de tarde de verão, o céu um azul contínuo, mas o Audi, que ela comprara de segunda mão muitos anos antes com um dinheiro que o pai lhe deixara, não tinha ar-condicionado. Para afastar a mente da fumaça do trânsito que invadia o carro através da janela aberta, tentou imaginar o cheiro do campo ao redor de Bowerbridge e da casa de sua mãe, cheia de flores como sempre.

Mas algo estava estragando a cena. Era pensar naquele tal Edward. O que encontraria quando chegasse lá?

O convite havia chegado uma semana antes. *Susan & Edward — Drinques*, escrito a mão num cartão de *Recepção em Casa*. Um convite conjunto, notou ela com desgosto — será que esse tal de Edward tinha mesmo se mudado para Bowerbridge? Será que tudo lá estaria diferente?

Era mais fácil pensar no trabalho, e enquanto estava sentada esperando que o carro da frente se movesse, a mente divagou à conversa atribulada do dia anterior com Chris Marcham, depois que ele a surpreendeu em sua casa em Hampstead. Marcham era um homem na faixa dos 50, reconheceu ela, alto, com cabelo comprido, casual, quase vergonhosamente vestido — um suéter amarelo com um buraco em um cotovelo, sapatos de couro craquelado e uma calça que precisava ser lavada.

Após o choque inicial e a descoberta de que Liz não era realmente uma ladra, Marcham relaxou um pouco. Ela apresentou-se como Jane Falconer, seu disfarce padrão, e em vez de alegar ser do Ministério do Interior, como teria feito normalmente, disse diretamente que era do Serviço de Segurança. Afinal, sabia que aquele homem era uma fonte fortuita do MI6.

— Você trabalha para Geoffrey Fane? — perguntou ele com suspeita.

— Não, estou com o outro serviço.

— Ah, MI5.

— Você tem um jardineiro? — começara Liz.

— Não — respondera Marcham, parecendo intrigado. — Por que pergunta?

Liz explicou como perturbara um homem que aparentemente trabalhava no jardim. Notou com interesse que Marcham não demonstrou sinal de querer reportar o intruso à polícia.

Enquanto o trânsito ficava livre e ela conduzia o Audi para a faixa de alta velocidade, Liz relembrava a conversa que se seguiu. Havia decidido antecipadamente que não havia razão para alarmá-lo com uma ameaça que não tinha certeza de ser real, então preferiu explicar que viera vê-lo por causa da futura conferência de paz de Gleneagles. Fontes da inteligência, dissera ela sem ser específica, tinham se deparado com um nível de "conversa" maior que o normal, em grande parte relacionada à Síria, e existia a preocupação de que pudesse ser uma tentativa de sabotar a conferência. Como ele era um especialista no país, comentou lisonjeiramente, e acabava de retornar de uma entrevista com o presidente Assad, imaginava se ele poderia ajudar.

Descobriu que ele já sabia por fontes em Damasco que a Síria planejava comparecer à conferência, mas alegou não ter ideia de quem poderia tentar evitar que isso acontecesse. O país certamente tinha muitos inimigos, disse ele, mas como todos pareciam ter decidido que era vantajoso comparecer à conferência, nenhum parecia um provável sabotador.

Marcham ficara impressionado com o presidente Assad, que lhe pareceu muito mais experiente do que os seus caluniadores deduziam, nem um pouco marionete dos partidários do falecido pai, muito mais senhor de si. Não parecia a Liz que o jornalista estivesse escrevendo nada sobre Bashar Al-Assad que se provasse particularmente provocativo, nem para os sírios nem para seus inimigos.

Porém, houve uma conversa estranha com a qual, enquanto o Audi ganhava velocidade, Liz estava intrigada. Marcham dissera em dado momento:

— Você pode querer conversar com suas contrapartes em Tel Aviv. Embora talvez você já tenha feito isso.

— Sem dúvida — replicou ela com frieza. — Você conversou?

Ele não estava esperando a pergunta, pois de repente pareceu nervoso, gaguejando com hesitação, antes de dizer por fim:

— Eu converso com muita gente.

Inclusive o Mossad, concluiu Liz, fazendo uma nota mental disso. Se ele estava conversando tanto com o Mossad quanto o MI6, só Deus sabia quem mais ele conhecia no mundo da inteligência. Inclusive os sírios, talvez.

Também houve mais uma coisa estranha. Estavam sentados à mesa da cozinha e de repente, sem aviso ou explicação, Marcham levantou-se e fechou com firmeza a porta do quarto. Não queria que ela olhasse lá dentro, sem perceber, claro, que ela já tinha olhado. O que ele estava tentando esconder dela? Não havia ali nada de extraordinário que ela pudesse lembrar, exceto talvez o crucifixo na parede. Mas o que havia de errado nisso?

Havia algo de errado naquele homem. Sentia isso instintivamente. Algo que ele não estava dizendo. Algo que valia ser mais explorado. "Pensarei nisso depois do fim de semana", decidiu. "Primeiro preciso me concentrar na mamãe e neste tal de Edward."

Assim que entrou pela porta dos fundos de Bowerbridge, ela foi recebida por um forte aroma de comida. Curry, com um cheiro picante que a deixou com fome. O que sua mãe estava planejando? Era uma cozinheira competente, mas conservadora e muito inglesa. Cozidos, sopas, torta de batata, bolinhos de peixe caseiros, um assado de domingo — aqueles eram seus pratos tradicionais. Agora sobre o fogão estava borbulhando uma grande caçarola, fonte do cheiro delicioso. Havia arroz num copo medidor, esperando uma panela para cozinhar. Na mesa havia um copo meio bebido de vinho branco, e uma cópia da *Spectator*.

— Você deve ser Liz — disse uma voz, e ela ergueu os olhos para um homem que entrava vindo da direção da sala de visitas. Era alto e magro, com cabelo grisalho arrumado e óculos de armação fina. Tinha rosto longo, queimado de sol, com maçãs do rosto altas e olhos amigáveis, e estava vestindo um casaco bege e calça escura de cotelê.

— Sou Edward — disse, estendendo a mão. — Acho que sua mãe se atrasou no viveiro.

— Prazer em conhecê-lo — disse Liz, pensando que ele não parecia em nada com o que ela esperava. Nada de tweed, nada de cachimbo, nada de bigode repartido.

— Espero que goste de curry. — Ele inspirou. — Um pouco forte, eu creio. — Sorriu de modo tranquilizador, e Liz se viu sorrindo de volta.

— Vou subir com minha bolsa — disse.

Já em seu quarto, Liz deixou a bolsa no chão e olhou pela janela para o tulipeiro, sem flores agora neste último estágio do verão; a árvore em si era quase da altura da casa. Ela pensou que tinha crescido junto com a árvore. Seu pai a havia plantado quando a mãe estava grávida de Liz.

Olhou ao redor do quarto, inalterado desde que era uma garotinha. Havia na parede uma aquarela do rio Nadder, pintada por seu pai, um naturalista entusiasmado que pescava naquele rio todo verão. Liz frequentemente o acompanhava, e foi ele quem a ensinou a manejar a vara e os nomes de flores, árvores e pássaros. Ficaria triste por ela ter acabado indo viver em Londres.

Perto da pintura havia uma fotografia de Liz, aos 9 anos, sentada em Ziggy, seu pônei, usando um chapéu de montaria de veludo preto e sorrindo, mostrando os dentes para a câmera. Liz riu ao ver as trancinhas de sua versão mais jovem e lembrou do quanto Ziggy era rebelde. Uma vez até mordera o instrutor de equitação.

Ela desfez a mala rapidamente e trocou as roupas de escritório por jeans e uma camiseta. Antes de descer, deu uma rápida espiada no quarto da mãe. Estava esperando o pior: as escovas de Edward na penteadeira, uma prensa para calças num canto

Mas parecia inalterado. E do outro lado, no quarto de hóspedes, viu uma mala perto da cama. De Edward, ainda por desfazer. Devia ter chegado hoje, concluiu, lembrando que ele morava em Londres. Talvez não tivesse se mudado, afinal.

Foi para o andar de baixo, notando, ao cruzar a sala de estar, uma fotografia emoldurada em uma das mesinhas laterais. Exibia um grupo composto de gurkhas, vestindo uniforme de gala e sentado em três organizadas fileiras, os fuzis com baionetas apontadas para cima. Dois oficiais ingleses estavam na ponta da fileira da frente, presumivelmente seus comandantes. Um parecia uma versão mais jovem de Edward.

— Tem uma garrafa aberta de Sancerre na geladeira — declarou Edward quando ela se juntou a ele na cozinha. Ela se serviu uma taça e sentou-se à mesa, enquanto ele se movimentava no fogão.

— Vejo que pegou um bocado de sol — aventurou Liz, sentindo-se sem cor em comparação.

— Faz parte do serviço.

— Ainda está no Exército? — perguntou Liz com surpresa.

— Não, não. Me mandaram embora em 99. Agora trabalho para a caridade; ajudamos os cegos em países em desenvolvimento. Ao menos tentamos ajudá-los... não seria de pensar que a política entrasse no caminho de algo tão inocente, mas sim. Viajo um bocado por causa disso: Índia, África de vez em quando. É engraçado como as pessoas pensam que se você pegou um bronzeado é porque devia estar relaxando numa espreguiçadeira nas Bahamas. Infelizmente, não.

— Vi a foto na sala ao lado.

— Ah — disse ele, parecendo ligeiramente constrangido. — Trouxe para mostrar a sua mãe. Ela insistiu em ver uma foto minha de uniforme.

— Ficou com os gurkhas por muito tempo?

— Trinta anos — disse ele, com um toque de orgulho. — Soldados muito bons — acrescentou, baixinho.

— Deve ter andado um bocado por aí — disse Liz, sorvendo o vinho, que estava deliciosamente seco e gelado. "Aqui vamos nós", pensou Liz: "contos sobre Aden e atos de coragem". Desejava que a mãe se apressasse.

— Um bocado — disse ele. — As Malvinas, a primeira Guerra do Golfo, seis meses no Kosovo que prefiro esquecer.

Mas isso foi tudo o que ele disse. Liz notou agradecida como ele mudou de assuntou com talento, perguntando a ela onde morava em Londres. Em poucos minutos, Liz descobriu que, para sua surpresa, estava contando tudo sobre seu apartamento em Kentish Town: quando o comprou, como o arrumou, o que ainda tinha de fazer nele. Edward era um ouvinte simpático, só interrompendo ocasionalmente, apesar de que em certo momento fez Liz gargalhar com uma descrição sobre viver numa tenda furada enquanto fazia manobras numa floresta tropical em Belize.

O gelo estava quebrado, e apesar de Liz se lembrar com severidade para não se apressar em julgá-lo, eles continuaram a conversar sobre todo tipo de coisa, inclusive música, e ela viu o rosto de Edward se iluminar quando ele descreveu um concerto de Barenboim no qual estivera recentemente no Barbican. Estavam conversando sobre acústica, por incrível que pareça, quando Susan Carlyle veio pela porta dos fundos, um buquê de flores recém-cortadas nos braços e um ar de alívio no rosto por encontrar os dois conversando.

Jantaram na cozinha, depois se sentaram juntos na sala de estar, lendo e ouvindo Mozart. Às 22h, Liz se viu reprimindo um bocejo.

— Vou para cama — declarou. — Há muita coisa a fazer amanhã para preparar a festa?

Susan meneou a cabeça.

— Tudo arrumado, querida. Graças a Edward.

Lá em cima, Liz logo caiu num sono leve, depois acordou quando a mãe e Edward subiram os degraus. Portas se fecharam, outra abriu; Liz desistiu de tentar decifrar o que estava acontecendo, e daquela vez dormiu profundamente.

Pela manhã, dirigiu até Stockbridge, tendo estabelecido que não havia nada mesmo que pudesse fazer para ajudar. Quando voltou, a mãe estava no viveiro, mas Edward estava ocupado — o vinho tinha chegado, e ele já havia colocado uma toalha limpa na mesa da sala de jantar, passado aspirador na sala de visitas e tirado o pó. "Meu Deus", pensou Liz, em vez do reacionário que ela esperava, Edward era um Novo Homem.

A festa foi um sucesso, cheia de antigos amigos da mãe, muitos dos quais pareciam já conhecer Edward. Apareceram alguns rostos novos, e até alguém da idade de Liz — Simon Lawrence, que era dono de uma fazenda orgânica nas proximidades. Eles haviam frequentado a escola juntos, mas Liz não o via havia quase 20 anos. Ele se tornara imensamente alto, mas ainda possuía o rosto de bochechas bem avermelhadas do qual ela lembrava.

— Olá, Liz — disse ele com timidez. — Lembra de mim?

— Como poderia esquecê-lo, Simon? — declarou com uma risada. — Você me empurrou no lago Skinner no verão em que fiz 14 anos.

Conversaram por meia hora, e ao sair, Simon pediu seu número em Londres.

— Normalmente tento evitar aquele lugar — confessou ele animadamente —, mas seria bom ver você novamente.

No domingo, só para variar, Liz dormiu até bem tarde e percebeu que o trabalho estava tendo consequências físicas. Quando desceu para a cozinha, Edward estava começando a preparar o almoço e recusou todas as ofertas de ajuda, em vez disso oferecendo-lhe uma bem-vinda xícara de café e um croissant quente.

Explicou que Susan tinha ido fazer uma visitinha ao centro de jardinagem por um minuto; domingo era o dia mais atarefado.

Liz se sentou e leu os jornais, notando uma coluna sobre a conferência de paz de Gleneagles. *Avanço ou Paralisação?* era o título, e Liz pensou novamente no quanto eram frágeis as perspectivas de paz e no quanto era importante que a conferência fosse um sucesso.

Depois do almoço, ela e a mãe caminharam até a colina em uma das pontas da propriedade Bowerbridge. Edward ficou para trás; parecia pressentir que Liz queria um tempo sozinha com a mãe.

No topo, pararam para olhar o vale Nadder alongando-se abaixo. O verão longo e seco significava que as árvores estavam mudando cedo, e os carvalhos vale abaixo já estavam numa paleta de laranja e dourado.

— Estou tão contente que tenha vindo — disse a mãe. — Edward estava querendo conhecê-la.

— Eu também — disse Liz. Não conseguiu resistir a acrescentar: — Ele parece praticamente perfeito.

— *Perfeito?* — A mãe olhou para Liz com severidade. — Ele não é perfeito. Longe disso. — Fez uma pausa, como se considerando os defeitos dele. — Às vezes é muito vago, sabe como são os homens. — Calou-se. — E às vezes fica muito triste.

— Triste? Com o quê?

— Imagino que seja a esposa. Ela morreu, sabe, logo após ele se aposentar. Em um acidente de carro na Alemanha.

— Oh, sinto muito — disse Liz, lamentando seu ligeiro sarcasmo. — Deve ter sido horrível.

— Garanto que sim, mas ele não fala sobre isso. Do mesmo modo, não converso com ele sobre seu pai. Parece não fazer muito sentido. Desfrutamos da companhia um do outro, e isso é o que parece importante agora.

— Claro. Não quis soar indelicada. Ele parece ser muito bom. Falo sério.

— Fico contente — disse Susan simplesmente.

— E mãe, mais uma coisa. — Liz hesitou por um momento, sentindo-se ligeiramente constrangida. — Não quero que sinta que Edward precisa ser exilado para um quarto vago quando eu estiver por perto.

A mãe deu um pequeno sorriso.

— Obrigada. Eu disse a ele que era ridículo, mas ele insistiu. Afirmou que era a sua casa também e que não queria que pensasse que ele estava invadindo.

— Foi muita consideração dele — disse Liz com surpresa, embora ficasse cada vez mais ciente de que havia mais em Edward Treglown do que ela poderia supor.

— Ele *é* muito respeitoso. É uma das coisas que mais gosto nele.

— Ele disse que faz trabalho de caridade.

— Ele *dirige* a caridade. Só descobri quando já o conhecia há meses. Ele é muito modesto; nunca saberia que ganhou a Ordem de Serviços Distintos.

O óbvio orgulho pelo novo *namorado* começou a incomodar Liz, mas ela se conteve. Por que Susan não deveria estar orgulhosa dele? Não era como se Edward fosse do tipo prepotente — longe disso. E obviamente fazia sua mãe feliz. Isto era o que importava.

E quando partia para Londres, Liz se descobriu dizendo a Edward não apenas que gostara de conhecê-lo, mas que estava ansiosa para vê-lo novamente em breve.

— Talvez você e mamãe possam vir jantar um dia desses — disse ela, pensando em toda a limpeza que teria de fazer no apartamento caso aparecessem para uma visita.

— Deixe-nos levá-la para jantar primeiro — disse ele com gentileza. — Pelo que entendi, você trabalha bastante. A última coisa com que precisa se preocupar é em nos entreter. Deixarei que sua mãe marque uma data.

Ela dirigiu de volta para Londres em um humor mais animado do que na ida. Edward até acabou sendo uma coisa boa, na verdade, e a mãe parecia mais feliz e segura de si mesma como não era há tempos. Era engraçado pensar que não precisava se preocupar tanto com Susan agora, não com o leal Edward ao lado dela. Engraçado, mas por que isso não servia de alívio? Em um lampejo de autoconhecimento que a fez se remexer inquieta no banco do motorista, Liz admitiu que agora não teria desculpa para não organizar a própria vida pessoal. Já tinha resolvido que era hora de abandonar seu desejo infrutífero por Charles Wetherby, mas seria capaz? E abandonar como, perguntou a si mesma, abandonar por quem? Indagou-se se Simon Lawrence realmente usaria o número de telefone que lhe dera. Não se preocuparia com isso, mas seria bom se ele ligasse.

Abriu a porta da frente para a costumeira bagunça de jornais da última semana e cartas espalhadas por toda parte da mesa e o leve ar de descortesia poeirenta que o apartamento sempre tinha quando ela ficava fora no fim de semana. A luz na secretária eletrônica estava piscando.

— Oi, Liz — disse a voz. Era americana, mas educada, e soava ligeiramente familiar. — Aqui é Miles, Miles Brookhaven. É manhã de domingo, e você deve ter viajado no fim de semana. Eu estava imaginando se gostaria de sair para almoçar comigo esta semana. Me ligue na embaixada quando puder. Aguardo sua resposta.

Liz ficou parada junto à máquina, um bocado surpresa. "Como ele conseguiu meu número?", pensou. Estaria isso relacionado ao trabalho? A ligação tinha sido estranhamente ambígua. Não, concluiu, ele não teria ligado para sua casa se fosse apenas profissional, muito menos em um domingo, a não ser que fosse algo extremamente urgente. De repente lembrou-se de ter dado a ele o número de sua casa depois que ficou decidido que Miles seria seu contato no caso sírio, e imediatamente, em uma rápida mudança de humor, ela começou a se sentir lisonjeada em vez de desconfiada.

CAPÍTULO 17

— *Chacun à son goût* — disse a policial Debby Morgan. O investigador Cullen franziu a testa para ela, indagando-se se deveria admitir que não tinha ideia do que ela queria dizer. Ela gostava de usar frases estrangeiras, mas, também, tinha um diploma, como tantos dos recrutas de hoje, e Cullen imaginava que eles não conseguiam deixar de se exibir um pouco.

Não que ele realmente se incomodasse com a jovem Morgan, pois tinha um fraco por ela. Ouviu sermões por parte dos colegas quanto ao assunto, e era verdade que Debby Morgan era uma moça atraente, com grandes olhos azuis, traços bonitos e uma silhueta atlética. Mas o investigador Cullen fora casado por vinte anos e tinha três filhas, uma quase da idade de Debby. Ele gostava da jovem colega, mas como se fosse sua sobrinha.

Agora ela dizia:

— Nojento é a palavra para isso. — Ele apontou para o arquivo aberto sobre a escrivaninha, com as fotos do cadáver que fora encontrado numa caixa em uma das igrejas da City. — Este sujeito teve um fim bem feio.

— Estranho pensar que fez isso consigo mesmo.

— Já vi coisas mais estranhas. — O que era verdade, uma vez tinha trabalhado na divisão de narcóticos por seis meses no Soho, e nunca se recuperou do que outras pessoas tiveram que enfrentar. Olhou para a jovem Morgan, pensando que ela tinha muito a aprender sobre a vida. — Então no que está pensando?

Ela deu de ombros.

— No óbvio, suponho. Quem o colocou na caixa?

O investigador Cullen assentiu.

— Temos isso, claro, mas algo mais chama a sua atenção? — Ela parecia inexpressiva, então ele forneceu a resposta. — Alguém o colocou na caixa, mas a morte foi autoinfligida. Então porque esta outra pessoa não ajudou a vítima? O patologista disse que a morte não foi nem um pouco imediata, o pobre vagabundo levou vários minutos para morrer. Então onde estava o nosso bom samaritano?

— Talvez não conhecesse a vítima — afirmou, esperançosa.

— Se encontrasse um estranho morto numa igreja, o que faria? Chamaria a polícia? Pediria ajuda? Tentaria respiração boca a boca? Ou o enfiaria numa caixa e fugiria?

— Entendo o que quer dizer.

Ouviu-se uma batida e a porta do escritório de Cullen se abriu um pouco. Um jovem sargento enfiou a cabeça.

— Desculpe-me, chefe, mas pensei que gostaria de saber. — O sargento olhou para a policial Morgan com franca admiração.

— O que é? — perguntou Cullen em poucas palavras.

— Recebemos uma ligação anônima dando o nome do homem na caixa.

— E?

O sargento olhou para seu bloco de anotações.

— Alexander Ledingham.

— Quem é?

O sargento deu de ombros e olhou impotente para Cullen, como quem diz "não sei".

— Mora em Clerkenwell, de acordo com o informante.

— O que mais?

— Só isso. Desligaram.

— Escreva tudo o que conseguir lembrar sobre o informante — disse Cullen, ficando de pé abruptamente, e o jovem sargento assentiu e se retirou. Cullen olhou pela janela, onde o céu estava assumindo uma ameaçadora tonalidade cinzenta. — Pegue sua capa — ele se dirigiu a Morgan. — Parece que vai chover.

Acabaram indo duas vezes a Clerkenwell, na segunda vez com um mandato de busca e um chaveiro. Na tarde anterior, com a ajuda da delegacia de polícia local, localizaram a residência de um A. Ledingham, em um depósito feito de tijolos que fora convertido em novos apartamentos. Ninguém atendeu a campainha, o que fazia sentido caso Ledingham fosse mesmo o homem na caixa. Dois vizinhos disseram que não o viam há alguns dias. Era morador novo, muito reservado. Nenhum se lembrava de ter visto visitantes no apartamento de Ledingham.

Desta vez, o investigador Cullen e a policial Morgan foram direto ao apartamento no terceiro andar. Aguardaram impacientes enquanto o chaveiro fazia seu trabalho; 5 minutos depois a porta da frente do apartamento estava aberta.

Um odor poderoso os recebeu quando entraram no pequeno hall.

— Uhhh — disse Debby Morgan, tampando o nariz e entrando na neblina azul que preenchia o apartamento. Bem à frente deles havia uma ampla área aberta com piso de madeira que parecia servir como sala de jantar e de estar. Estava parcamente mobiliada, um sofá e duas poltronas de madeira em uma ponta, uma mesa de jantar de aparência barata com quatro cadeiras na outra. Nas paredes, pouco visíveis na neblina, havia pôsteres emoldurados, vívidas construções geométricas de *op-art*.

O investigador Cullen apertou os olhos e avançou para a pequena cozinha, que parecia ser a fonte do cheiro. Viu com alarme que o fogão elétrico estava ligado, e abrindo a porta do forno, foi recebido por uma nuvem de fumaça preta. Assim que parou de tossir, olhou outra vez. Parecia haver algo numa assadeira.

— Permita-me — disse Debby, desligando o fogão na parede. Segurando seu lenço diante do rosto e agarrando um par de luvas térmicas, aproximou-se com cuidado do forno e puxou a assadeira, que continha os resíduos de algum assado inidentificável, agora reduzido a um amontoado preto fumegante. Ela atirou sem cerimônia a assadeira inteira na pia e abriu a torneira de água fria. Resultou num alto ruído sibilante, e nuvens de vapor se ergueram e gradualmente começaram a se dispersar quando Cullen ligou um exaustor.

— O que acha que isso nos diz? — perguntou Cullen.

— Que ele não é bom cozinheiro?

O investigador Cullen meneou a cabeça.

— Significa que ele planejava voltar para cá. O que quer que estivesse para fazer não deveria tomar muito tempo.

— Este é um daqueles fornos com programação — disse Morgan, que estava examinando os controles. — Então ele poderia ter ajustado para acender em uma hora específica.

— Que seja. Ele esperava voltar para casa e comer. — Ele estava olhando ao redor. Uma estante em uma das paredes guardava uma fileira de romances em brochura, e vários livros maiores sobre computação gráfica. Aquele devia ser o trabalho dele, pensou Cullen, que notou um laptop aberto numa pequena escrivaninha num canto.

— Vamos olhar o quarto — disse ele, apontando para uma porta no canto do cômodo. — Podemos fazer uma busca detalhada aqui depois.

Ele abriu a porta com cuidado, e o ar cauteloso de seu rosto se transformou em espanto ao espreitar lá dentro.

— Minha nossa! — exclamou a policial Morgan quando entrou atrás dele.

O quarto era dominado por uma cama enorme com dossel, impecavelmente arrumada, com postes de latão aos pés e uma cobertura sustentada por colunas de madeira intricadamente esculpidas acima da cabeceira. Pendurado num dos pilares de latão estava um par de algemas prateadas.

O investigador Cullen disse:

— Ele devia ser um tanto excêntrico.

— Mas um excêntrico religioso — disse Debby, apontando para a parede diante da cama, onde um tríptico de placas de madeira estava suspenso. Cristo estava na cruz, retratado de maneira sangrenta; o sangue pingava do flanco, das mãos e dos pés crucificados. Os painéis estavam rachados e desbotados — antiguidade, pensou o investigador Cullen; tinha visto coisas assim numa igreja na Itália, onde sua esposa insistira em ir num verão, rejeitando sua preferência por Marbella.

Aquela não era a única coisa estranha: nas outras paredes havia dúzias de desenhos arquitetônicos, presos por fita adesiva. Eram todos de igrejas, muitos deles de plantas baixas detalhadas, cheias de observações em tinta preta numa escrita pequena e precisa, anotações em grande parte, mas também uma série de linhas que convergiam perto do altar, marcadas por setas e grandes Xs.

Se a cama não estivesse ali, era de se pensar que fosse o escritório de um arquiteto eclesiástico. Mas não existia nada de sagrado no efeito geral; era sinistro, na verdade.

Abalado, o investigador Cullen abriu uma porta de armário em um canto do quarto, quase esperando encontrar um esqueleto pendurado. Ficou aliviado por descobrir apenas roupas, primorosamente dobradas em prateleiras, com alguns paletós e camisas em cabides.

A policial Morgan havia colocado um par de luvas de látex e estava vasculhando as gavetas de uma penteadeira de pinho. Virou-se com um ar triunfante no rosto, erguendo um livrinho preto.

— Não me diga — disse Cullen. — Você encontrou um guia para rituais de magia negra.

— Nada tão exótico. Acho que é a agenda dele. — Ela folheou as páginas, depois parou de repente, estendendo-a para que Cullen visse.

Cada página continha uma semana, e Morgan havia se detido na semana atual. Só havia dois registros. Domingo dizia *13h, Marc*. O que parecia um almoço marcado. Mas terça fez os olhos de Cullen se arregalarem. *St B. 20h*.

— Qual era o nome da igreja onde encontraram esse sujeito?

— St. Barnabas.

Ele apontou para a agenda com um dedo zangado.

— Aí está. — Morgan continuou a folhear o diário. Não existia outra menção a "St B.". Mas em várias páginas se encontravam iniciais que poderiam ser igrejas — apareceram "St M", "St A" e "Ig Ch".

Cullen deu um assobio satisfeito.

— No que está pensando? — perguntou a policial Morgan ansiosa.

Ele olhou dentro de seus grandes olhos azuis e sorriu.

— Trabalhou muito bem, Debs. Coloque isso num saco de evidências e vamos dar uma olhada no computador do Sr. Ledingham para tentar descobrir onde ele trabalhava. Talvez alguém por lá possa explicar tudo isso... — Ele indicou o quarto com a mão.

CAPÍTULO **18**

Liz havia se vestido com elegância para o almoço com Miles Brookhaven. Estava usando a saia de seda godê e as sandálias de tirinhas que comprara para a festa da mãe. Antes estava determinada a colocar Edward no lugar dele ao se portar com elegância e sofisticação. Como constatou mais tarde, aquilo não era necessário. Agora usava as roupas por uma razão diferente.

Mas olhando para a placa de *Fechado* na porta da frente do *Ma Folie*, um bistrô no South Bank, imaginou se não as teria desperdiçado novamente. O que acontecera ao know-how americano e onde estava Miles Brookhaven? Quando ele ligou para marcar o almoço, disse ter reservas no restaurante.

— Você vai amar o lugar. A comida é tão boa que se poderia estar na França. — Bem que poderia estar, pensava Liz agora, já que como muitas de suas contrapartes francesas, *Ma Folie* estaria fechado por todo o mês de agosto.

Ela estava pensando no que fazer quando ouviu passos correndo pelo calçamento, e viu Miles Brookhaven.

— Aí está você! — gritou ele, com um sorriso tão amigável que Liz não pôde ficar aborrecida. Ele fazia uma figura vistosa em um terno de verão cinza-claro com uma camisa azul forte e gravata de bolinhas amarelas. Apontava para o bistrô:

— Acho que já viu a má notícia. Mas não se preocupe: tenho uma alternativa da qual acho que vai gostar. Espero que goste de alturas.

Vinte minutos depois, Liz era a terceira no trajeto de subida na London Eye, bebericando uma taça de champanhe. Miles havia reservado uma "cabine" particular com almoço e direito a champanhe.

A ascensão da cápsula era tão gradual que não se via qualquer movimento, embora Liz notasse que o topo do Big Ben, que poucos minutos antes estava ao nível dos olhos, estava então abaixo deles. Era um dia perfeito para a Eye, ensolarado e claro, e tudo que impedia Liz de se divertir era a ideia do quanto aquilo devia ter custado. Será que Miles teria pagado tudo ou a CIA em Grosvenor Square estaria custeando? Ela suspeitava do último, e caso estivesse certa, por que ela valia um tratamento tão extravagante? O que esperavam arrancar dela?

— Tenho uma pequena confissão a fazer — disse, enquanto Miles lhe oferecia um prato com sanduíches de salmão defumado.

— O que é?

— Nunca estive na Eye antes.

Ele riu.

— A maioria dos nova-iorquinos nunca foi à Estátua da Liberdade. Agora vamos almoçar.

Ela se sentou próximo a ele no banco.

— É de onde você é, Nova York?

— Nada tão impressionante. Nasci em Hartford, Connecticut. — Ele fez uma pausa, depois acrescentou com um sorriso: — A capital americana dos seguros. Tão interessante quanto parece.

— Há quanto tempo está com a Agência?

— Cinco anos. Entrei dois anos depois do 11 de Setembro. Me graduei em Yale e estava fazendo um mestrado em relações internacionais em Georgetown. Estando praticamente ao lado, é um ponto de recrutamento natural para Langley. Além disso, falo árabe... Tenho certeza de que foi por isso que a Agência se interessou por mim a princípio.

— Não é muito comum um americano falar árabe, não é? Sem ofensas.

— Ofensa nenhuma. Você está certa. Quando entrei, poderia se contar os falantes de árabe da CIA nos dedos de uma mão. Agora, cinco anos depois, você precisa de *duas* mãos para contá-los.

— Como se interessou pela língua?

— Meu pai era corretor de seguros; especializou-se em petroleiros. Num verão levou todos nós em um dos navios-tanque. Passamos por todo o Golfo, depois pelo canal de Suez. Simplesmente me apaixonei pela região e pela língua. — Ele exibiu um sorriso tímido.

— É o seu primeiro posto no exterior?

— Fiquei na Síria por três anos. Em Damasco. — Ele olhou para fora da janela da cabine com ar sonhador. — É um país belíssimo, Liz. Muito caluniado pelos meus compatriotas.

Mesmo sentada, Liz podia ver os subúrbios distantes ao norte e ao sul surgirem em vista. Da London Eye, a cidade era curiosamente achatada, alongando-se feito uma panqueca para todas as direções.

Ela disse:

— Londres deve parecer muito monótona para você. Um mundo completamente diferente.

— Não exatamente. Às vezes parece que metade do Oriente Médio se mudou para cá. — Miles se levantou e apontou para o oeste na direção do horizonte. Estavam no ápice da trajetória da Eye e aparentava estar vertiginosamente alto. — O que é aquilo? Parece um castelo.

Liz disse secamente:

— Acertou. É o castelo de Windsor.

— Claro que é. — Ele riu. — E mais embaixo há duas outras fortalezas. — Ele apontou para o longo quarteirão da Thames House na margem norte, seu telhado cobre brilhando dourado ao sol, e um pouco mais adiante, no South Bank, as estilosas linhas verdes e brancas das torres pós-modernistas do MI6.

Depois de uma pausa, ele disse:

— Andy Bokus, meu chefe de base... você o viu na reunião naquele dia... Andy diz que os franceses reclamam há anos que mesmo que Londres seja um centro de atividade terrorista médio-oriental, vocês são lentos demais para agir. Ele diz que acha que eles estão certos.

— Você concorda com ele? — perguntou Liz. Já ouvira aquela opinião com muita frequência para reagir.

— Não, eu não. Acho que fazem um bom trabalho entre vocês. Seria um pesadelo tentar rastrear todos os estrangeiros que existem aqui, cada um com um propósito diferente. E foi o seu lado que trouxe à tona esta ameaça à conferência de paz. Suponho que a fonte seja daqui, não? — De costas para ela, Miles olhava pela janela da cápsula.

Liz não disse nada. Se Geoffrey Fane não dissera aos americanos de onde veio a informação, ela certamente não o faria. Estava surpresa com a aproximação grosseira de Miles. "Devem achar que nasci ontem", pensou ela. Talvez este estilo de recolhimento de informações funcionasse bem em Damasco — embriague sua fonte em potencial e depois dispare a pergunta —, mas ele precisaria ser muito mais sutil caso quisesse ter sucesso ali. Ela imaginou com um sorriso se Andy Bokus se recusaria a pagar pela conta do almoço caso Miles voltasse de mãos vazias.

O silêncio se arrastou. Liz fizera muitas entrevistas para saber sobre silêncios — aquele era um que ela não quebraria. Por fim, Miles disse:

— Suponho que teremos que observar qualquer coisa incomum que apareça. Sei, por exemplo, de pelo menos um agente sênior que Damasco mandou para cá recentemente.

— Quem é?

— Ele se chama Ben Ahmad. Era agente de contraespionagem sênior na Síria. Sua presença aqui não faz muito sentido para mim.

Mas fazia para Liz. Brookhaven não sabia que a ameaça à conferência vinha de forças anti-Síria — segundo a fonte do MI6 no Chipre. Por este motivo, um especialista em contraespionagem era precisamente o que Damasco enviaria. Guarnecido pela força que Wally Woods e sua equipe tinham visto chegando em Halton Heights.

Agora eles estavam descendo lentamente, as construções abaixo parecendo crescer conforme se aproximavam. Miles estava arrumando as coisas do almoço enquanto Liz pensava no que ele dissera. Sim, valia a pena dar uma olhada em Ben Ahmad, decidiu, fazendo uma nota mental.

Quando deixaram a Eye, o rio estava cheio de barcos, aproveitando o bom tempo.

— De volta à fazenda? — perguntou ele, e ela sorriu do americanismo, depois assentiu.

— Eu também. Acompanho você.

Eles seguiram ao longo do South Bank, com a visão do Parlamento do outro lado do rio. Miles disse:

— Não falamos nem um pouco sobre você. Quando entrou para seu serviço?

Enquanto caminhavam, ela lhe deu um resumo de sua história — como primeiramente respondera a um anúncio, depois se viu avançando nas entrevistas até de repente receber a oferta de trabalho. Ela não possuía qualquer especialidade, e nunca teria imaginado durante seus anos de universidade que terminaria no MI5.

— Deve estar se saindo muito bem lá.

Ela deu de ombros. Gostava de Miles, apesar de sua técnica de recolhimento de informações um tanto grosseira, mas não precisava de elogios. Sabia que era boa em seu trabalho: tinha fortes habilidades analíticas, trabalhava bem em campo (especialmente quanto entrevistava pessoas) e conseguia se entender com praticamente qualquer um — exceto, pensou, pessoas como Bruno Mackay, mas não tinha conhecido muitas assim. Qualquer orgulho que sentisse era sempre abrandado pela percepção de que seu trabalho nunca estava concluído, e que a resolução bem-sucedida de um caso só significava a apresentação de um novo desafio. Mas era isso que tornava tudo tão interessante.

Chegaram à Lambeth Bridge, e Liz parou.

— Melhor eu atravessar aqui — disse. — Obrigada pelo almoço.

— Um pouco inortodoxo.

— Foi divertido — comentou ela simplesmente.

— Que tal jantar um dia desses? — Miles parecia ligeiramente nervoso.

— Eu adoraria.

Enquanto cruzava a Lambeth Bridge, observando duas barcas se evitarem com perícia rio acima, indagou-se sobre Miles. Convidá-la para jantar parecia bem inequívoco, mas seria tudo parte da tentativa da CIA em agradá-la? Se fosse, não importava. Sentia-se bem confiante de poder ver Miles se distanciando, bem, a milhas de distância. Liz pensou que tinha um encontro, o primeiro em bastante tempo. Bem, mas não ficaria muito animada. Mais interessante, ao menos por enquanto, era esta notícia sobre um agente de contrainteligência em Londres.

CAPÍTULO 19

Sophie sortuda, pensou Liz, assimilando os armários de carvalho, as bancadas de granito e o piso de ardósia. A cozinha do casarão edwardiano parecia enorme e clara, enquanto o sol, agora baixo no céu, espiava entre duas altas árvores nos fundos do jardim. Era um grande contraste com o porão de Liz em Kentish Town.

Estava bebericando uma taça de vinho enquanto Sophie andava de cá para lá entre o fogão e uma grande tábua de corte — "ela sempre gostou de cozinhar", lembrou Liz. Uma mulher elegante entrou pela porta envidraçada vindo do jardim, segurando a mão de um menininho de pijama. Vestida casualmente numa calça-bem-talhada e um cardigã de caxemira, ainda era formosa aos 60 e poucos anos. Liz gostou dela imediatamente. Observando-a sentada na cozinha com o neto no joelho, admirou como a senhora parecia conseguir ser uma avó atenta e devotada e simultaneamente conduzia uma conversa adulta. Enquanto Sophie levava o pequeno garoto para a cama, Liz e Hannah sentaram-se no terraço e conversaram sobre Israel, que para surpresa de Liz, Hannah parecia encarar com sentimentos confusos. Agora Liz pegava outro pistache da tigela entre elas e dizia:

— Sophie me disse que fez um amigo aqui, da embaixada israelense.

— Sim. Danny Kollek. Você o conhece?

— Não. Acho que não — respondeu Liz. — Onde o conheceu?

— Bem por acaso, na verdade. Começamos a conversar no intervalo de uma peça no teatro Haymarket. Ele é muito simpático. Muito mais simpático do que os agentes que conheci em Tel Aviv, com certeza.

— Conhece muitos deles, lá em Israel?

— Bem, não exatamente. A maioria dos que conheço é do Mossad. Vieram conversar comigo sobre meu marido, Saul, ex-marido devo dizer, quase assim que cheguei em Tel Aviv. Suponho que Sophie tenha contado. Sophie acha que Danny possa ser um Mossad também — acrescentou Hannah de modo apaziguador.

— Ele disse a você que era?

— Não, e não acredito que seja. Ele é muito simpático e nos conhecemos por acaso.

Liz não disse nada, mas estava pensando: aposto que não foi por acaso. Ela tinha verificado antes de vir, e Kollek estava mesmo na embaixada, mas não estava na lista que o Mossad forneceu de seus agentes alocados em Londres. Mas o que Hannah descrevera era uma clássica aproximação de um agente da inteligência "Ele provavelmente tinha recebido ordem de manter uma vigilância discreta sobre ela enquanto estivesse em Londres", pensou.

Hannah prosseguiu.

— Disse a eles que não queria mais conversar. — Ela baixou a voz.

"Por quê?", pensou Liz. Não havia ninguém para ouvir.

— Saul e eu nos separamos, sabe. Ele fazia negócios pelo Oriente Médio, provavelmente ainda faz; sistema de computadores. Não pude ajudá-los muito porque não entendia os detalhes, mas eles me disseram que apesar de os sistemas serem bem inocentes em si, eram capazes de ajudar um país a desenvolver armas antirradar sofisticadas.

— Ele negociava com os inimigos de Israel?

Hannah deu de ombros e, olhando para Sophie, que agora estava de volta à cozinha e parecia preocupada com seu *daube*, disse:

— Saul não era muito seletivo quanto aos clientes. Só estava interessado em ganhar dinheiro.

Liz assentiu com simpatia.

— É sobre isso que Danny Kollek conversa com você?

Hannah de uma súbita risada.

— Meu Deus, não. Danny só está interessado em música. Até mais do que em mim — acrescentou em voz alta para que Sophie ouvisse. — Sério, ele é só um amigo. Almoçamos, vamos a concertos; não há nada de profissional nisso. Na verdade, ele é simpático ao movimento.

— Movimento?

— Movimento de paz. Me envolvi quase assim que cheguei em Israel. Todos parecem pensar que Israel está cheio de extremistas de direita, determinados a manter os territórios ocupados. Mas não é nada disso. Existem muitos dissidentes por lá. De fato, eu diria que os israelenses mais inteligentes são resolutamente contra a política do governo. Não conheço ninguém que não ache que um assentamento negociado seja a única maneira de avançar. O pessoal do Likud é simplesmente louco.

— E seu amigo Danny pensa assim também?

— Certamente. Mas é claro que está de mãos atadas. Esta é uma das desvantagens, diz ele, de se estar na embaixada. Ele não pode ter opinião, na verdade. Mas posso dizer que ele está do nosso lado.

— Entendo — disse Liz, o mais educadamente possível, relutante em dizer que esta não parecia ser uma maneira muito profissional de um diplomata se comportar. Poderia uma mulher aparentemente consciente ser tão facilmente tapeada?

Neste ponto interessante da conversa, Sophie interveio:

— Aqui vamos nós — chamou ela da cozinha, colocando uma grande caçarola de ferro fundido sobre a mesa. — Tudo o que posso fazer, Hannah, é agradecer por você não ser *kosher*. Tive que dourar a carne na gordura do bacon.

Pensando mais tarde na conversa com Hannah Gold no terraço de Sophie, Liz concluiu que Sophie estava perfeitamente certa quanto a Danny Kollek. Para um olho profissional, muitas coisas não se encaixavam, independentemente da improbabilidade do relacionamento inteiro. Charles Wetherby concordou.

— Ele deve ser do Mossad — afirmou ele. — Mas você disse que ele não está na lista; ele não foi declarado?

— Bem, não seria a primeira vez que os israelenses não jogam dentro das regras. Presumivelmente a matriz pediu a ele que ficasse de olho na Sra. Gold enquanto estivesse aqui. Mas até o momento não temos do que reclamar.

Charles a fitou.

— Qual o problema? No que está pensando? É tão importante?

— Só estou preocupada com esta conferência de paz. Há muita interferência ao redor disso. Muitas pontas soltas que não parecem nos levar a lugar nenhum. Não sei o que é, mas vou manter contato com Sophie Margolis.

— Sim — disse Charles, voltando-se para os papéis sobre a mesa. — Faça isso. E me mantenha informado.

CAPÍTULO 20

"Querida Peggy", pensou Liz, quando a jovem entrou em seu escritório carregando uma grossa pilha de anotações. Ela *anda* ocupada. Liz apontou para que ela se sentasse.

— Tudo bem com você? — perguntou.

— Sim, obrigada.

— Tim ainda está inventando na cozinha?

Peggy ficou ligeiramente ruborizada, depois suspirou.

— Estamos tentando coisas do Jamie Oliver agora.

Liz riu, depois se voltou ao trabalho.

— Então, o que você conseguiu?

— Andei pesquisando mais sobre Sami Veshara, nosso libanês importador de comida. Ele leva uma vida muito boa. Tem uma namorada em Paris, então viajou algumas vezes para lá recentemente. E foi três vezes ao Líbano nos últimos seis meses, nada de incomum nisso. Mas na última vez, ele voltou para casa passando por Amsterdã.

— Isso é suspeito? Talvez não tenha conseguido um voo direto.

Peggy meneou a cabeça.

— Chequei isso. Havia muitos assentos naquele dia. Ele foi para Amsterdã por algum motivo.

— E o que pensamos a respeito disso?

— É mais o que a Alfândega pensa. Eu falei dessas remessas que Veshara anda fazendo por barco. O pessoal da Alfândega agora acha que são uma cobertura para algo mais. Alguns dos barcos não vêm para Harwich. Harrison, o agente com quem falei, anda investigando e acha que os barcos baixam âncora num local deserto mais abaixo na costa, depois descarregam a carga lá.

— O que ele acha que estão descarregando?

— Ele não sabe ao certo, mas Amsterdã sugere o óbvio. Harrison está planejando interceptar um deles da próxima vez que zarparem. Eles têm saído de Ostend, e ele está mediando com as autoridades portuárias de lá.

— Alguma ideia de quando será o próximo?

— Na verdade, sim. — Peggy consultou um e-mail impresso que estava sobre o colo. — Amanhã à noite, eles acham.

Liz pensou por um momento. Poderia ser uma perseguição infrutífera, mas agora era a única pista sólida que tinham.

Liz estava começando a ficar enjoada. Era maré alta na pequena angra, 16 quilômetros ao sul de Harwich, na costa de Essex, e apesar da curva nesta faixa do litoral fazer um refúgio natural, ainda era totalmente exposto ao mar do Norte. Não estava revolto, mas as lentas ondas subindo e descendo sob *O Clacton*, a pequena lancha da Alfândega, parecia ter efeito pior em seu estômago que a violência de uma tempestade.

— Não deve demorar — disse Harrison a Liz, que era a única outra pessoa no deque, além do piloto. A equipe de meia dúzia de Harrison estava lá embaixo, bebendo chá, imune a enjoos. O piloto ficou rígido, apesar de manter o barco flutuando gentilmente na curva da pequena baía, sob a sombra do penhasco que assomava diretamente acima. Uma lua crescente dardejava em meio às nuvens esparsas que se espalhavam pelo céu feito gordos cogumelos.

Liz havia dirigido à tarde até Harwich, encontrou Harrison e foi apresentada ao seu pessoal. Fora uniformizada com uma parca amarela, que era quente e confortável — e quase três números maior. Os olhares estranhos vieram em sua direção durante a explanação de Harrison, mas ninguém tinha perguntado por que ela estava ali; talvez já tivessem sido avisados antes a não fazerem perguntas, ou talvez estivessem acostumados a visitantes inexplicados. O próprio Harrison era um modelo de discrição, tagarelando educadamente sobre sanduíches, depois pedindo licença para se preparar. Liz matou o tempo de espera antes do embarque lendo cópias surradas da *Hello* e do *Sun*, que estavam largadas pela cantina.

O piloto falou:

— Tem um barco lá adiante, senhor — disse, apontando na direção do mar do Norte. — Vindo nesta direção.

Liz olhou para o mar e viu uma luzinha, como se fosse um alfinete iluminado balançando no horizonte. O alfinete ficou maior, e Harrison deu dois passos e bateu com estrondo na escotilha. Um minuto depois ela era aberta, e seis homens da Alfândega subiram a escada rapidamente. Liz notou que dois deles estavam armados com submetralhadoras Heckler & Koch MP5.

Olhando por binóculo, Harrison falou com o marinheiro no leme.

— Hora de mover. Mas vá devagar no começo.

A luzinha estava agora bem dentro da angra, e Liz podia distinguir o formato de uma pequena traineira. Quase a meio quilômetro do litoral, parou e ficou imóvel na água.

Harrison deu um tapinha no ombro de Liz e entregou-lhe o binóculo.

— Dê uma olhada.

Ela espiou pelas lentes infravermelhas e conseguiu ver a traineira com clareza em uma luz sombriamente cinzenta. Era um barco de pesca, com casco abaulado e um guindaste para puxar as redes. A proa era pontuda, e ela conseguia ler o nome na lateral — *The Dido*. A embarcação inteira não devia ter mais de 12 metros de comprimento. Não havia sinal de ninguém a bordo, mas a casa do leme era coberta, então quem quer que estivesse pilotando estaria escondido de vista.

Ela devolveu o binóculo a Harrison,

— Está assentado bem baixo na água, não está?

Ele assentiu.

— O que quer que esteja carregando deve ser pesado. Ou apenas esteja em grande quantidade. — Ele se voltou para o piloto. — Certo, vamos avançar.

O *Clacton* seguiu em frente, e Liz sentiu a picada do respingo salgado e do vento frio na bochecha. Sua náusea tinha se transformando em uma familiar ímpeto de expectativa. A cerca de 100 metros de distância do *Dido*, o *Clacton* reduziu velocidade e, ao comando de Harrison, um par de refletores posicionados na proa subitamente furou a escuridão, lançando penetrantes fachos de luz, destacando a traineira na noite como em um set de filmagem.

Harrison estava a postos na proa com um megafone. Tinha apenas gritado "Esta é a Alfândega de Sua Majestade" quando o motor da traineira roncou e o barco de repente fez uma curva fechada e rumou para mar aberto.

— Vai! — ordenou Harrison, e o *Clacton* acelerou em perseguição. Liz se agarrou ao parapeito de latão enquanto o barco avançava. Mas não pareciam estar ganhando da traineira, e ela temia perdê-la assim que estivessem em alto-mar. Então na frente deles, rumando em um trajeto de interceptação, apareceu outro barco.

— Quem é esse?

— Um dos nossos — garantiu Harrison. Ele deu uma curta risada. — Sempre ajuda ter reforços quando os vagabundos cortam e fogem.

Conforme o barco da Alfândega se aproximava, a traineira foi forçada a virar e reduzir velocidade, permitindo que o *Clacton* passasse adiante do *Dido* à bombordo. A traineira teve um súbito rompante de velocidade, e por um momento Liz ficou convencida de que ele cortaria os barcos convergentes da Alfândega e fugiria. Mas uma rápida sequência de lampejos cruzou a dianteira do barco fugitivo, e Liz ouviu o som de uma arma automática disparando.

— Balas traçantes — explicou Harrison. — Isso deve chamar a atenção deles.

O *Dido* pareceu hesitar, como se tentasse se decidir, depois reduziu velocidade quase imperceptivelmente. Enquanto navegavam para mar aberto, Liz percebeu que o *Clacton* e o outro barco da Alfândega estavam formando um "V", deixando a traineira presa em seus braços. Os dois depois começaram a virar quase imperceptivelmente para bombordo, perfeitamente em sincronia, mantendo a traineira aninhada entre eles, até Liz ver que estavam voltando para as águas calmas da angra.

— Fiquem alertas — gritou Harrison aos homens na proa. — Podem tentar fugir novamente.

Agora em baixa velocidade, o *Dido* foi coberto por holofotes de ambos os barcos da Alfândega. Ainda não havia sinal de ninguém no convés. Harrison pisou para fora do parapeito. Erguendo o megafone, gritou para a traineira.

— Estamos armados e embarcaremos à força se não saírem. Vocês têm 30 segundos para aparecer.

"É como se fosse um faroeste", pensou Liz, enquanto aguardavam tensos. Depois de cerca de 15 segundos, um homem surgiu da casa do leme; foi seguido quase imediatamente por outro homem. Ambos vestiam capa de chuva preta, com galochas na altura dos joelhos.

— Fiquem onde estão — ordenou Harrison. — Estamos subindo a bordo.

Em um instante o *Clacton* acostou. Os dois homens armados da Alfândega ficaram parados com os rifles apontados para o *Dido*, e um terceiro homem seguiu em frente, segurando uma corda nas mãos. Calculando cuidadosamente o vão, saltou e aterrissou de repente no convés da traineira, depois foi à proa, fora da trajetória de qualquer disparo. Puxando com força, trouxe o *Clacton* na sua direção até a embarcação enfim tocar a traineira suavemente. Da popa, outro agente saltou para o *Dido*, e juntos colocaram o *Clacton* em paralelo.

Harrison se virou para Liz.

— É bem-vinda a bordo, mas, por favor, fique atrás de mim. Nunca se sabe o que pode estar esperando lá embaixo.

Seguindo Harrison, Liz pulou da amurada e pousou com leveza no convés do *Dido*. O outro barco da Alfândega havia acostado do outro lado, e logo havia uma dúzia de agentes a bordo, apesar de Liz notar que um homem armado permaneceu em cada barco da Alfândega, dando cobertura. Três dos homens da Alfândega a bordo carregavam pistolas Glock 9mm.

Os dois homens de pé no clarão dos holofotes aparentavam ser do Oriente Médio. O mais velho era grande e tinha um denso bigode. Parecia estar no comando.

— Você fala inglês? — Harrison perguntou a ele.

Ele deu de ombros, fingindo incompreensão. Quando Harrison se virou para seu companheiro, recebeu a mesma resposta.

O homem bigodudo falou pela primeira vez.

— Nada embaixo.

— Nada?

— Nada. Juro.

— Só há vocês dois a bordo?

O homem assentiu.

— Vamos checar — disse Harrison. Ele apontou para a escotilha. — Abra.

Eles aguardaram tensos enquanto o homem mais jovem se aproximava com relutância da escotilha. "Se houver alguém armado lá embaixo, este sujeito vai receber a primeira bala", pensou Liz. O homem se abaixou e lentamente puxou a trava da escotilha, depois ergueu a tampa quadrada articulada, deixando-a tombar com estrondo no convés. Ele ficou de pé e olhou para o mar, com uma expressão resignada no rosto.

De repente uma figura surgiu escada acima — primeiro uma cabeça, envolta em uma simples echarpe marrom, depois um casaco. Uma mulher, concluiu Liz, conforme a figura subia o último degrau e pisava no assoalho do barco. Ela parecia absolutamente apavorada.

Outra figura apareceu, também feminina, e depois outra e mais outra... Havia sete no total, todas piscando sob os brilhantes holofotes, algumas tremendo de frio ou medo, apesar de a visão de Liz parecer acalmá-las.

Todas eram jovens. Liz tinha certeza de que não eram do Oriente Médio — embora fossem morenas, tinham maçãs do rosto altas que eram mais europeias que árabes. "Romenas", adivinhou Liz. "Talvez albanesas."

Harrison disse a elas:

— Quem são vocês e por que estão neste barco?

Silêncio. Então uma moça rechonchuda e mais jovem, com cabelo tingido de loiro, deu um passo à frente.

— Eu falo inglês — disse. Ela apontou para as outras mulheres. — Elas, não.

— O que estão fazendo neste barco?

— Viemos para trabalhar — declarou ela.

— Que tipo de trabalho?

— Ser modelo — disse ela com seriedade, e Liz piscou. Era o que ela realmente achava? Uma mulher assim realmente acreditava nas mentiras contadas a ela em sua aldeia: a visão de uma vida glamourosa no Ocidente, altos salários e trabalho inocente?

Liz pensou no que estava reservado para esta "carga" — a jornada para uma estranha cidade inglesa em uma van lotada, a imundície das novas acomodações, as ameaças coercivas, os estupros de "iniciação", até elas estarem suficientemente degradadas para serem colocadas a serviço da indústria do sexo. "Que indústria?", pensou Liz, irritada. Aquilo era escravidão.

CAPÍTULO 21

Chegaram a Harwich às 3h. Gradualmente, os ânimos da "carga" feminina se elevaram, e houve até uma pequena comemoração quando o *Clacton* atracou no porto. Os dois homens do Oriente Médio pareciam muito menos felizes. Tinham sido revistados à procura de armas a bordo, e assim que estavam dentro do terminal, Harrison os fez serem revistados outra vez.

Ambos carregavam passaportes britânicos, com endereços nos subúrbios de Londres — Walthamstow e Pinner. Os nomes dos homens eram Chaloub e Hanoush, que soavam libaneses a Liz — homens de Veshara.

Não que estivessem falando: Chaloub, o homem mais velho, era um experiente profissional e logo pediu que pudesse ver um advogado. Quando se virou e falou sucintamente em árabe com

Hanoush, Liz pressentiu que era para dizer ao homem mais jovem que mantivesse a boca fechada.

Liz não viu razão para ficar por ali; saberia por Harrison no devido tempo o que conseguira arrancar dos dois — não muito, pelo que parecia. Mas havia bastante com o que acusá-los, e a ligação com Veshara era indiscutível; sua empresa era a proprietária registrada do *Dido*. O que Liz não conseguia ver era qualquer conexão com a inteligência síria ou com a conferência de Gleneagles, para a qual agora só faltavam seis semanas.

Apesar de estar no meio da noite, ela decidiu dirigir direto para Londres; três horas de sono em um Travelodge não lhe faria muito bem. A A12 estava praticamente vazia, e até a M25 se provou comparativamente indolor, então Liz fez um bom tempo; o sol estava apenas aparecendo no horizonte quando ela alcançou os arredores de Londres. Assim tão cedo, a cidade parecia deserta, como o cenário de um filme pós-apocalíptico.

Dirigiu pelo norte de Londres através da Dalston e da Holloway em direção ao seu apartamento em Kentish Town, passando por um solitário carro de leite hesitando ao longo da Fortress Road. Quando ela entrou na própria rua, viu um táxi esperando do lado de fora de uma das casas. "Uma manhã que começava cedo demais para algum jovem profissional", pensou, "saindo para uma reunião em Zurique ou Roma".

Dentro do apartamento, Liz ligou a chaleira e tomou um banho. Embora a cama a chamasse sedutoramente, rejeitou a ideia de um cochilo; só a deixaria grogue pelo resto do dia. Melhor trabalhar e desmoronar cedo naquela noite.

Uma hora depois, ela bateu a porta da frente, subiu os degraus do porão e virou em direção à estação do metrô. A vizinhança despertava lentamente, e ela ficou surpresa por ver o táxi ainda esperando mais adiante na rua. O vizinho devia ter dormido demais.

Agora havia certo trânsito na Kentish Town Road, apesar de não muitas pessoas na calçada — faltava uma semana aproximadamente para o semestre escolar começar, e a maioria das pessoas ainda parecia estar de férias. Mesmo no trabalho, a equipe encontrava-se escassa, embora Peggy não fosse se afastar até o outono, sem dúvida em algum passeio cultural com seu novo amigo Tim.

Charles ainda estava no trabalho, mesmo que seus garotos estivessem de férias. Devido à condição de Joanne, eles não saíam em viagens de família hoje em dia. Liz o veria mais tarde naquela manhã, para contar sobre a aventura da noite anterior na costa de Essex. Sami Veshara devia estar se perguntando onde sua "carga" tinha ido parar, e Liz imaginava que Harrison estava ansioso para interrogar e depois prender o empresário libanês por causa do lado secreto de seu negócio. Pretendia sugerir a Charles que ela também deveria ver Veshara e tentar, dentro das regras, alavancar as acusações que ele certamente enfrentaria em contraposição à cooperação com o Serviço Secreto.

Ela parou em uma banca de jornal para comprar o *Guardian* e dar seu alô diário ao animado proprietário paquistanês. Estava a cerca de 300 metros da estação do metrô agora, pensando na melhor forma de pressionar Veshara, quando ergueu os olhos e viu uma mulher parada na calçada não mais do que 3 metros adiante. Ela estava olhando para Liz com uma expressão de absoluto horror.

Então Liz percebeu que a mulher não estava olhando *para* ela, mas para *trás* dela. Instintivamente ela se virou, bem a tempo de ver um carro, fora da estrada e sobre a calçada, vindo rápido em sua direção.

Ela pulou desesperada para sair do caminho, mas tarde demais. O carro acertou Liz de lado, varrendo-lhe as pernas do chão e catapultando-a sobre o capô, onde arremeteu feito uma boneca mole, batendo a cabeça com um estalo agudo no para-brisa. Ela sentiu uma dor horrível na têmpora e nos quadris, depois percebeu que estava rolando do carro. Estendeu os braços, mas não havia nada no capô para se agarrar. Enquanto caía na calçada, seu único pensamento foi que o carro que a atingira era o táxi. E depois não pensou em mais nada.

CAPÍTULO 22

Charles Wetherby ergueu a cabeça franzindo o cenho. Estava em meio a uma ligação com o vice-diretor do Quartel General de Comunicações Governamentais e lá estava sua secretária, normalmente a mais discreta das mulheres, parada à porta sacudindo as mãos. O rosto era um quadro de ansiedade.

— Aguarde um momento, por favor — disse ele ao telefone, e cobriu o receptor com a mão.

— Qual o problema? Estou ocupado no momento.

— Tem um policial na linha. Está no hospital Whittington. Liz Carlyle foi levada para lá. Foi atingida por um carro.

— Meu Deus. Ela está bem? Está muito ferida?

— Não sei. Ele não disse.

— Coloque-o na linha — disse Charles, logo cortando a outra ligação. — Aqui é Charles Wetherby. Com que eu falo?

— Sargento Chiswick, senhor, Divisão Especial. Recebemos um chamado do Camden District a respeito de uma mulher chamada Carlyle que foi levada à emergência. Ela estava com uma identidade do Ministério do Interior, mas não foram muito longe quando ligaram para lá. Então nós fomos chamados.

— Ela está viva?

— Sim, mas foi por pouco; se a ambulância chegasse dez minutos mais tarde, ela não teria conseguido. Está em cirurgia agora, e os médicos acham que vai se recuperar.

— Pode me dizer o que aconteceu?

— Ela foi atingida por um carro em Kentish Town. Perto do metrô. — Ele fez uma breve pausa. — O carro a atingiu na calçada, senhor. Uma testemunha disse que foi como se o veículo tivesse feito isso deliberadamente.

— O motorista parou?

— Não. Creio que não temos uma descrição muito boa. Era um homem, só isso. A testemunha mais próxima é uma mulher e ela ainda está em choque. Mas uma coisa que pôde afirmar é que o carro era um táxi. Tinha o adesivo no vidro traseiro.

Charles pensou rapidamente.

— Agora escute com atenção, sargento Chiswick. Quando a Srta. Carlyle sair da cirurgia, quero que seja colocada num quarto particular e mantida sob guarda policial, guarda armada. Pode ter sido um atentado contra a vida dela; não quero que outro aconteça. Se tiver perguntas, ou se houver qualquer problema, ligue-me imediatamente. Está entendido?

Assim que pôs o telefone no gancho, Charles ficou sentado por um momento, tamborilando o lápis no tampo da escrivaninha, organizando seus pensamentos. Chamou a secretária e pediu que ela encontrasse Peggy Kinsolving, colocasse o diretor-geral na linha, puxasse os detalhes de contato com a mãe de Liz do arquivo dela (embora fosse esperar para ligar depois que Liz saísse da sala de operação) e mandasse o chefe de relações públicas vir encontrá-lo imediatamente. A presença da Divisão Especial em Whittington e agora de uma guarda armada no quarto de Liz poderia muito bem atrair algum repórter, avisado por algum membro da equipe do hospital, e ele queria extinguir aquela possibilidade o quanto antes.

Havia outra ligação que precisava fazer. Charles a fez imediatamente.

— Fane — disse a voz, naquele arrasto lento que Charles sempre àchava perturbador.

— Geoffrey, aqui é Charles Wetherby. Liz Carlyle foi atingida por um carro.

— Não! Ela está bem?

"Ao menos a preocupação dele parecia genuína", pensou Charles, embora a última coisa na qual estava interessado no momento era em compartilhar sua inquietação sobre Liz com Geoffrey Fane.

— O caso, Geoffrey, é que a polícia diz que pode não ter sido um acidente. Parece que um carro tentou atropelá-la.

— Eles têm certeza?

— Bem, eles têm uma testemunha e o carro não parou.

— Mas quem faria isso?

— É por isso que estou ligando. — A voz de Charles estava fria agora. — Existe alguma coisa que não tenha nos contado? Quando falou sobre sua fonte, não deu a menor indicação de que um dos meus agentes poderia estar em perigo.

— Acalme-se, Charles. Não havia nenhuma razão para pensar assim. E pelo que posso ver, ainda não há. Pode não ter nada a ver com isso.

— Bobagem. — Charles foi enfático. Podia imaginar Fane em seu escritório, tão alto quanto um ninho de águia no bloco

137

central do MI6, reclinado na cadeira estofada de couro que apreciava. A imagem o enfureceu. — Ela não está em mais nada que pudesse colocá-la numa posição de risco como essa.

— Sei que está chateado...

— Chateado? Existe uma possibilidade real de que ela morra. Certamente não sabíamos de qualquer perigo. Você era obrigado a nos avisar se houvesse qualquer possibilidade disto.

— Conheço minhas obrigações — protestou Fane.

— Se escondeu alguma coisa, quero saber o que é. Está claro? Do contrário, considerarei que colocou um dos meus agentes em perigo desnecessariamente.

Os dois sabiam o quão séria uma acusação dessas seria. Charles estava prestes a falar mais, depois pensou melhor. Sabia que a questão fora entendida.

Charles sentiu que Fane estava tentando manter a compostura.

— Claro que ouvi, Charles — disse ele com cautela. — Entrarei em contato.

CAPÍTULO 23

Fane pôs o telefone no gancho. Estava muito mais abalado do que o esperado. Liz Carlyle tinha de alguma maneira o perturbado. Este acidente, ataque, seja lá o que fosse, o afetara tremendamente. Sabia tão bem quanto Charles que isso quase certamente era resultado das investigações que ela estava fazendo, investigações às quais ele dera início Não se culpava por isso — se não tivesse repassado a informação do Chipre, não estaria fazendo seu trabalho.

Mas isso o atormentava mesmo assim. Zangado como Charles estava, refreou-se em dizer que ambos sabiam a verdade: esta não era a primeira vez que um agente do MI5 era colocado em perigo em um caso onde Fane estava envolvido. Como ambos sabiam, a vez anterior se mostrou fatal porque Fane não fora de todo franco.

Devia existir um vazamento em algum lugar, tanto que quase resultara na morte de Liz. Onde poderia estar? Não dentro de Vauxhall Cross, estava confiante disso. Duvidava existirem mais do que quatro pessoas naquele prédio que soubessem que Liz estava trabalhando naquele caso. E apenas duas, ele próprio e Bruno Mackay, sabiam de todos os detalhes das ações dela.

Não, o vazamento devia estar vindo de fora. E só existia um lugar, com exceção da Thames House, onde ele havia falado. Grosvenor Square.

Ele apanhou o telefone e discou um ramal interno.

— Bruno, aqui é Geoffrey. Tem um minuto?

Mackay chegou em pouco tempo, arrumado num paletó e com uma gravata estampada.

— Alguém atacou Liz Carlyle. Ela foi atropelada.

Pela primeira vez, a compostura de Bruno Mackay o abandonou. Ele parecia horrorizado.

— Eu sei, eu sei — disse Fane —, é realmente horrível. Ela foi ferida, mas parece que vai se recuperar. O caso é que ela estava trabalhando nesse assunto sírio, e acho que em algum lugar, de alguma forma, alguém falou. Nada mais explica isso. Estou me perguntando se poderia ser Grosvenor Square. Pode ter escapado em alguma conversa fiada, ou possivelmente algo mais sinistro. De qualquer forma, precisamos tampar este vazamento e rápido. Quero dar uma boa olhada neste jovem Sr. Brookhaven: investigue-o bem a fundo. Seu último posto foi Damasco, e talvez ele tenha mais contatos do que pensamos. Se precisar de mais recursos, me avise. Mas mantenha isso estritamente como assunto confidencial no momento. Tudo bem?

— Não se preocupe — declarou Bruno, a compostura restaurada. — Vou providenciar isso agora. — Fane sabia que ele não tinha boa opinião sobre os americanos. — Avise-me sobre o progresso de Liz. Gostaria de enviar algumas flores. — Ele sorriu.

Enquanto Mackay se levantava, Fane disse:

— Seja discreto, Bruno. Não quero Bokus aqui feito um touro louco.

CAPÍTULO 24

Sami Veshara estava com medo. Não por sua segurança — desde a tentativa de sequestro, ele se cercara de guarda-costas —, mas por sua liberdade. Tinha um compromisso naquela manhã na delegacia de polícia de Paddington Green, e estava bem certo de saber qual seria o assunto.

Quando Chaloub não ligou à meia-noite como combinado, Sami não ficou particularmente perturbado: às vezes a viagem da Holanda demorava mais do que o esperado; uma vez Hanoush se enganara quanto às marés e a traineira foi forçada a esperar 4 horas antes de desembarcar os passageiros.

Mas quando Sami ainda estava sem receber notícias deles à hora do café da manhã, soube que algo estava acontecendo. Ele começou a fazer investigações e à hora do jantar tinha descoberto que tanto Chaloub quanto Hanoush estavam detidos. A "carga" estava sob custódia, e ele recebera uma ligação zangada do proprietário de uma casa de massagem em Manchester exigindo saber onde estavam suas novas funcionárias.

Mesmo assim foi um choque ser chamado para "um papo" na manhã seguinte. Por que Paddington Green? Não era lá que os terroristas eram interrogados? Um sólido bloco num lugar abaixo da A40 quando descia para a Marylebone Road — Sami passava por ali todos os dias a caminho de casa — que parecia aparecer na televisão a cada vez que o Ato de Prevenção ao Terrorismo era colocado em uso.

Ele saiu de casa com tempo de sobra, vestindo um de seus ternos milaneses mais elegantes e uma gravata Hermès. Não podia se deixar intimidar, decidiu ele. Foi conduzido pelo novo chofer, Pashwar, o filho de um refugiado afegão que lhe devia um favor. Atrás deles, outro carro os seguia de perto, um Mercedes do tipo sedã com dois dos capangas de seu primo Mahfuz. Provavelmente estavam armados, mas Sami fazia questão de não saber.

Quando saiu do carro na delegacia, examinou a calçada nervosamente antes de perceber que aquele provavelmente era o único lugar em Londres onde seria improvável que fosse atacado. Acima dele, carros trovejavam ao longo da Westway.

Lá dentro, deu seu nome à recepcionista, e imediatamente uma policial uniformizada o guiou, descendo dois lances de escada, ao longo de um corredor friamente iluminado por lâmpadas no teto até um pequeno cômodo sem janelas contendo uma mesa, duas cadeiras e nada mais. Ela fechou a porta ao sair.

Claustrofóbico nos piores momentos, Sami teve um instante de pânico, imaginando se respiraria ar fresco e veria grama novamente. Aquele calabouço moderno parecia desenhado para brincar com seus temores. "Recomponha-se", disse a si mesmo com severidade; "isto é a Inglaterra, não a Arábia Saudita. Sempre posso pedir para ver meu advogado."

Ele esperou 20 minutos, sentado em uma das cadeiras duras, ficando mais ansioso a cada momento. A porta se abriu e um homem entrou. De meia-idade, terno conservador, o rosto metódico, mas nada hostil. Estava carregando uma pasta. Sami relaxou um pouco.

— Sr. Veshara, meu nome é Walshaw. Obrigado por vir. — O homem sentou-se do outro lado da mesa e olhou para Sami, os olhos fixos e inexpressivos. Sami se remexeu desconfortável. Talvez ele não fosse tão amigável, afinal.

— Fico feliz em ajudar de qualquer maneira que puder — disse Sami. Tentou fazer uma piada. — Você sabe, ajudar a polícia nos interrogatórios.

O homem exibiu um sorriso fugaz, mas disse:

— Não sou policial, Sr. Veshara. Estarão aqui em breve para falar com você. Acho que sabe qual é o assunto.

— Não — disse Sami teatralmente, virando ambas as mãos, palmas erguidas, em um gesto de inocência. — Não faço ideia.

— Entendo — disse Walshaw. Ele encarou Sami com tamanha intensidade que o libanês se sentiu intimidado. Os olhos do homem pareciam enxergar através dele como um raio X.

Depois Walshaw deu de ombros.

— É com você, claro. Pelo que entendi, a polícia acha que você tem muita coisa a responder. O *Dido* foi apreendido, caso não saiba. Havia sete mulheres a bordo, entrando ilegalmente no país.

Ele abriu a pasta diante de Veshara e olhou brevemente a página do topo.

— Estavam indo para Manchester, pelo que entendi, embora o trabalho que teriam encontrado talvez não fosse o que estavam esperando. — Ele deu um sorriso irônico. — Parece que várias pessoas estão presas. A tripulação do *Dido* e um homem em Manchester. Quem sabe o que dirão?

O coração de Sami começou a bater mais rápido, e ele podia sentir a transpiração nas palmas das mãos. Esfregou-as nas calças imaculadas. Walshaw o fitava, desta vez pensativamente. De repente, unindo as duas mãos, ele se inclinou sobre a mesa, falando suave, mas diretamente.

— Não temos muito tempo, Sr. Veshara, então permita-me ir ao ponto. Em poucos minutos você será interrogado e muito provavelmente acusado. Goste ou não, o tipo de comércio com o qual está envolvido é bastante malvisto neste país. Francamente, acho que não pensam boa coisa dele no seu país também. Você precisa tomar uma decisão.

Sami engoliu em seco. A situação estava saindo de seu controle. Quem era esse homem e o que ele queria?

— Que tipo de decisão?

— Você pode arriscar suas chances com o sistema judicial britânico ou pode conversar comigo. Não estou em posição de lhe oferecer nada, mas tenho... certa influência. Se me ajudar, isso será considerado e poderá ser útil a você.

Havia algo de tranquilizante naquela voz. Sami sentia-se como que aprisionado em uma panela de pressão e tivesse de repente recebido indicação da válvula de segurança, mas não soubesse como ativá-la. O que aquele homem queria?

— Do que consistiria minha conversa com você?

Walshaw demorou-se a responder, pegando um lápis e tamborilando com ele de leve na mesa. Enfim, disse:

— Já sabíamos um bocado sobre seus interesses comerciais, e depois da apreensão do *Dido*, sabemos ainda mais. Mas não é isso o que me interessa — acrescentou calmamente: — Nem sua vida pessoal, a propósito. O que me interessa são suas viagens ao Oriente Médio nos últimos anos. O que viu lá e com quem andou conversando sobre isso. No Líbano, claro. Mas em outros países também. Na verdade, por que não começa com a Síria?

Sami fitou aquele homem chamado Walshaw, cujos olhos agora estavam resolutos. Era tentador começar a falar logo, para acalmar seus nervos, mas se contasse tudo àquele homem, na próxima vez em que colocasse os pés no Oriente Médio, sua vida não valeria uma piastra libanesa. Ele hesitou.

Walshaw disse:

— Se formos ajudá-lo, Sr. Veshara, então precisa começar a falar. Do contrário, direi ao inspetor que está pronto para ele.

Seria uma grande aposta. Estaria efetivamente colocando sua vida nas mãos daquele inglês. Mas se não o fizesse, sabia que encararia detenção, julgamento, uma sentença de prisão. Prisão. A perspectiva era medonha demais de suportar. Podia viver em desgraça; sabia que a esposa ficaria ao seu lado; era concebível até que seu negócio sobrevivesse à sua ausência. O que não conseguia contemplar era o fato físico do confinamento. Era seu pior pesadelo.

Ele suspirou ruidosamente, depois se recostou na cadeira.

— Espero que não esteja com pressa, Sr. Walshaw. Tenho uma longa história a contar.

Enquanto Charles Wetherby ouvia, fazendo anotações eventuais, Sami Veshara contou a ele que, cinco anos atrás, dois israelenses foram ao seu escritório em Londres. Ameaçaram relatar seu negócio de tráfico humano para as autoridades britânicas caso não o ajudassem. Foi numa época em que estava agradando alguns ministros do governo por meio de uma caridade que fundara, e ele esperava ser recomendado para um título de nobreza.

Os homens eram do Mossad. Sabiam de suas visitas regulares ao Líbano e de seus contatos por lá. Sabiam que ele viaja pelo país comprando figos e outros produtos. Queriam que ele fosse ao Líbano sempre que pedissem, que viajasse ao sul e, usando certo equipamento que lhe forneceriam, enviasse sinais que segundo lhe disseram ajudariam a localizar as posições dos lançadores de foguetes do Hezbollah.

Ele fizera o que eles queriam. Não os vira mais em Londres, mas os encontrara em Tel Aviv de tempos em tempos. Descreveu dois homens, um parecido com uma bola de boliche amassada, o outro magro.

Mas Sami negou veementemente as indagações de Charles a respeito de seus contatos com os sírios. Não tinha nenhum contato com pessoas da inteligência síria ou com agentes do governo e, pelo que sabia, nunca se encontrou com nenhum. Não possuía qualquer hostilidade ou amizade com relação a eles, disse Sami, e Charles não podia contestar sua história.

CAPÍTULO 25

— Extraordinário — dissera o médico. — Você tem muita sorte, Srta. Carlyle. Está tendo uma recuperação extraordinária.

Liz desejava se sentir tão extraordinária agora, sentada sonolenta numa espreguiçadeira no jardim da mãe em Bowerbridge no quarto dia fora do hospital. Queria ter voltado para seu apartamento, mas Susan Carlyle nem quis ouvir falar nisso. O que Liz não sabia era que Charles Wetherby se encontrara com Edward em Londres. Os dois homens tinham gostado um do outro imediatamente, e Charles fora franco com Edward quanto à sua preocupação por Liz talvez ainda correr perigo de ser atacada novamente. Edward responsabilizou-se por ficar de olhos abertos para qualquer coisa anormal ao redor de Bowerbridge e por contactar Charles imediatamente caso sentisse qualquer inquietação. Agora

Susan estava sentada tricotando em um banco de jardim, observando Liz com cautela, como uma mãe coruja.

Era setembro e as maçãs estavam encorpadas nas árvores no fim do gramado. As imensas flores brancas de uma hortênsia-arbustiva estavam atraindo abelhas pesadas e lentas e o cheiro almiscarado de uma antiquada rosa trepadeira se desprendia de uma parede. Liz ficara no Whittington por duas semanas, embora ela não tivesse nenhuma lembrança dos primeiros dias. Surpreendentemente, não quebrara um único osso no "acidente" — mas não escapara ilesa. Longe disso: tivera uma grave hemorragia interna e, mais preocupante, o baço rompido. Um paramédico perspicaz descobrira isso enquanto ela estava semi-inconsciente na ambulância. Na chegada, fora conduzida diretamente para uma cirurgia de emergência. O médico lhe disse depois que se demorasse mais dez minutos ela não teria sobrevivido.

"Então não devo reclamar", pensou Liz, embora mesmo andar da casa até o jardim ainda a cansasse. Percebeu pela primeira vez que, só porque estava fora do hospital, não significava que estivesse bem novamente.

Nos primeiros dias, entre os efeitos prolongados do anestésico e dos analgésicos a base de codeína, Liz estava completamente desorientada. Pressentira a presença da mãe, e ao fundo viu um homem que reconheceu vagamente como Edward Treglown. Uma vez teria jurado que Edward estava sentado em uma cadeira ao pé da cama.

Conforme lentamente voltava a si, mais visitantes apareceram — Peggy Kinsolving, tentando agir positiva e alegremente como de hábito, porém mais desanimada do que Liz jamais vira. Chegaram flores de Geoffrey Fane e, tipicamente, uma garrafa de champanhe de Bruno Mackay. Miles Brookhaven enviara flores também, e Peggy disse que ele havia ligado duas vezes para perguntar sobre Liz.

Teve muito tempo para pensar no que lhe acontecera. Sua mente continuava rememorando a visão do carro se aproximando quando ela se virou, mas não conseguia se lembrar de nada depois disso. Não havia dúvida em sua mente de que fora atropelada deliberadamente, mas ninguém aparecera com qualquer pista de quem fizera isso, ou o porquê.

Não teria sido fácil de planejar. Alguém teria que segui-la para descobrir onde morava. Por quanto tempo ficaram observando e aguardando? Poderia simplesmente ter ficado em Harwich naquela noite. Ou tomado o carro para trabalhar ao invés do metrô. Presumivelmente acabariam voltando em outro dia. Liz lutou contra um estremecimento ao pensar que poderiam tentar novamente.

Não conseguia parar de reexaminar tudo. Poderia ser alguém que tivesse encontrado por conta do trabalho. Revisou o que andara fazendo nos últimos meses, mas nada apontava para qualquer explicação. Seria algum tipo de ataque vingativo? Sem dúvida Neil Armitage, o cientista condenado por passar segredos aos russos, para cujo caso ela fornecera evidências, nutria um rancor gigantesco, mas ele estava seguramente atrás das grades e, de qualquer forma, não sabia quem ela era.

O que restava era a Conspiração Síria, como ela estava começando a considerar, mesmo que houvesse uma carência de suspeitos que pudessem querer Liz fora do caminho — só dois, de fato: Chris Marcham e Sami Veshara; e possivelmente os sírios.

Marcham de certo era peculiar, e ela tinha pressentido que havia segredos que ele não queria que ela soubesse. Mas não sobre a Síria, que era sua única preocupação real com o sujeito. Marcham parecia tão caótico (pensou na bagunça na casa dele) que engendrar um assassinato cuidadosamente planejado parecia loucamente improvável. Ele não tinha motivo, e os meios para fazê-lo estariam muito além dele.

O mesmo não era verdadeiro para Veshara, cuja fachada respeitável de importador de alimentos escondia o envolvimento com um comércio particularmente odioso. Ele não era estranho à violência, mas diferentemente de Marcham, não tinha a menor ideia de que Liz o investigava. Se havia alguém vigiando a traineira, que tivesse de alguma forma testemunhado sua captura e até visto Liz, será que a reação de Sami seria mesmo ordenar um ataque a ela? Não dentro de poucas horas. Não fazia sentido. Ainda mais porque o táxi já estava na sua rua em Kentish Town quando ela voltou de Essex.

E os sírios? Como poderiam possivelmente saber quem ela era e, mesmo que soubessem, porque a atacariam?

Deitada no hospital durante sua segunda semana lá, Liz ficara refletindo sobre tudo isso, sem chegar a nenhuma conclusão satisfatória. Quando Charles foi vê-la na segunda semana, quando estava começando a se sentir humana novamente, tentou abordar o assunto com ele. Mas ele se mostrou frustrantemente esquivo.

— Vamos falar disso quando estiver melhor — dissera apesar dos protestos de Liz de que não havia nada de errado com seu cérebro. Nem mesmo Peggy pôde ser sondada, pois evitava qualquer conversa séria sobre o que estava acontecendo na Thames House na ausência de Liz.

Ouviu a campainha da porta da frente, e a mãe se levantou em um salto, retornando um momento depois com Edward, que carregava duas sacolas de compras cheias de alimentos.

— Comprei os jornais para você. — Ele agitava cópias do *Guardian* e do *Daily Mail*.

— Deixe-me ajudar a guardar as coisas — disse Liz, ficando de pé, sem firmeza.

— Você fica sentadinha — ordenou a mãe. — Trarei uma boa xícara de chá.

— Não seja boba. Estou perfeitamente bem — retrucou Liz, sabendo que não estava, mas incomodada por insistirem em mimá-la. Aquilo estava se tornando intolerável.

— É um bom sinal — interveio Edward, saindo da cozinha. — Uma paciente irritada geralmente é uma paciente em boa recuperação.

Por um instante Liz se sentiu furiosa — quem era ele para interferir? Mas havia tal brilho nos olhos de Edward que ela não conseguiu ficar zangada, e se descobriu rindo, pela primeira vez desde o acidente.

— Assim é ainda melhor — comentou Edward, e desta vez os três riram. — Deixe comigo — disse a Susan e, enquanto ele se ocupava na cozinha, Liz olhava os jornais.

Edward surgiu segurando uma bandeja, com duas canecas e um copo térmico.

— Susan — disse ele, entregando-lhe uma das canecas.

Entregou o copo térmico a Liz.

— Bem medicinal — explicou ele. — Sua mãe disse que você prefere vodca, mas espero que um ponche quente sirva.

Ela tomou um gole cuidadoso. Exatamente o que ela precisava.

— Alguma coisa nos jornais? — indagou Edward, sentando-se no sofá ao lado de Liz.

— Só o de sempre. Vejo que o Homem na Caixa foi identificado.

— Quem é esse? — perguntou Susan.

Liz riu.

— Alguém que encontraram morto em uma igreja, mãe. Dentro de uma caixa, como eu disse. — Olhou o jornal, interessada porque a polícia enfim decidira liberar o nome da vítima.

— Chama-se Ledingham. Suponho que você não o conhecesse — acrescentou ela com um sorriso.

A mãe sorriu de volta.

— Claro que não.

Liz olhou para Edward, mas ele não estava sorrindo.

— Você disse Ledingham? Por acaso seria *Alexander* Ledingham?

Liz ficou ligeiramente desconcertada. Olhou novamente para o artigo.

— Isso mesmo.

— Posso? — perguntou Edward, que pegou o jornal. Ele leu o artigo rapidamente, depois deu um pequeno suspiro.

Liz disse:

— Sinto muitíssimo pela piada. Você o conhecia?

Edward meneou a cabeça.

— Encontrei um homem com este nome várias vezes. — Ele pegou sua bebida e deu um gole. — Por estranho que pareça, foi no Kosovo. Uma das minhas tarefas era estabelecer ligação com os ortodoxos sérvios na área. Eles enfrentaram um momento tremendamente ruim: os muçulmanos albaneses tinham queimado muitas das igrejas, e o clero já tinha sido severamente criticado. Veja bem, tudo isso foi minimizado pelas atrocidades sérvias, mas foi desagradável mesmo assim. Um dia soube que um jornalista queria me ver. Seu nome era Marcham e ele estava lá para um jornal.

Liz tentou não reagir e manteve os olhos fixos em Edward. Ele prosseguiu:

— Eu o encontrei, e ele parecia ser um camarada inteligente, um tanto excêntrico, talvez; parecia mais interessado no que acontecia com as igrejas do que com qualquer pessoa. Depois disso, parecia que eu esbarrava em Marcham o tempo todo. Era um pouco como quando você está lendo um livro que menciona algo obscuro, como pesca na Islândia, e depois "pesca na Islândia" parece surgir em tudo que se lê. Marcham geralmente tinha companhia de um camarada bem mais jovem, uma espécie de auxiliar, se quiser chamar assim. Em determinado momento, Marcham o apresentou para mim. Ele disse "Este é Alex Ledingham", e eu me lembro de me indagar se o rapaz era seu parceiro.

— Quer dizer parceiro jornalista?

Edward meneou a cabeça com um sorriso.

— Não. Não éramos *tão* mente fechada no exército, Liz. Falo de parceiro como em amante.

— E ele era?

— Quem sabe? É bem provável, porque não era jornalista e era uma época bem perigosa para se estar ali sem um bom motivo. O que me lembro mais é que Ledingham compartilhava o interesse de Marcham por igrejas. Disse que estava fazendo um levantamento sobre as igrejas ortodoxas sérvias: quais tinham sido destruídas, quais tinham sido danificadas.

— Não era um pouco arriscado? Era uma situação de se admirar, então.

Edward tomou um gole de chá, e Susan disse:

— Você mesmo é um entusiasta de igrejas, Edward.

Ele admitiu com um aceno de cabeça.

— É verdade. Mas não sou fanático e certamente não assumiria os riscos que Ledingham assumiu para visitá-las. Com ele parecia ser muito mais do que um interesse intelectual.

— Talvez ele fosse muito devoto — sugeriu Liz.

— Parecia mais fervor que devoção, se me perguntasse. Não que ele fosse ortodoxo sérvio, ele fez questão de me dizer que era anglicano. Porém uma vez eu o vi depois de visitar uma igreja em Musutiste, e ele parecia incrivelmente excitado. Quase possuído. Havia algo quase...

— Sexual?

Ele assentiu com um sorriso.

— Sim, agora que você diz, parecia mesmo sexual.

— Você o viu novamente depois do Kosovo?

— Não. E aliás, nunca revi Marcham também.

— Os dois me parecem bem sinistros — disse Susan Carlyle. Ela se levantou, segurando sua caneca vazia. — Vou preparar o jantar.

Mas a mente de Liz estava em outro lugar.

Ela ligou para Peggy Kinsolving bem cedo na manhã seguinte e contou o que descobrira sobre a ligação entre Ledingham e Chris Marcham.

— Que coincidência — disse Peggy.

— Eu sei. Vamos andar com isso, certo? Quero que vá à Polícia Metropolitana. Fale com os oficiais que investigam a morte de Ledingham e conte a eles sobre o relacionamento de Marcham com ele.

— Farei isso agora mesmo. Vão querer falar com Marcham, não vão? Devo ir também?

— Não. *Eu* vou. Já me encontrei com Marcham; quero ver o que ele tem a dizer.

— Mas, Liz, você não pode...

— Posso sim, e ponto final. — Depois, abrandando, Liz acrescentou: — Avise-me quando desejarem vê-lo.

E enquanto desligava, Liz sentiu uma onda de adrenalina. "Graças a Deus", pensou, animada. "Sempre posso convalescer depois."

CAPÍTULO 26

Quaisquer que fossem seus altos e baixos — e recentemente houvera abundância de baixos — era regra para Geoffrey Fane não deixar sua vida pessoal intrometer-se nos assuntos profissionais. Mas, naquela manhã, ele estava achando aquilo difícil.

Chegara uma carta de Adele, sua ex-mulher, que agora morava em Paris. Começava bastante cordial, mas na segunda página ela jogava a bomba:

> Ando pensando na fazenda em Dorset. Francamente, está se tornando cada vez mais óbvio que Philippe e eu dificilmente iremos para lá com frequência no futuro, se tanto. Estamos procurando nossa própria casa em Brittany e, nestas circunstâncias, não faz muito

sentido permanecer interessada na fazenda. Antes de fazer qualquer coisa, gostaria de oferecer-lhe a chance de adquiri-la — por um preço justo de mercado, claro!

A fazenda estava na família Fane há gerações. Desde a guerra, o cultivo dos 600 acres fora arrendado para um vizinho, mas a casa — uma grande construção de pedra em uma das pontas do vale, a 8 quilômetros da cidade mercante de Blandford — era usada por gerações de Fanes no Natal, na Páscoa, em quase todas as férias de meio de ano e ao longo dos meses de verão.

Não por muito tempo, pensou Fane, já que não via nenhum modo de comprá-la de Adele. Se houve qualquer consolo no desastre financeiro de seu divórcio, fora a disposição de Adele em não forçar a venda do local. Mas era exatamente o que ela estava fazendo agora.

Não entendia por que isso o aborrecia tanto. Ele raramente ia lá, e a perspectiva de se mudar para lá quando se aposentasse, dali a mais ou menos uma década, sempre fora mais imaginada que provável. Seu filho Michael amava o lugar quando era jovem — quando adolescente até falava de maneira comovente, senão irrealista, em tentar obter sucesso no cultivo da terra. Mas isso não aconteceria agora e, com a notícia de que Adele não tinha mais nenhum interesse, Fane não tinha ninguém com quem compartilhá-la.

Quem sabe este fosse o problema. Se tivesse construído outra vida, até formado outra família, então talvez sentisse alguma urgência em proteger seu legado. Em vez disso, sentia apenas uma lassidão deprimente. Estava envolvido com a carreira novamente, sentia que sua velha confiança tinha retornado amplamente. Mas lá fora, existia um vazio que o trabalho não preenchia.

Quem poderia preenchê-lo?

Não faltavam candidatas: ele tentara com algumas delas. Adele tinha meia dúzia de amigas em Londres cujos casamentos também terminaram. Mas nenhuma delas atraía Fane; eram muito parecidas com Adele, interessadas principalmente em roupas, restaurantes, nas últimas férias em Verbier ou na Provença. Sabia também que o interesse delas por ele estava baseado inteiramente no seu suposto status e (teve que rir, pensando no que o divórcio lhe custara) no dinheiro que pensavam que tinha.

Não, agora sabia que queria uma companheira com quem pudesse conversar, alguém com a cabeça no lugar, alguém com quem pudesse compartilhar seu trabalho — algo que nunca fora capaz de fazer com Adele, que se ressentia das constantes mudanças ao redor do mundo, da discrição e, acima de tudo, do fato de que como agente do MI6 ele dificilmente se tornaria um embaixador, então ela nunca poderia ser "Vossa Excelência". Todos estes problemas desapareceriam se o cônjuge tivesse o mesmo tipo de trabalho. Mas ele era graduado demais agora, experiente demais, para encontrar consolo em alguma jovem habitante de Vauxhall Cross, e as mulheres adequadas mais próximas de seu próprio nível e idade ou eram poucas ou, inevitavelmente no MI6, estavam trabalhando no exterior.

Existiu uma possibilidade. Liz Carlyle sempre lhe pareceu uma mulher reanimadoramente inteligente, franca, bastante independente. E muito atraente. O melhor de tudo: trabalhava do outro lado do rio, então não haveria nenhuma competição ou fofoca incestuosa que caracterizava relacionamentos românticos entre colegas.

Mas de alguma forma tudo dera errado. Bem, não "de alguma forma", na verdade, no fracasso específico do próprio envolvimento de Fane no que chamava de A Operação Oligarca. Sabia que era um pouco culpa sua. Mas ninguém poderia ter previsto as consequências desastrosas, e certamente ninguém poderia pensar que Fane fosse indiferente a elas. Porém, isso tinha resultado em certa frieza entre ele e Liz, justo quando pensou que estavam ficando mais próximos. E agora ela estava no hospital, e Charles Wetherby o culpava.

Sua secretária entrou.

— Isto acabou de chegar de Bruno — disse ela, que lhe entregou uma folha de papel.

Fane achava Bruno Mackay tão irritante quanto a maioria das pessoas achava. Mas ninguém duvidava de que, uma vez encarregado de uma tarefa, Bruno era totalmente confiável. Estava saindo em uma licença de duas semanas, mas prometera repassar imediatamente a Fane qualquer coisa que descobrisse sobre Miles Brookhaven, e ali estava.

Bruno começara com Washington, falando com o MI6 e depois com fontes americanas amigáveis com as quais entrara em contato. Parecia que Brookhaven era bem visto na CIA e ascendera rapidamente em Langley. Inteligente, apresentável — e falava árabe, o que fazia dele uma raridade.

Era o posto sírio de Brookhaven que mais interessava a Fane, e ele leu com atenção. Em Damasco, Brookhaven se destacara tanto por falar a língua local quanto por sua avidez por aprender tudo sobre a vida e a cultura síria. Com poucos colegas com quem compartilhar seu entusiasmo, fizera amigos entre uma grande comunidade de diplomatas, empresários internacionais e agentes de inteligência. Entre os últimos, um em particular se tornou amigo próximo — Edmund Whitehouse, o chefe da base do MI6 na Síria.

Whitehouse foi uma mina de informações para Bruno. Possuía muito conhecimento sobre o Oriente Médio; tinha trabalhado na Jordânia, em Israel e na Arábia Saudita antes de dirigir a base em Damasco. Whitehouse ficou contente em colocar Brookhaven sob sua proteção; afinal, uma fonte amigável na base da CIA era sempre útil. Brookhaven lhe parecia entusiasta, mas, como agente de inteligência, ingênuo. Ficara surpreso pela pouca supervisão que Brookhaven parecia obter do próprio chefe de unidade.

Mas Whitehouse ficou positivamente abismado quando Brookhaven o encontrou para um drinque certa noite no bar do hotel Champ Palace, e contou-lhe que conseguira acesso a um homem no coração da labiríntica rede de inteligência da Síria. Não havia nada de prepotente no relato do americano, que logo deixou claro que seu agente em potencial não queria trabalhar para os americanos — queria entrar em contato com os britânicos, razão pela qual Brookhaven estava contando a Whitehouse sobre ele. Whitehouse não pôde deixar de olhar com novo respeito o jovem americano que imaginara tão ingênuo, seu protegido agora se tornara patrono.

Pois tinha sido isso — um presente, entregue aos britânicos, com o entendimento de que o doador, a CIA, também seria beneficiário de quaisquer segredos que esta nova fonte entregasse aos britânicos. E o MI6 cumpriu o combinado na barganha, em grande parte. Lendo o relatório, Fane pensou nos esforços que fez para esconder de Andy Bokus e Brookhaven a fonte da informação sobre a ameaça à conferência — ou seria uma ameaça à Síria? Estava escondendo uma fonte do próprio homem que a oferecera em primeiro lugar.

Quando terminou de ler, Fane levantou-se e caminhou até a janela. No Tâmisa, uma barcaça subia ruidosamente o rio na maré baixa, e um bando de gaivotas planava esperançosa ao redor da popa. Um grupo de estudantes, orientado por três professores, cruzava para o norte na Vauxhall Bridge, provavelmente rumando para o Tate. Fane os observava, mas os pensamentos estavam em outro lugar.

Foi até a escrivaninha e apanhou o telefone, confiante de que estava passando notícias úteis. Foi transferido imediatamente.

— Charles, é Geoffrey Fane. Fizemos algumas sondagens nos antecedentes de nossos colegas americanos em Grosvenor Square. O mais novo em particular. Acho que vai considerar a leitura interessante.

CAPÍTULO 27

Estava chovendo sem parar desde as 16h. Agora era noitinha, e Ben Ahmad deixava o metrô na Park Royal com sua capa encharcada. A frente viera da Irlanda, um dia antes do previsto. Supunha que era difícil prever o tempo numa ilha, mas sentia falta da certeza das previsões na Síria, onde não existiam surpresas e ficava seco por meses sem fim.

A loja de aspiradores de pó estava fechando quando chegou, e ele trocou um breve aceno de cabeça com Olikara, o "proprietário". No quintal dos fundos, ele se apressou até o módulo habitacional e ficou surpreso por descobrir, ao colocar as chaves, que a porta de metal já estava destrancada. Quando a abriu, para seu espanto, Aleppo estava sentado atrás da escrivaninha.

— Como entrou? — perguntou.

Aleppo ignorou a pergunta com um curto aceno da cabeça.

— Sente-se — disse ele com intensidade. Sua jaqueta de couro preto e o pulôver carvão de gola alta o deixavam particularmente sinistro na luz pálida.

Ahmad descobriu-se sem opção senão sentar-se diante da escrivaninha. Estava alarmado. O controle do encontro já tinha fugido de suas mãos, e o olhar de aço de Aleppo o enervava.

— Quero que escute com muita atenção. — Aleppo pôs as mãos sobre o tampo da escrivaninha e inclinou-se de maneira ameaçadora. A voz era gélida. — Sob grande risco pessoal passei para seu governo informações cruciais. Fiz isso com a plena certeza de que agiriam. Do contrário, eu seria um idiota por ter assumido tais riscos. Não sou idiota.

Ahmad lutou para manter a mente clara. Estava certo ao sentir medo daquele homem. Havia algo de tão implacável nele que parecia patológico. Disse com honestidade:

— Ninguém sugeriu que você fosse nada do tipo. Mas estas coisas exigem tempo. Já expliquei isso antes.

Aleppo cortou o ar abruptamente com a mão, como se moendo o argumento.

— Tempo é uma coisa que nenhum de nós tem.

"Qual seria a urgência?", ponderou Ahmad. Haveria alguma coisa para acontecer em breve da qual não soubesse? Antes que tivesse reunido coragem para perguntar, seus pensamentos foram cortados por Aleppo.

— Não quero mentiras, não quero enrolação. Quero ação. Entendeu?

Ahmad respirou fundo. Nunca se encontrara tão dominado por um agente antes.

— Sim — disse com relutância.

Mas Aleppo não estava satisfeito; isso estava claro pela maneira impaciente com que balançava a cabeça.

— Me deixe avisar uma coisa. O último homem que me disse sim quando queria dizer não era da África do Sul. Encontraram seu torso destroçado em uma praia perto da Cidade do Cabo. Nunca encontraram as pernas.

— Dou minha palavra. Algo acontecerá ainda esta semana.

Quando Aleppo se levantou de repente, Ahmad se sentiu desconfortável. Será que Olikara o ouviria caso gritasse? Não, a loja estava fechada e ele já devia ter ido para casa. Olhou pela janela empoeirada do módulo habitacional e viu que estava escuro lá fora. Ninguém estaria trabalhando ainda naquela areazinha esquálida de lojas.

Aleppo deu um passo adiante e Ahmad ficou tenso, esperando pelo ataque. Mas o agente riu com grosseria.

— Não fique tão assustado — ordenou ele. — Pelo menos não ainda, quero dizer. — E caminhou direto para a porta do módulo, deixando-a balançando e rangendo baixinho nas dobradiças, enquanto o sírio permanecia sentado, tentando recuperar a compostura. Aleppo podia ser uma fonte valiosa, mas Ahmad agora estava convencido de que também era louco.

Ficou sentado lá por vários minutos até sua respiração voltar ao normal. O estranho, pensou ele enquanto deixava o local, trancando cuidadosamente a porta ao passar, era que tinha dito a Aleppo a verdade. Algo *estava* para acontecer naquela semana. Só não aconteceria na Inglaterra.

CAPÍTULO 28

Peter Templeton estava com calor, mesmo sentado à sombra do pórtico no canto do longo terraço do mosteiro. Podia ouvir as cigarras na encosta abaixo, mas o calor devia ser demasiado para os francelhos, pois o céu estava vazio de vida. Enquanto Templeton espiava o vale, o ar tremeluziu de leve, oscilando como geleia no persistente fulgor do sol inclemente de meio-dia.

Viera, como sempre, em comboio com seu colega. O outro carro estava a três quilômetros abaixo em um café, esperando que Jaghir passasse. Logo além de Nicósia, um grande Peugeot sedã os acompanhara, deixando Templeton nervoso. Tinha ficado aliviado quando o automóvel enfim virou e acelerou rumo ao sul na direção do litoral.

Seu celular vibrou.

— Sim — disse ele, mantendo a voz baixa, apesar de ter o terraço só para si; os monges estavam todos em oração.

— A alguns quilômetros de distância. Posso ver a poeira. Diria que cinco minutos até aqui e 20 até você.

— Certo. Fique de olho em outros carros — acrescentou, pensando novamente no Peugeot.

Templeton esperou tenso, resistindo à tentação de checar o relógio. Requisitara aquele encontro, motivado pelas agitadas solicitações de Vauxhall Cross pela confirmação da história original de Jaghir e, se possível, informações mais detalhadas. Contra o bom senso de Templeton, Jaghir insistira em encontrá-lo ali no mosteiro novamente. Vauxhall Cross fora tão inflexível quanto a uma conversa imediata com Jaghir que ele nem protestara.

Algo se agitou no canto distante do terraço, e Templeton girou rápido, alerta. Um lagarto pulou uma vez, depois uma segunda vez nas sombras lançadas pela áspera parede de pedra. Então o celular de Templeton vibrou.

— Sim.

— Ele acaba de passar.

— Mais alguma coisa por perto?

Houve uma pausa.

— Negativo.

Logo Templeton viu a primeira nuvem de poeira agitando-se da trilha na base da colina. Espiou através do vale e conseguiu distinguir um sedã escuro avançando com cuidado pela encosta. A imagem se ampliou lentamente à medida que o carro se aproximava, fazendo as curvas sinuosas com cuidado, já que a trilha era estreita e ficava em uma faixa bem acima do vale. Nos poucos trechos retos o carro acelerava brevemente, e agora Templeton podia enxergar a figura solitária ao volante, Jaghir.

O carro desapareceu momentaneamente onde a trilha cortava a encosta, depois reapareceu na última grande curva antes da íngreme elevação final até o topo. Templeton pôde ouvir os pneus agarrando na superfície arenosa, o áspero afogamento do motor quando a transmissão automática entrava, e a saída de marcha. Depois um baque surdo, como uma das mãos dando um tapa curto em um tapete de borracha.

De repente, Templeton viu o carro desviar como um brinquedo de criança fora de controle. Rumou em um ângulo fechado para a beira da trilha, depois os pneus pareceram ganhar aderência e o carro se afastou da beira. Como no replay em câmera lenta de um filme, o carro agora rodopiava pela trilha estreita em giros amplos.

Templeton conteve o fôlego enquanto observava Jaghir tentando desesperadamente recuperar controle. Mas o sírio devia ter girado demais o volante — o carro agora disparava em direção à beira. Um pneu dianteiro deixou a trilha e ficou brevemente suspenso no ar, depois o pneu traseiro o acompanhou.

Por um momento, o carro balançou perigosamente, inclinado de lado, como se em animação suspensa. Depois o veículo inteiro virou de lado e caiu no ar, descendo por quase 30 metros até alcançar a borda protuberante de um grande rochedo que se projetava da encosta. Isso fez girar o sedã em 180 graus, que aterrissou de lado no declive escarpado, ganhando ímpeto, estraçalhando o mato, com um ruído parecido com cereal seco esmagado por uma colher. O carro rolou e rolou até chegar ao fundo do vale, onde com um movimento final virou de ponta-cabeça e ficou completamente parado.

Whoomph! A onda de choque da aterrissagem drástica subiu o vale, enchendo o quente ar úmido com um manto de som. Olhando para baixo, Templeton viu chamas começarem a se erguer do fundo do sedã destruído, lambendo as janelas laterais, depois alcançando os pneus, que pareciam círculos de chocolate escuro no carro virado. O fogo se espalhou no chassi exposto e Templeton, observando horrorizado do terraço lá em cima, aguardou que o tanque de gasolina pegasse fogo.

E pegou fogo, em uma série de explosões abafadas. Agora o veículo inteiro estava em chamas, e Templeton concluiu que, embora fosse improvável que Jaghir tivesse sobrevivido à descida, era inconcebível que tivesse ao fogo.

O celular de Templeton vibrou e uma voz agitada disse:

— Vejo fumaça.

— Aposto que sim. O alvo saiu da trilha.

— Ele escapou?

— Não.

— Devo fazer alguma coisa?

Logo alguém veria o fogo — se não lá embaixo no vale, seria ali no mosteiro, quando os monges saíssem das orações. Incêndios não eram brincadeira naquele isqueiro de mato árido — as pessoas viriam garantir que o fogo não se espalhasse; alguém desceria para investigar e depois a polícia seria chamada. Havia tempo, mas não muito.

— Saia daí imediatamente. E volte por outro caminho. Me encontre no escritório.

— Você está bem?

— Sim. Agora vá. — E desligou o celular.

Templeton deixou o terraço imediatamente e entrou no carro. Estava tremendo enquanto dirigia o mais rápido que ousava trilha abaixo, parando quando chegou à curva onde o sedã de Jaghir deixou a estrada. Deixou o motor do próprio carro ligado enquanto saía e olhava rapidamente as marcas de pneu que corriam pelo pó até pararem na beira do precipício. Templeton espiou lá embaixo, surpreso com quão íngreme fora a queda. Podia ver o rochedo maciço e projetado que o carro atingira no caminho de descida, deixando uma mancha de tinta escura na rocha. Seus olhos acompanharam a trilha vertical onde o sedã capotara, esmagando o mato no caminho, até parar no fundo onde agora queimava, como um último sinal de pontuação.

Templeton virou e caminhou apressado ao longo da trilha, acompanhando os giros e voltas das marcas dos pneus até chegar ao primeiro movimento errático. O que dera errado? Um estouro do pneu? Possivelmente, apesar de que, em uma velocidade tão baixa, teria sido possível controlar o sedã até pará-lo em segurança na estrada estreita.

Olhou com atenção ao redor da trilha para ver o que poderia ter causado o acidente. Um prego, vidro quebrado, algo pontiagudo; talvez, pensou ele, até uma explosão por controle remoto. Não encontrou nada.

Era melhor ir andando. Correu de volta os 50 metros de trilha, entrou no próprio carro, depois desceu em direção à junção, ansioso para fugir antes que uma viatura chegasse e o prendesse na trilha de uma faixa apenas.

Cinco minutos depois, estava longe o bastante para pensar no que tinha acontecido. Poderia ter sido um simples furo de pneu? Realisticamente, precisava admitir que as chances de um estouro a baixa velocidade a caminho de um encontro secreto, resultando na morte de Jaghir, eram mínimas. Era muito mais provável que o trabalho de Jaghir para uma agência estrangeira tivesse sido descoberto e seus chefes sírios tivessem aplicado a penalidade. Mas ele também não encontrou qualquer evidência que sustentasse aquela teoria. Apenas quando viu os quarteirões de apartamentos residenciais de Nicósia aparecerem no horizonte, que se lembrou de algo mais — o estalo embotado que ouvira bem antes do desafortunado sedã mudar de direção pela primeira vez. Suas mãos tremeram. Se Jaghir fora de fato assassinado, como ele havia sido detectado?

CAPÍTULO 29

Charles Wetherby estava sentado na poltrona junto à janela de seu escritório lendo, só por garantia, o rascunho dos documentos para a reunião do dia seguinte, quando sua secretária bateu à porta e enfiou uma cabeça hesitante.

— É Geoffrey Fane na linha.

Wetherby era um homem paciente, mas até ele tinha seus limites. O que Fane queria agora? Ontem lhe revelara que os dois "nomes" e a ameaça à conferência de Gleneagles vieram de alguma fonte síria de alto cargo que os americanos tinham na verdade *doado* ao pessoal de Fane. E quem fizera a doação? Miles Brookhaven, ainda por cima, aparentemente em um momento de empreendimento particular. E o que aqueles dois nomes estavam por fazer? Praticamente tudo, exceto ameaçar a confe-

169

rência, até onde o MI5 fora capaz de descobrir. Mas Fane tinha calmamente pedido que os protegesse. Do quê, exatamente? A julgar pelo ataque a Liz, era o MI5 que precisava de proteção. Quem estava enganando quem? E por que diabos Fane não descobrira antes sobre os elos de Brookhaven com a Síria — se é que era isso — enquanto o rapaz estava desfrutando de um assento na primeira fila em todos aqueles arranjos de segurança para Gleneagles? Tinha perguntado isso a Fane e não recebeu qualquer resposta plausível. Mas ao menos o outro tinha se voluntariado a conversar com Andy Bokus sobre o assunto. Aquela seria uma conversa delicada. Como se conta diplomaticamente a alguém como Bokus que seu agente poderia estar trabalhando para a oposição? Bem, isso era problema de Fane, graças a Deus. E o que ele queria agora?

Caminhou até a escrivaninha e apanhou o telefone com suspeita.

— Alô, Geoffrey — disse ele.

— Charles, creio que tivemos um novo acontecimento. Mas não é nada bom. Nosso informante sírio foi morto nas montanhas Troodos no Chipre. Ele estava indo se encontrar com Peter Templeton, diretor de nossa base no Chipre, que o agenciava.

— Foi assassinado?

— Está começando a parecer que sim. Ele tombou de uma trilha estreita que leva ao mosteiro onde Templeton estava esperando para encontrá-lo. O carro foi completamente destruído, e depois pegou fogo. É claro que Peter não ficou para investigar, mas anda conversando com seus informantes na polícia cipriota. Aparentemente, os pneus traseiros no carro de Jaghir estouraram; devia haver um atirador em algum lugar na encosta.

— O que os sírios disseram?

— Isto é interessante. Só cooperaram o mínimo com a polícia. Não pareciam querer se aprofundar muito.

— Talvez esperassem esconder o fato de que ele era um oficial da inteligência.

— Talvez. Mas mantiveram sigilo disso na Síria também. Acho que devem tê-lo matado.

— O que significa que temos outro vazamento em algum lugar — disse Wetherby, amargo.

— Possivelmente — declarou Fane. — Ou talvez seja o mesmo.

CAPÍTULO 30

Liz sabia que cometera um erro. Havia insistido que se sentia perfeitamente bem para fazer a entrevista com Marcham, embora todos — Charles, Peggy, a mãe e até Edward, mesmo admitindo que aquilo não era da sua conta — tivessem discordado.

Agora, sentada no táxi a caminho de Hampstead, sabia que eles tinham razão. Sentia-se fraca e trêmula, a cabeça doía se a movesse rápido demais, e a contusão amarelada que seguia por um dos lados do rosto ainda atraía olhares e comentários. Por que fora tão teimosa? Charles poderia fazer a entrevista, ou até mesmo Peggy, em último caso. Mas eles não a fariam tão bem, disse a si mesma, apesar de já não ter mais tanta certeza. Não gostava da sensação de estar de fora. Era o medo de não ser necessária? Ela meneou a cabeça dolorosamente para se livrar dos pensamentos. Aquele não era o momento para se analisar; precisava se concentrar em Marcham.

Ele tinha limpado a casa. Agora parecia boêmia em vez de desleixada — nenhum cinzeiro transbordando, livros e revistas antes espalhados na mesinha de centro estavam bem empilhados, e o carpete imundo parecia profissionalmente limpo. Marcham fizera um esforço ou pagara alguém para fazê-lo. Liz se perguntava se a limpeza se estendera ao quarto, lembrando das relíquias e ícones religiosos lá dentro quando deu uma olhada em sua última visita. Mas agora a porta estava bem fechada.

Sentou-se com desconforto no sofá grumoso enquanto Marcham se alternava entre a sala de estar e a cozinha, fazendo para si mesmo a xícara de café que ela declinara. Parecia nervoso. Tinha se arrumado também, notou ela, observando o blazer com camisa só um pouquinho desgastada, a calça de flanela e os sapatos Oxford marrons. Parecia quase respeitável.

Enfim Marcham se sentou em uma velha poltrona remendada. Bebericando sua caneca com cuidado, piscou, depois, sorrindo agradavelmente para Liz, reclinou-se e perguntou:

— Então como posso ajudá-la agora, Srta. Falconer?

— Gostaria de conversar sobre a Síria — disse Liz. Os olhos de Marcham vacilaram e ela teve certeza de que fosse lá o que ele estivesse esperando, não era aquilo. — Esteve lá muitas vezes, creio eu, e soube que acaba de voltar de lá. O que eu queria perguntar é se, em alguma de suas visitas, foi contactado por serviços de inteligência.

Ele fez uma pausa.

— Não. Não que eu saiba. Entrevistei o presidente recentemente para um artigo que estou escrevendo e tive que passar por várias autoridades, mas que eu saiba, nenhuma delas era um serviço de inteligência.

— Encontrou qualquer hostilidade por lá? Alguém fez ameaças ou pediu que fizesse alguma coisa para eles?

— Não. Não me lembro de nada assim — replicou Marcham. Sua voz, que era profunda e um tanto rouca, subiu uma oitava. — Por que está me fazendo estas perguntas?

Liz o ignorou.

— Alguma vez foi abordado por qualquer serviço de inteligência em suas visitas ao Oriente Médio?

— Srta. Falconer — disse ele, baixando a caneca e esfregando as palmas das mãos —, no meu trabalho, sempre se é abordado por espiões de todo tipo. Aprendi a vê-los se aproximando e não me envolver. É mais do que digno de minha reputação profissional.

— Sei que já conversou com o MI6 — disse Liz, para o caso de ele estar hesitando por causa de qualquer lealdade desnecessária.

— Sim, conversei. Mas em geral nunca fiz nada mais do que conversar e nunca fiz nada para eles.

— Mais alguém com quem tenha conversado sem fazer nada?

— Não — replicou e, pondo-se de pé, afirmou: — Eu gostaria de outra xícara de café.

"Há algo aqui", pensou Liz enquanto Marcham estava na cozinha. "Tenho certeza disso." A cabeça começava a doer e ela não se sentia disposta a um longo interrogatório, então decidiu colocar um pouco de pressão. Enquanto ele estava na cozinha, inclinou-se e colocou uma fotografia sobre a mesinha diante do assento de Marcham.

Quando retornou, ele a ergueu.

— É Alex — declarou ele. — Li sobre a morte dele nos jornais. O que ele tem a ver com você?

— Então conhecia o Sr. Ledingham?

Marcham assentiu.

— Claro. Houve uma época em que o conheci consideravelmente bem. — Acrescentou com pesar: — Nos últimos tempos não tivemos contato porque eu andava viajando.

— Poderia me contar como veio a conhecê-lo?

— Seria um prazer — disse ele, parecendo inabalável. Mas Liz pressentiu que ele estava fingindo. "Uma boa atuação até agora", pensou, "mas uma atuação mesmo assim". — Alex tinha interesse em igrejas. Eu também. Talvez não no mesmo nível, pois ele era um tanto fanático. — Havia um impacto condescendente, distante nessa declaração. — Nos conhecemos em um encontro na Hawksmoor Society. Alex era muito ativo na associação, particularmente em seus esforços para angariar dinheiro para a renovação das igrejas de Hawksmoor em Londres. Para alguns puristas, claro, renovação é uma obscenidade, mas não para Alex. Nem para mim, aliás. Andei um bocado envolvido durante um tempo. — Ele deu um lento sorriso, como se confessando uma aberração juvenil que tivesse abandonado.

Liz estava ficando impaciente. Aquilo não estava levando a nada. Então disse:

— Esteve no Kosovo, não esteve?

Marcham pareceu surpreso.

— Sim, estive. Por quê?

Ela ignorou a pergunta.

— Esteve lá como repórter, segundo entendi. Para o *Observer* e o *Los Angeles Times*.

Marcham pareceu menos complacente, mas estava lutando para não deixar transparecer. Disse em tom malicioso:

— Andou fazendo pesquisas, Srta. Falconer.

"Pode agradecer Peggy Kinsolving por isso", pensou Liz. Ela prosseguiu:

— Esteve no Kosovo a serviço, mas poderia me contar por que Alexander Ledingham também estava lá?

O silêncio permaneceu na sala como um peso. Por um momento, Marcham encarou Liz, que pôde sentir sua antipatia. Ele falou com lentidão:

— Uma pena que não possa perguntar a ele.

— Sim, por isso estou perguntando a você.

Marcham bebericou o café mecanicamente. Disse, mantendo o rosto enterrado na caneca:

— Alex estava muito irritado com a destruição das igrejas sérvias. As pessoas esquecem que a violência tem dois lados, e ele estava louco para fazer o que pudesse para preservar os locais ortodoxos de adoração.

— Mesmo que isso significasse se colocar em perigo? Muitas pessoas ficam alarmadas com a guerra mas isso não significa que querem vê-la por si próprios.

— Alex não era alguém que pudesse ser impedido pelo perigo. Tinha perambulado bastante. Era gentil, claro, mas não se assustava facilmente.

Liz perguntou explicitamente:

— Sua presença lá tinha algo a ver com isso? Soube que vocês dois andavam juntos no Kosovo.

— Não colocaria desta maneira.

— Ah, mesmo? Entendi que eram praticamente inseparáveis.

— Fomos muito próximos durante um tempo. — Acrescentou, desnecessariamente: — Não sou casado, entende?

Ele lhe deu uma olhada astuciosa. Para ela não importava se Marcham fora íntimo daquela maneira com Ledingham; só queria saber se estava lá quando ele morreu.

— Então ele estava lá como seu... companheiro?

Marcham não a encarou, e Liz sentiu que ele estava explorando o drama até o fim. Era claro que o jornalista pensava que uma confissão de que ele e Ledingham tinham sido amantes seria bastante embaraçosa para persuadi-la de que este era o segredo que escondia.

— Compreendo. Mas duvido que outros jornalistas tenham levados seus parceiros.

Marcham pensou nisso. Depois disse:

— Ele estava desesperado para ir. Estava obcecado com as igrejas. Tinha muitas *teorias*. Começou achando que existia um código nas igrejas de Hawksmoor, depois pensou que o código serviria por quase todas as igrejas barrocas da época. Tentei dizer a ele que não fazia sentido. Alex começou a gostar de fazer... — Ele se calou.

— Sexo? — perguntou Liz, determinada a prosseguir com aquilo.

— Quanta delicadeza, Srta. Falconer — comentou Marcham com um lampejo da indiferença inicial. — Mas sim, na falta de uma palavra melhor. Sexo.

— Mas naquela noite em St. Barnabas a, hã, parte sexual da coisa parece ter sido solitária.

— Eu sei — disse Marcham. — Isso foi por minha causa. — Ele olhava com frieza para as mãos, com arrependimento. — Aquele tipo de coisa não fazia meu estilo. Ele disse que eu deveria dar um passeio e voltar quando ele tivesse... terminado. — Ele estremeceu de aversão.

— E quando você voltou do passeio, o que encontrou?

— Ele estava morto. Avaliou mal, aparentemente... Eu não estava lá para salvá-lo.

Ao dizer isso, ele sucumbiu. Em meio a soluços, conseguiu dizer:

— Se ao menos eu tivesse ficado, isso nunca teria acontecido.

— Tenho certeza de que ninguém o culparia — disse Liz —, mas por que o colocou na caixa?

Marcham ergueu a cabeça, os olhos estavam vermelhos.

— Que mais eu poderia fazer? — perguntou em tom de lástima.

"Finalmente", pensou Liz, que perguntou:

— Sr. Marcham, percebe que esconder uma morte é um crime muito sério? Devo relatar o que disse aos meus colegas policiais. Mas eu gostaria de voltar à minha pergunta anterior. Tem certeza de que em suas viagens nunca empreendeu qualquer tarefa secreta para um serviço de inteligência ou alguém que pudesse estar agindo em nome deles? Tenho condições de ajudá-lo de várias maneiras — acrescentou ela, de modo genérico — se tiver algo a me contar.

Mas a esta altura Marcham estava soluçando descontroladamente e apenas meneou a cabeça.

Já era o bastante para Liz. A entrevista não seguiu o caminho planejado e ela não descobriu nada com que pudesse dar prosseguimento à investigação. A polícia teria que lidar com Marcham agora.

CAPÍTULO 31

Wally Woods parecia estar com olhar mais turvo que o normal naquela tarde de sexta-feira quando entrou no escritório de Liz. Ela ainda tinha leves traços de contusão ao redor dos olhos, mas Wally parecia muito pior.

— Não posso culpar o trabalho — declarou ele em resposta quando Liz perguntou se estava tudo bem. — Nossa cadela acaba de ter uma ninhada e não é uma mãe muito boa. Fiquei metade da noite acordado alimentando os cachorrinhos. É bem diferente de observar alguns jovens barbudos em um terraço em Battersea.

Liz riu. Gostava de Wally: ele era um veterano que sobrevivera a todas as mudanças de objetivos e tecnologia sem discussão ou resistência. "Elas também satisfazem a quem se mantém de pé e aguarda" parecia ser seu lema, e Liz respeitava tanto sua competência quanto seu interesse em manter-se assim.

— Então, o que há? — disse ela.

Wally acenou com um envelope de papel manilha.

— Queria mostrar algumas fotografias que tiramos ontem. Andamos seguindo este camarada, Kollek, da embaixada israelense, como você sabe. Nada anormal a princípio: ele parece almoçar duas vezes por semana com aquela mulher sobre quem você nos contou, mas tudo abertamente. Mas há três dias isso mudou.

— Como foi isso?

— Queria poder contar a você — disse Wally com melancolia. — Nós o perdemos. — Ele sacudiu a cabeça, frustrado.

Liz entendia a situação. Seguir um alvo que estava determinado a despistá-lo nunca era tarefa fácil.

— Acha que ele sabia que estava sendo seguido?

Wally meneou a cabeça.

— Acho que só estava sendo muito, muito cuidadoso. No fim, não poderíamos ficar com ele ou teríamos sido descobertos. Eu sabia que não queria isso.

— Não, tem razão — disse Liz, um pouco desencorajada. Kollek devia ser um Mossad; por que um adido comercial realizaria contravigilância sofisticada? Ela se perguntava quem ele poderia estar encontrando.

— Anime-se, Liz. Este não é o fim da história. — Sua voz estava mais alegre agora, e Liz o encarou esperançosa. Wally disse: — Ontem nós o seguimos quando deixou a embaixada no meio da manhã. Ele nos levou até o campo de críquete Oval, mas foi lá que o perdemos: quando entrou. Não sei se gosta de críquete, Liz, mas o One Day International está acontecendo, então o lugar estava lotado.

"A esta altura, eu e os outros carros de apoio também tínhamos entrado lá. Nos custou duas horas procurando fileira por

180

fileira, mas nós o encontramos — disse Wally com orgulho. — Sentando em uma arquibancada do canto com uma bebida na mão e uma programação, agindo como se tivesse crescido assistindo críquete. O que parece bastante improvável para um israelense. Nada aconteceu por uma hora ou mais, mas então outro sujeito chegou e se espremeu bem perto de Kollek. Muito bem vestido, mais adequado ao Lord's do que ao Oval."

— Ah, não — lamentou Liz, desestimulada. A penetração israelense nos serviços de inteligência estrangeira era lendária.

— É melhor me mostrar as fotos então — disse ela, apesar de já ter uma imagem em mente.

Wally lhe passou o envelope que estivera segurando e disse:

— Não sei quem é, mas acho que ele é americano.

A primeira foto fora tirada de baixo. Kollek fora pego em destaque, segurando um grande copo de plástico — cuidadosamente, era necessário apontar, como alguém tentando se encaixar. Ela olhou para os homens a cada lado dele: à direita de Kollek sentava-se um homem asiático numa jaqueta impermeável amarela; observava atentamente o jogo, parecendo alheio aos vizinhos. Kollek estava virado na direção do homem à direita, a cabeça inclinada como se estivesse ouvindo com atenção.

— É a gravata — afirmou ela de forma entorpecida.

Wally a fitou com curiosidade.

— Veja as listras — disse ela, apontando para o outro vizinho de Kollek. — Vão para o lado oposto das nossas. É por isso que se pode dizer que ele é um ianque.

— Creio que ele tenha ido embora na hora do almoço, Liz. Hoje em dia, ele costuma trabalhar em casa nas tardes de sexta. — O tom da secretária de Wetherby deixou claro que ambas sabiam que a razão era Joanne.

— Certo. Vou ligar para a casa dele.

— Quer o número?

— Está tudo bem, eu tenho. Obrigada.

Liz pensou por um momento. Era avessa a interromper Charles em casa, mas ele precisava saber imediatamente.

— Charles — disse quando ele atendeu —, é Liz. Lamento ligar para sua casa, mas surgiu algo novo.

Ela escutou por um momento.

— Pela manhã está ótimo, não tem problema. Claro que posso. Não, acho que vou dirigindo. — Fez uma pausa, depois anotou as orientações que ele lhe deu. — Entendi — disse quando ele terminou. — Às 10h30 está ótimo. Vejo você então.

Ela desligou, aliviada por Charles ter compreendido a urgência de imediato. Era lastimável atrapalhar o fim de semana dele, mas assim seria — e não era como se ela tivesse planejado qualquer coisa. Seria estranho ver Charles em casa. Mais precisamente, imaginava como seria Joanne. "Bem", pensou ela, "enfim descobrirei."

CAPÍTULO 32

Havia pouco tráfego tão cedo na manhã de sábado, o que tornava um raro prazer meandrar rumo ao sul no Audi passando pelo centro de Londres. As lojas ainda estavam abrindo e, ao longo da Bayswater Road, artistas penduravam suas pinturas nas grades de ferro do Hyde Park, prontos para a venda de arte semanal. Liz dirigiu para o sul através de Earls Court até a rotatória Hammersmith, depois cruzou o rio em Chiswick com a janela abaixada, embora uma noite sem nuvens significasse uma friagem suspensa no ar.

Em um quarto de hora entrou no cinturão frondoso e abastado dos subúrbios de Surrey. As casas se tornavam maiores, bem como os jardins, separadas uma das outras por ocasionais bosques ou paddocks de pôneis. Sempre a impressionava quantos bolsões verdes foram preservados a 30 quilômetros de Westminster.

Em Twickenham, ela cruzou o rio novamente; o Tâmisa era sinuoso naquele trecho. Conforme ela prosseguia, o tráfego começava a aumentar nas ruas principais e nas periferias das localidades, à medida que carros seguiam para os centros comerciais, ou "parques varejistas", como descreviam as placas.

Depois de Shepperton ela checou as orientações de Charles e pegou uma estradinha, depois uma pista menor; podia sentir que o rio não estava muito distante. Fazendo uma última virada à esquerda numa trilha que terminava em um beco sem saída, ela estacionou e olhou através de um grande gramado para uma casa de tamanho mediano e estilo Arts and Craft, com altos frontões de madeira. Uma plaquinha no portão frontal dizia "Mill Run".

Liz caminhou por uma trilha de pedra de calçamento com canteiros de rosas de cada lado e subiu alguns degraus até a entrada. Tocando a campainha, esperou até enfim ouvir passos leves se aproximarem pelo corredor. Então a porta se abriu.

Uma mulher parou no limiar da casa, vestindo um simples vestido de algodão azul com um cardigã desabotoado. Ela era magra — magra demais; devia ser Joanne. Tinha um rosto formoso, gentil, e o cabelo, castanho se tornando grisalho, estava amarrado em um rabo de cavalo. Seus olhos eram de um azul rico e profundo, dispostos bem separados, o que a fazia parecer vulnerável.

— Olá, sou Liz Carlyle. Vim aqui ver Charles.

A mulher sorriu.

— Sou Joanne — disse ela, estendendo a mão. — Entre. Acabei de pôr uma chaleira no fogo.

Liz a seguiu por um corredor que se estendia diante de uma escadaria de carvalho. A casa parecia acolhedora e confortável.

Na cozinha um gato malhado dormia em um cesto próximo a um enorme fogão Aga, aparentemente antigo. Havia uma mesa de jantar no meio do cômodo, meio coberta por cadernos de jornal e um pote de geleia. O lugar estava quieto, tranquilo e ensolarado.

— Que gato bonito — disse Liz, imaginando onde Charles estava.

— Este é Hector, mas agora está velho demais para a guerra. Café ou chá?

— Café, por favor — respondeu Liz, que se sentou à mesa enquanto Joanne enchia duas grandes canecas de listras brancas e azuis.

— Charles teve que sair — explicou ela, juntando-se a Liz à mesa. — Tivemos uma pequena emergência de família. — Sorriu para deixar claro que nada terrível acontecera. — Um dos meus filhos quebrou o pé jogando críquete. Decidiu voltar para casa no fim de semana para que possamos sofrer com ele. — Ela deu uma pequena risada. — Normalmente caminharia da estação até aqui, mas, como seu pé está engessado, Charles foi apanhá-lo. Estarão de volta logo.

Liz olhou ao redor do cômodo aconchegante. Possuía velhos armários de madeira, panelas de cobre pendendo de ganchos ao longo de uma parede e um vasto quadro de cortiça coberto de bilhetes, números de telefone e um desenho de um cavalo em lápis de cor.

— É muito bom enfim conhecê-la — disse Joanne. — Ouvi muito sobre você. — Fitava Liz penetrantemente, mas sua voz parecia amigável.

— Igualmente, e já vi uma foto sua. Charles tem uma na escrivaninha.

— Verdade? — Ela pareceu contente. — Me pergunto qual seria.

— Você está perto de um rio, com um chapéu de palha. Você está entre os meninos, e cada um dele está segurando um remo.

— Ah, conheço essa. Compramos para eles um barquinho a remo quando aprenderam a nadar. Por alguns verões pareciam viver na água.

— Imagino que os meninos tenham adorado crescer aqui.

Ela assentiu.

— Sam, que é quem Charles foi buscar, diz que quer viver aqui quando partirmos. Ele puxou o Charles. É o que se preocupa, embora não goste de demonstrar isso. Exatamente como o pai.

— Devo dizer que ele esconde isso muito bem. — Isto era verdade; mesmo em situações tensas, Charles era um modelo de calma.

— Esconde? — O rosto de Joanne se iluminou. — Eu não sabia. Só sei que ele gosta de trabalhar com você.

Liz não sabia como responder.

— Estávamos em departamentos diferentes até recentemente.

— Sim, e ele ficou contente por tê-la de volta.

Aquilo foi dito com tanta franqueza que Liz lutou para não corar.

Joanne prosseguiu:

— É engraçado, às vezes penso que a vida seria muito mais fácil se nos mudássemos para a cidade. É uma viagem bem longa para ele. E como você provavelmente sabe, não estive muito bem nos últimos anos. Mas Charles nem quer ouvir falar nisso. Diz que se não tivesse o jardim para o qual voltar, ficaria louco.

Ela ficou calada e olhou com melancolia para a caneca que segurava nas mãos.

— Sei que trabalhar e também cuidar de mim deve ser uma imensa pressão. Eu me preocupo com ele, e com o quanto ele se preocupa comigo. — Fez uma pausa, depois riu e olhou para Liz. — Já foi casada?

Liz meneou a cabeça, e subitamente se sentiu desajeitada.

— Bem, eu recomendo.

Ficaram sentadas em silêncio por um momento, depois Joanne inclinou a cabeça.

— Estão de volta — disse ela. Um instante depois Charles entrou na cozinha seguido por um garoto alto e desengonçado, que devia ter uns 16 anos. Vestia um uniforme escolar de blazer e calça cinza, mas o pé direito estava encaixado em um gesso. O garoto herdara os grandes olhos azuis da mãe, mas de resto puxara Charles.

— Olá, Liz — disse Charles. — Este é Sam.

Ela levantou e apertou a mão do garoto. Joanne disse:

— Por que não vão para o jardim, querido? Leve seu café com você, Liz. Estou feliz por termos tido tempo para conversar.

Lá fora o estimulante ar da manhã estava ficando ameno, por isso Charles tirou o casaco e o deixou em um banco junto à porta da cozinha. Uma ampla divisa herbácea percorria um lado do jardim e um pequeno círculo de rosas altas ficava ao centro do gramado.

— Que lindo! — exclamou ela.

— Não sei se eu diria tanto — disse Charles com gentileza. — Mas fico contente que tenha gostado. Na verdade, temos alguma ajuda — admitiu.

—- Devia ter imaginado — disse Liz, pensando que a mãe apreciaria o jardim. Ela ficou parada e escutou. — O que é esse barulho?

Ele parou também, escutando.

— Só um barco. O rio fica do outro lado do jardim. Não chegamos até a água, infelizmente. Há um caminho público logo ali. Mesmo assim, significa que temos acesso.

Ele a conduziu a um banco de pedra debaixo de uma árvore altaneira, e sentaram-se.

— Então — disse ele, colocando um tornozelo sobre o joelho. — Qual o problema?

— Temos este israelense, Kollek, sob vigilância, como você sabe. Nada de estranho aconteceu, embora em algumas ocasiões ele tenha ido longe para despistar o A4. Agora estou certa de que ele é do Mossad.

O queixo de Charles se contraiu de raiva.

— Teremos que reclamar disso.

— Creio que isso não seja tudo. Há dois dias Wally e sua equipe o seguiram até o Oval.

Charles sorriu.

— Nova Zelândia. Nós os massacramos.

No outro lado do jardim, um melro estava cantando em algum lugar nos galhos superiores de um carpino.

Liz lhe entregou o envelope de papel manilha que trouxera de Londres. Charles não teve pressa olhando para as fotografias. Depois as deixou entre eles no banco.

— Presumo que saiba quem é?

— Ele estava na reunião sobre Gleneagles em Downing Street.

— Foi o que você disse. — Charles se reclinou e suspirou ruidosamente. Hector, o gato, aparecera e agora estava se movendo lentamente em direção ao carpino, onde o melro continuava a trinar. — Isso traz uma série de problemas.

— Posso ver que sim — disse Liz.

— Andamos examinando Brookhaven enquanto você esteve afastada. Nosso palpite era de que houvesse um vazamento referente à ameaça síria; não conseguíamos enxergar outra razão para que alguém tentasse atropelá-la. Brookhaven estava até o pescoço de potenciais conflitos: falante de árabe, estadia na Síria e um dos dois únicos na base de Grosvenor que sabiam sobre a ameaça. — Ele meneou a cabeça com cansaço. — Isso só serve para mostrar que não se deve julgar apressadamente.

Liz parecia pensativa.

— Há mais alguma coisa? — perguntou Charles.

— Os sírios supostamente deveriam estar no centro de tudo isso, mas estou começando a achar que na verdade são os israelenses. Temos o que Sami Veshara lhe contou e agora vemos um agente não declarado do Mossad encontrando um agente da CIA. — A ideia de que o problema poderia incluir os americanos ficou no ar.

Charles não disse nada. Hector chegara à base da árvore e estava olhando para cima. O melro estava cerca de 9 metros acima de sua cabeça, e o gato parecia reconhecer a futilidade de sua caçada, pois se arrastou na direção do círculo de rosas. Charles riu.

— Olhe para ele. Está muito velho para apanhar qualquer coisa, mas ainda gosta de fingir que pode.

Ele se voltou para Liz, sério mais uma vez.

— A primeira coisa que devo fazer é ligar para o diretor-geral. Isto é importante demais para esperar. Acho que é bastante provável supor que ele vá querer que eu converse com Langley. Terá que ser pessoalmente, dadas as circunstâncias.

Ele apontou a fotografia, e Liz a olhou mais uma vez. Mostrava Kollek com a cabeça abaixada nas arquibancadas do Oval, ouvindo seu vizinho. Quando Wally Woods lhe mostrara a foto na primeira vez, sabia que já tinha visto o rosto do vizinho antes, mas por um instante não foi capaz de identificá-lo. Depois se lembrou, e uma imagem entrou em sua cabeça — um homem de meia-idade, calvo e robusto, recostado do outro lado de uma mesa de conferência em Downing Street e anunciando no tom nasal do meio-oeste americano:

— Até o momento, não recebemos qualquer informação negativa específica relativa à conferência.

Liz se virava agora para Charles.

— Terá que ir a Washington? — perguntou, subitamente pensando em Joanne. Não parecia um bom momento para que ela ficasse sozinha.

— Creio que não tenho muita escolha. — Deu-lhe um sorriso irônico. — Não posso realmente conversar com o chefe da base da CIA aqui sobre seu possível trabalho para Israel. Charles se levantou do banco. — Por que não lhe mostro o rio? Depois podemos entrar. Joanne quer que você fique para o almoço.

CAPÍTULO 33

Wetherby decidira manter sua visita a Washington bem discreta, então, incomumente, ninguém o encontrou no aeroporto. Depois da longa espera de praxe, a Imigração o aceitou por quem dizia ser: Edward Albright, um empresário londrino na cidade para algumas reuniões, ficando por apenas uma noite.

Escolhera um hotel na Virgínia, no lado da cidade que abrigava o aeroporto, não muito distante de Langley, onde era aguardado logo pela manhã. Com alguma sorte pegaria o voo de volta a Londres no início da noite seguinte.

Seu hotel, de uma vasta cadeia americana, era confortável, limpo e inteiramente sem personalidade. Ligou para casa e falou com Joanne, que, cinco horas à frente, estava se preparando para dormir. Depois jantou cedo no restaurante do hotel — um filé que havia passado do ponto e uma taça de cabernet da Califórnia. De volta ao quarto, deitou-se um pouco em uma das duas imensas camas de casal do cômodo e passou distraidamente pelo que pareciam ser vários milhares de canais de televisão.

Pensou com divertimento que poderia ter espremido a família Wetherby inteira naquele amplo quarto. Quando os meninos eram pequenos, geralmente ficavam em quartos mais apertados em suas aventuras pela Europa. Colocaram os meninos para fazer trilha desde cedo, e lembrou-se com carinho de como a então saudável Joanne pôs todos no chinelo quanto ao vigor nas colinas toscanas ou nos Pirineus, onde haviam passado duas semanas em agosto. Agora, pensou com tristeza, ela ficava sem fôlego depois de 20 minutos no jardim.

Pela manhã fez o curto trajeto até Langley, parou no posto da sentinela, depois estacionou seu carro alugado no local indicado, perto do prédio do quartel-general. O diretor de contrainteligência da CIA era Tyrus Oakes, veterano da Agência de longa data, desprovido de qualquer reconhecimento público, mas famoso nos corredores de Langley. Possuía muitas excentricidades, a mais notável o hábito de fazer anotações extensas ao longo até da mais chata reunião, tudo coletado nos blocos pautados amarelos que os advogados americanos usavam nos dias pré-computador para compor seus resumos.

Fisicamente, ele também era incomum — um homem baixo e frágil com nariz afilado e grandes orelhas que se projetavam de cada lado da cabeça como discos de satélite. Para os amigos, na maioria camaradas graduados, era conhecido como Ty; para aqueles que só o conheciam de reputação, ele era O Pássaro.

Wetherby percebera durante os anos que as diferentes reações que às vezes recebia de Oakes nada tinham a ver com a posição de Wetherby como um agente de inteligência de um país estrangeiro, mas unicamente com o quanto compartilhava das visões de

Oakes sobre o assunto em discussão. Isto dava a Wetherby leves presságios sobre sua futura conversa, já que não acreditava que Oakes ficaria muito feliz com o que ele tinha a dizer.

— Charles, é muito bom vê-lo. — Oakes saiu de trás da escrivaninha.

— É bom vê-lo também, Ty.

— Sente-se — disse Oakes, apontando uma cadeira diante da escrivaninha. — Isso deve ser muito importante para você ter vindo até aqui.

— É sim. Acho que podemos estar com um problema sério.

Wetherby resumiu a sequência de eventos o mais sucintamente que pôde. Enquanto falava, Oakes logo descartou seu bloco amarelo, içando do bolso um caderninho com espiral, no qual escreveu rapidamente em uma grafia miúda, erguendo a cabeça de vez em quando para olhar Wetherby.

"Ao menos não começou a usar um laptop", pensou Wetherby, conforme continuava seu relato sobre a mensagem de Jaghir repassada por Fane, que dois elementos perigosos estavam agindo contra os interesses sírios em Londres e que estavam ameaçando sabotar a iminente conferência de paz.

Com isso os olhos de Oakes se arregalaram, depois se arregalaram ainda mais quando Wetherby contou sobre a tentativa de atropelamento de uma de suas agentes com um carro. Ele parou de escrever momentaneamente, depois retomou a tarefa, cabeça baixa, rabiscando furiosamente, mas, quando Wetherby explicou que Jaghir fora morto uma semana antes no Chipre, Oakes parou de escrever imediatamente. Desta vez até pousou a caneta.

Wetherby declarou:

— É aqui que a dificuldade começa. Toda esta informação sobre uma ameaça foi muito bem guardada. No MI5, menos de meia dúzia de agentes foi instruída e Geoffrey Fane disse que no seu serviço isso foi estritamente "confidencial". Mas o ataque à minha agente, e agora o assassinato de Jaghir, faz parecer que houve um vazamento. Os únicos outros que sabiam eram dois de seus agentes em Grosvenor Square.

Oakes ergueu os olhos novamente, mas não falou.

— Não estou sugerindo nada. Só apresentando os fatos. E tenho certeza de que entende que tivemos que examinar isso. Afinal, uma das minhas agentes quase foi morta.

Oakes assentiu. Wetherby continuou:

— Fane conversou com dois de seus agentes lá. Andy Bokus e Miles Brookhaven.

— Eu os conheço — disse Oakes sem se comprometer.

— Tivemos interações com ambos, claro, em muitas coisas, e Brookhaven estivera cooperando com uma de minhas agentes neste assunto. — Acrescentou sem rodeios: — A mesma agente, aliás, que quase foi morta.

Oakes franziu o cenho, mas continuou em silêncio. Wetherby prosseguiu:

— Notamos também que Brookhaven veio recentemente da Síria. Uma coincidência que nos deixou compelidos a investigar.

— Então o colocou sob vigilância — disse Oakes diretamente. Não era uma pergunta.

— Estou certo de que faria o mesmo. Ficamos particularmente preocupados com pessoas não declaradas. Por exemplo, recentemente andamos observando um homem chamado Kollek. É um adido na embaixada israelense, e supostamente um agente comercial. Mas estamos certos de que na verdade seja do Mossad.

Oakes parecia intrigado.

— Não estou entendendo, Charles. O que isso tem a ver com Miles Brookhaven?

— Nada mesmo, e não é por isso que estou aqui. Na quinta-feira passada uma de nossas equipes seguiu Kollek até uma partida de críquete no sul de Londres. Lugar estranho para a presença de um israelense, pensamos. Mas ele não estava lá para relaxar. — Um envelope se materializou na mão de Wetherby, que o entregou sobre a escrivaninha. — Dê uma olhada, caso não se importe, Ty.

E observou enquanto Oakes retirava as fotografias e analisava uma de cada vez. Wetherby concluiu que era preciso admitir que Oakes fazia uma boa demonstração de como parecer imperturbável. Mas quando ele baixou as fotografias, Wetherby notou que o punho direito de Oakes estava cerrado.

Oakes disse de forma casual demais para convencer:

— Poderia existir uma explicação perfeitamente inocente para isso. — Encarou Wetherby diretamente, mas seus olhos estavam curiosamente sem foco.

— Claro que poderia. É que, neste caso, nós gostaríamos de saber qual é.

Oakes franziu os lábios finos, depois levou a mão à testa, a primeira indicação da tensão que Wetherby sabia que ele estava sentindo. Oakes murmurou:

— Eu conheço Andy Bokus há longo tempo. — Suspirou, como se soubesse que aquilo era irrelevante. — Não sei o que dizer, Charles. Exceto que isso... — e ele apontou para as fotografias — ... é tão surpreendente para mim quanto deve ter sido para você.

Ficaram sentados em silêncio por um longo tempo. Enfim, Oakes disse:

— Não tenho resposta para lhe dar. E não terei uma hoje, nem mesmo amanhã. Mas terei no final da semana. Vai bastar?

— Claro. — Ele se levantou. — Estou voltando para Londres. É desnecessário dizer que você só deve falar comigo sobre este assunto.

— Entendido — disse Oakes, e Wetherby pressentiu que assim que saísse, o homem entraria em ação.

CAPÍTULO 34

O escritório do diretor ficava no último andar do Prédio do Antigo Quartel-General, com uma visão nítida do Potomac e suas margens arborizadas. Tyrus Oakes esperava impaciente em uma poltrona de couro na antessala, ignorando as revistas bem dispostas em leque no aparador diante dele.

— Entre — disse uma voz masculina da porta, e Oakes se ergueu e acompanhou o homem ligeiramente curvado e de cabelos brancos a uma sala maior de esquina, que tinha janela em duas paredes. Caminharam até a ponta mais afastada, onde o diretor apontou a cadeira no lado mais próximo de sua grande e antiga escrivaninha de tampo levadiço. Oakes sentou-se com relutância, já que o diretor, uma figura imponente, ficou de pé aproximando-se da vidraça, as mãos unidas às costas.

— Obrigado por me receber assim tão repentinamente, general — disse Oakes.

O diretor assentiu, mas seu olhar permaneceu preso na praça gramada abaixo. Era como se sentisse problemas chegando e quisesse aproveitar o momento antes de enfrentá-los.

O general Gerry Harding era um graduado de West Point que ascendera a um dos chefes de Estado-Maior, tendo servido com distinção no fim da Guerra do Vietnã e agido como comandante sênior na primeira Guerra do Iraque. Mostrando aptidão para os embates de Washington, servira a administrações de diferentes classes políticas, primeiro como assistente do embaixador na ONU, agora como presidente da CIA.

Sua indicação fora um caso súbito e não planejado, já que a primeira escolha do presidente — uma óbvia indicação política, um homem sem experiência militar ou em serviço de inteligência — caíra no primeiro obstáculo da aprovação do Senado. Harding obtivera sucesso, já que seu histórico de guerra o tornara um herói americano, e a única ideologia partidária que evidenciara fora a impiedade.

Agora ele tinha se virado e repousado sua longa figura na poltrona de couro de encosto alto. Ele a empurrou da escrivaninha com facilidade, depois esticou as pernas diante de si.

— O que me conta, Ty? — perguntou ele, com uma aspereza que ultrapassava o verniz amigável.

— Recebi uma visita de nossos amigos britânicos. O diretor de contraespionagem, Charles Wetherby, um veterano, e dos bons. Eles acham que há um vazamento de informações sobre a ameaça à conferência de Gleneagles. Deve ter visto o relatório sobre o assunto, general. Um dos agentes que estava trabalhando na pista foi atacado. Parece que estão seguindo um agente do Mossad operando em Londres. — Então anunciou de forma significativa: — Danny Kollek.

— Kollek? — A calma de Harding estava acabando rápido. — Mas como é que chegaram até ele?

— Não sei. Ele não disse. Kollek é não declarado, o que deixa os britânicos zangados. Eles não confiam nos israelenses. E, infelizmente, a vigilância deles descobriu Kollek se encontrando com um dos nossos.

— Ele é agenciado por Andy Bokus, não é? Quer dizer que os viram juntos?

— Isso é o que torna tudo difícil. As fotografias dos britânicos mostram Kollek se encontrando com Andy. Foi difícil justificar aquilo para Wetherby. Eu não sabia o que dizer.

Harding pensou bastante por um tempo.

— Que tal a verdade?

— Posso falar a verdade. Mas imaginei que precisaria de sua aprovação primeiro.

— Você a tem.

Oakes hesitou antes de dizer:

— Isso envolve grandes riscos.

— O quê? Não confia nos britânicos?

Oakes deu de ombros.

— Não é isso. Eles estão hiperansiosos com esta conferência. Está no topo das prioridades deles. Dirão qualquer coisa aos israelenses, até que estamos agenciando um dos deles, se acharem que isso os ajudará a proteger a conferência. Isso poderia nos causar muitos danos. O Mossad nos oferece inteligência muito valiosa. Se fecharão como ostras se descobrirem que estamos agenciando Kollek.

Ele podia ver o general calculando a situação. Harding era implacável e clinicamente lógico, algo que nem sempre era comum aos diretores que Oakes conhecera. Harding disse:

— E se os ajudarmos?

— Quem, os britânicos?

— Não. O Mossad. Se não tivermos muito mais para arrancar de Kollek, talvez devêssemos simplesmente entregá-lo ao serviço dele. Podemos dizer que ele se aproximou e nós o rejeitamos. Poderíamos ganhar alguns pontos com Tel Aviv.

Oakes estava estarrecido. Lutou para esconder seu ultraje com a sugestão de jogarem um agente aos lobos. A logística do que Harding estava propondo era impossível — o Mossad enxergaria através do subterfúgio imediatamente —, mas isso não era o que mais incomodava Oakes. Ele se orgulhava de seu realismo, mas também era firme com certos princípios. Antes de todos estava a lealdade aos agentes, especialmente agentes infiltrados, que arriscavam sua vida para ajudar.

Sabia que qualquer argumentação com Harding seria facilmente perdida. Então disse lentamente:

— Não estou certo de que isso funcionaria, general. E de qualquer forma, acho que ainda não conseguimos arrancar o melhor de Kollek. Seria uma pena deixá-lo ir prematuramente. — Pensou com tristeza no que "deixar ir" significaria para o israelense, uma vez exposto aos notórios métodos de interrogatório do Mossad.

Harding pareceu considerar o assunto, depois fitou sua agenda, aberta sobre a escrivaninha diante dele. Olhou atentamente para o relógio de pulso, e Oakes percebeu que seu tempo tinha acabado.

— Certo, Ty, vamos mantê-lo em posição então. Pode abrir o jogo com os britânicos, mas deixe claro que esperamos que eles fiquem calados. Se contarem aos israelenses, então teria sido melhor nós termos conseguido algum crédito contando a eles nós mesmos.

CAPÍTULO 35

Aleppo não contou a ninguém para onde estava indo. Estaria novamente ali dentro de três semanas, mas aquilo seria oficial e com colegas. Agora precisava ver a configuração do terreno por si mesmo. Ele tinha seus próprios planos.

Pegou o trem em King's Cross e logo dormiu por três horas. Estava cansado. Embora suas reuniões raramente durassem muito, a tensão e a meticulosa contravigilância antes e depois de cada encontro o exauriam.

Acordou em Northumberland, ao menos era o que dizia o senhor do outro lado do corredor para a esposa, e viu pela janela a paisagem rural se tornar montanhosa, deserta, desolada. Não compreendia os britânicos: se estivesse no comando, colocaria o grosso da população ali em vez de nas imediações enfadonhas e limitadas dos subúrbios.

A fronteira chegou e passou sem ser notada, e, apenas quando ouviu o guarda do trem anunciar Edimburgo, teve ciência de que estava na Escócia. À medida que o trem deixava a cidade para trás, Aleppo, sabendo estar próximo de seu destino, observava com atenção, notando com surpresa o cenário ondulante, agradável e agrícola. Tinha esperado por penhascos e montanhas; eles formavam sua imagem da Escócia.

Mas quando deixou o trem na pequena estação mais ao norte, uma hora depois, podia ver as Cairngorms ao longe. Não havia táxis naquele lugar remoto, mas um micro-ônibus aguardava no pequeno pátio da estação para pegar Aleppo e os dois casais, obviamente americanos, carregados de bagagem e tacos de golfe, que deixaram o trem com ele. O motorista, um gorducho com quepe, era tagarela.

— Vieram jogar golfe? — perguntou amavelmente, olhando os passageiros pelo espelho.

Aleppo não sentiu necessidade de responder, já que seus companheiros de viagem estavam bastante dispostos a conversar. Responderam que sim.

— Os *greens* estão bem rápidos agora — disse o motorista.

— Reservei um passeio na escola de montaria — disse uma das mulheres.

— A previsão é de tempo bom. Vocês terão belas vistas das colinas por lá. — Conversaram enquanto se encaminhavam na direção do sol poente, que lançava uma luz rosada nas baixas colinas próximas.

Logo, o ônibus passou por dois muros baixos de pedra encimados com letras douradas: *Gleneagles*.

Um vasto campo de golfe ficava ao lado esquerdo do passeio, a sede do clube era um bonito prédio baixo de reboco creme e telhado de ardósia cinza. Do outro lado do passeio, na ampla extensão de gramado adjacente a dois lagos, havia mais buracos de golfe. Ele parecia estar entrando em um paraíso de obcecados por golfe.

Dominando a cena estava um grande edifício do século XIX, com uma torre de castelo na quina dianteira, ostentando uma bandeira azul e branca, tremulando na forte brisa do entardecer. O motorista virou em uma pequena rotatória, descendo um passeio formal que terminava na entrada do hotel. Do outro lado dos gramados aparados havia sebes de rododendros e árvores altas.

Aleppo ficou surpreso por ouvir o som de gaitas de foles tocando conforme o micro-ônibus se aproximava da porta; um imenso porteiro *de* kilt e paletó de tweed verde, que estava parado ao lado do gaitista no topo da escada, desceu para pegar a bagagem. Enquanto fazia o check-in na recepção em um salão revestido por painéis, iluminado por luminárias art déco em forma de pires penduradas no teto, Aleppo sentiu como se tivesse chegado ao set de um musical americano.

Tinha reservado de propósito um dos melhores quartos, na frente do hotel. Era espaçoso e confortável, com vista para os campos de golfe e, atrás deles, só alguns quilômetros adiante, colinas verdes se elevavam gradualmente do vale.

Aleppo examinou o quarto com cuidado. O banheiro era grande e bem iluminado, com banheira de porcelana branca e um boxe com moldura de aço no canto. Tirando os sapatos, subiu no assento tampado, depois empurrou com cuidado as placas quadradas do teto acima. Uma delas cedeu; deixando-a de lado, ele ergueu as mãos e cuidadosamente se ergueu para olhar o vão de ventilação horizontal. Dentro do longo túnel era possível colocar uma pequena mala; em último caso, deitado, um homem se encaixaria também. Um profissional levaria cerca de 20 segundos para encontrar alguém escondido ali, mas era bom saber mesmo assim.

Descendo, despiu-se e tomou uma chuveirada, depois vestiu um elegante traje casual — blazer, calça de algodão, mocassins — e desceu à procura de comida. Dos vários restaurantes, escolheu uma trattoria de tamanho mediano, onde se sentou no meio do salão e jantou enquanto folheava com atenção o folheto que encontrara no quarto.

Sua garçonete era de meia-idade, educada, e usava uma larga aliança, mas Aleppo prestou mais atenção à jovem que servia as mesas do outro lado do salão. Tinha cabelo cor de areia, era robusta, de rosto bonito e sorridente e ar confiante enquanto circulava pelo salão, tagarelando com as pessoas às mesas. Ela também o notou, o único homem solteiro no salão, e olhava na direção dele sempre que saía da cozinha carregando pratos de comida.

Ao terminar a refeição, Aleppo esperou para se levantar e deixar a sala de jantar quando ela saiu da cozinha. Ele a olhou no olho, e ela correspondeu ao olhar. Nada foi dito, mas algo invisível se passou entre eles. Parecia ser o tipo de garota impetuosa, até ousada, e ele fez uma anotação mental sobre ela.

Pela manhã, tomou o café da manhã no mesmo restaurante, mas não havia sinal dela. Ele tinha muito chão a cobrir e apenas um dia. Tinha esperado um grande hotel e um campo de golfe, mas Gleneagles era muito mais do que isso. O lugar era um resort, mais no modelo americano do que na costumeira versão britânica. Estava assentado em centenas de acres de bosques de coníferas, com quartos de hotel, chalés, propriedades compartilhadas, apartamentos particulares e literalmente dúzias de atividades recreativas. Era uma tarefa maior do que ele esperava.

Terminando seu café, caminhou pelos corredores de painéis de carvalho do térreo do hotel, passando por lojas que abasteciam sem inibição uma clientela abastada — joias com diamantes, suéteres de caxemira, uísques raros e exóticos —, saindo nos fundos do hotel, próximo a uma piscina delimitada em vidro. Hóspedes já se reclinavam nas espreguiçadeiras de madeira como se estivessem em uma praia mediterrânea, enquanto crianças chapinhavam e brincavam na água.

Lá fora outra vez, Aleppo parou. Sabia que havia vilas de propriedades compartilhadas, agrupadas em um assentamento semelhante a um vilarejo do outro lado da estrada, mas elas poderiam esperar até sua próxima visita. Assim como o centro equestre descendo a estrada, sem qualquer serventia para ele agora. Pressentia que a resposta para sua busca estava ao ar livre, não em lugar fechado, então se pôs a explorar o terreno.

Demorou-se até o meio da tarde, vagando por todos os três campos de golfe, intrigado especialmente pelo maior, o famoso King's Course, que subia gradualmente na direção da cadeia de colinas que vira do quarto. Caminhou até a ponta mais distante do campo, o mais perto que conseguiu chegar das colinas, e ali, do recluso ponto debaixo de um carvalho junto ao décimo *tee*, espiou através de um pequeno binóculo Leica que tirou do bolso da jaqueta.

Os aclives ao longe não eram cultivados e pareciam malcuidados, apesar de existirem algumas poucas ovelhas mais abaixo. A grama estava amarelada, desbotada pelo sol de verão e as encostas pareciam nuas, mas um exame cuidadoso revelou alguns bolsões de árvores e a estranha inclinação nos contornos das colinas. Suficiente para manter alguém fora de vista por um tempo, especialmente no tempo ruim — ele tinha notado a placa alertando da súbita aparição de neblina e névoa.

Na hora do almoço, parou para um sanduíche no clube, olhou novamente para as colinas e avaliou se seriam consideradas uma ameaça possível quando as múltiplas agências de segurança varressem a área dentro de uma semana. Certamente não seriam ignoradas. Reviu as atividades listadas no folheto. Havia tiro ao prato, croqué, lago para pesca, direção *off-road*, uma escola de treinamento de cães de caça e até um centro de falcoaria.

Aleppo visitou todos, sob a aparência de um interessado turista estrangeiro, mas passou a maior parte do tempo na escola de cães de caça e no vizinho centro de falcoaria. Observou por meia hora uma matilha de jovens labradores pretos, ágeis e perspicazes, praticar captura. Depois se afastou por uma fileira de árvores até uma construção de madeira de dois andares, com um telhado de metal verde e pilares roxos a cada ponta. Parecia um galinheiro gigante, ou uma prisão para duendes, com celinhas individuais com barras de metal cruzando as janelas. Em cada cela, uma ave de rapina sentada sem piscar em um poleiro de madeira, encarando qualquer observador que estivesse livre para se mover pelo mundo.

Um garotinho e o pai saíram pela porta da frente, acompanhados por um instrutor vestindo uma luva acolchoada em uma das mãos, na qual uma águia estava pousada. Aleppo os observou rumarem para um círculo de grama aparada, onde o treinador ergueu a mão lentamente até a ave subitamente decolar. Ela voou num grande arco e depois se lançou para baixo para arrebatar o chamariz que o homem mantinha na ponta de uma longa corda, uma isca de 30 gramas de carne crua de tetraz.

Ouviu o pai do menininho perguntar:

— O que acontece se eles não voltarem?

— Eles carregam um transmissor de rádio. É minúsculo, só um microchip — disse o homem, apontando para a águia agora em sua mão estendida. — Posso ouvi-lo através do meu fone. Quanto mais perto estou dele, mais alto o transmissor chia.

— Qual o alcance do sinal?

— O fabricante alega 20 quilômetros — zombou ele. — Mas isso porque o fabricante está em Salt Lake City. Neste cenário o mais provável é 1.200 metros.

— Eles vão tão longe?

O instrutor meneou a cabeça.

— Nem sempre. Eles *podem* se afastar 50 quilômetros, mas na maior parte do tempo os encontramos nos bosques.

Aleppo se afastou e vagueou, perdido em pensamentos, na direção dos campos de golfe, chegando perto da beira de um lago de não mais que poucas centenas de metros quadrados, que estava aninhado em uma longa depressão ao lado do passeio principal. Uma ilhota no meio do lago ostentava um cedro solitário rodeado por juncos baixos que desciam até a água. Ao lado do lago em que estava Aleppo, havia um cais com um barco a remo amarrado a um anel de ferro. Na outra margem, ao lado do campo de golfe, havia um pequeno *putting green*. "Isto poderia ser útil", pensou, de repente aberto a mais possibilidades.

Quando retornou ao hotel, viu três homens na recepção, vestindo terno e gravata, camisa branca e mocassins franjados. Um tinha um fone e usava uma miniatura da bandeira americana presa à lapela. Aleppo parou ao balcão ostensivamente para pedir um jornal matutino, mas no fundo querendo para confirmar as suspeitas de que eram homens do Serviço Secreto.

— É apenas preliminar — dizia um deles ao gerente. — Na próxima semana viremos verificar cada quarto minuciosamente. Por enquanto, é só para nos familiarizarmos.

Ele se afastou casualmente e subiu para seu quarto, imerso em pensamentos. Os homens do Serviço Secreto voltariam para uma inspeção quarto a quarto; estariam acompanhados da polícia britânica, usando moderno equipamento de detecção e cães farejadores.

Seria simplesmente impossível esconder qualquer coisa no hotel em si. O IRA fizera isso no Grand Hotel em Brighton, quase conseguindo assassinar Margaret Thatcher e grande parte de seu Gabinete. Esconderam uma bomba de estopim comprido por trás do painel no banheiro de um dos pavimentos centrais de quartos. Fora colocada lá com tanta antecedência que escapara às varreduras feitas dias antes da Conferência do Partido Conservador começar. Mas as coisas tinham mudado muito desde então no mundo da segurança.

Portanto qualquer ação teria que acontecer em algum outro lugar das dependências. Seriam muito policiadas, claro, e um perímetro seria estabelecido em fronteiras extensas. Mas, com centenas de acres para policiar, talvez fosse possível pensar em algo que escapasse às forças combinadas de polícia britânica, segurança estrangeira, cães farejadores e modernas máquinas de detecção. Aquilo não seria fácil e ele precisaria de ajuda — de alguém que conhecesse bem melhor o lugar do que ele sequer seria capaz. Alguém com acesso a tudo. Precisava de um aliado local, com informações sobre o lugar.

Naquela noite, jantou novamente na trattoria italiana, mas desta vez pediu ao maître uma mesa nos fundos do grande salão, na qual sabia que seria servido pela bela moça de cabelo cor de areia.

— Boa noite — disse ela, quando se aproximou para pegar o pedido.

— Boa noite, Jana — respondeu ele, lendo o crachá em sua blusa. Ela exibiu um fraco sorriso.

A cada vez que ela vinha à mesa, ele recebia a aproximação com um olhar de admiração para o qual ficou contente em ver reciprocidade. Por fim, quando ela lhe trouxe o café depois do jantar, ele disse, baixinho, para que ninguém mais ouvisse:

— A que horas você sai?

— E por que isso seria do seu interesse?

— Ah, não sei — respondeu ele, olhando para a xícara cheia até a metade. — Pensei que talvez deixaria um estrangeiro lhe pagar um drinque. Em troca de um pouco de conhecimento local.

— Ah, entendo, está procurando um guia, não é? — Ela lhe deu um sorriso revelador, mas logo depois franziu a testa. — É sério, não temos permissão para confraternizarmos com os hóspedes. Isso poderia custar meu emprego.

— Talvez não tivesse que ser em público. — Ele abriu a mão; na palma estava a chave de seu quarto, com o número voltado para cima, 411. — Tem boa memória, não é, Jana?

Ela pareceu um pouco surpresa com a ousadia dele.

— Bem, não sei ao certo.

— É só um drinque. Tenho um minibar enorme. É coisa demais só para mim.

— Pensei já ter ouvido de tudo — disse ela com uma risada, depois se afastou para atender outra mesa.

Porém, mais tarde, enquanto estava sentado em seu quarto, lendo o jornal local, não ficou surpreso com a ligeira batida à porta. Quando a abriu, Jana estava lá. Agora estava sem uniforme, usando jeans e uma camiseta cor-de-rosa cortada. Depois que ela se esgueirou rapidamente para dentro do quarto, ele fechou a porta.

— Não sei se deveria estar fazendo isso... — ela começou a dizer.

— Shhhh — retrucou ele, levando um dedo aos seus lábios e inclinando-se para beijar os esperançosos lábios dela.

Muito mais tarde, quando estava mais perto da manhã do que da meia-noite, mas enquanto ainda estava escuro como breu lá fora, a porta do 411 se abriu, e Jana saiu silenciosamente, caminhando apressada pelo corredor até a escada de serviço. Sentia-se feliz por ter conduzido seu encontro sem ser observada, e um pouco animada, especialmente porque o homem dissera que estaria de volta dentro de três semanas.

CAPÍTULO 36

Peggy agia de forma tão solícita que Liz se viu ficando impaciente.

— Estou bem — protestou novamente diante das repetidas ofertas de aspirina, ibuprofeno e paracetamol da jovem colega. — Se não me deixar em paz, vou ligar para o pessoal da Narcóticos.

Misericordiosamente, Charles Wetherby apareceu à porta e Peggy voltou para sua mesa.

— Liz, Tyrus Oakes está vindo de Washington. É esperado aqui amanhã às 10h, e eu gostaria que você participasse da reunião.

— Isso foi rápido — disse ela. Wetherby voltara de Washington havia apenas dois dias.

Ele assentiu.

— Acho que teremos uma resposta desta vez, ou ele não teria o trabalho de vir em pessoa.

Na manhã seguinte, quando entrou no escritório de Wetherby, Liz não ficou surpresa ao encontrar um estranho sentado lá, mas ficou realmente estupefata por encontrar Andy Bokus com ele. O que estava acontecendo afinal?

Wetherby fez as apresentações. Tyrus Oakes parecia ser um homem agradável em seu terno de verão cinza. Exalava o velho charme de um latifundiário sulista — apertou-lhe a mão, curvou a cabeça em um cumprimento galante, puxou-lhe uma cadeira. Wetherby observou a performance divertido, sem muito sucesso em conter sua vontade de rir. Bokus, parecendo abafado em um terno cáqui, apenas assentiu para Liz.

— Já nos conhecemos — comentou sucintamente.

— É bom vê-lo, Charles — disse Oakes com afabilidade enquanto todos se sentavam novamente. — Como prometi, vim dar uma explicação e esclarecer um mal-entendido.

A sobrancelha de Wetherby se ergueu, quase imperceptivelmente.

— Obrigado — disse com indulgência. — Isso é bom.

Os pensamentos que brotavam na mente de Liz eram menos caridosos. Estariam questionando a autenticidade das fotografias que ela viu dispostas na escrivaninha de Wetherby? Era verdade que, graças à tecnologia dos computadores, as fotos podiam contar todo tipo de mentiras: era possível transformar imagens para fazer com que pessoas sentassem perto uma da outra quando na verdade estavam em continentes diferentes; podia-se deletar montanhas inteiras ou remover prédios inteiros de um panorama urbano. Mas, naquele caso, a câmera estava dizendo a inegável verdade: Andy Bokus encontrava-se sentado perto de um suspeito agente do Mossad no campo de críquete Oval.

Ou Oakes tentaria sugerir que Bokus se encontrara com o sujeito do Mossad "por acidente"?

Oakes afirmou:

— Claro que o que estou para contar é completamente confidencial e espero que permaneça assim.

Wetherby disse com clareza:

— Estamos ansiosos para ouvir o que tem a dizer. Para deixá-lo tranquilo, Liz está aqui porque é a encarregada de nossa investigação sobre o adido comercial israelense nas fotos. Como lhe contei em Washington, Ty, temos razões para suspeitar que ele não seja nenhum adido comercial. — Ele apontou para as fotografias incriminadoras sobre a escrivaninha. — Foi assim que as tiramos. Liz também está em contato com seu camarada Brookhaven quanto ao caso sírio e à conferência de Gleneagles.

Oakes declarou:

— Minha preocupação não é quem sabe o que aqui no MI5 ou no MI6. Tem a ver com os israelenses. — Quando Wetherby o encarou indagadoramente, Oakes explicou: — O que estou dizendo, Charles, é que sim, seu pessoal viu Andy se encontrando com um agente do Mossad: Kollek.

Wetherby não falou nada. Liz notou que Bokus havia ficado vermelho e parecia desconfortável, como um colegial gorducho que fora pego com a mão na lata de biscoitos.

Oakes disse:

— O que as fotografias não mostram é que ele é *nosso* agente.

O silêncio se abateu na sala. Wetherby parecia estupefato.

— Vocês estão agenciando um agente do Mossad em Londres? — perguntou, enfim. Sua surpresa era indisfarçável.

— Isso mesmo. E até isto vir à tona — Oakes apontou as fotografias —, isto era uma operação bem restrita. Só uns poucos na Agência sabem disso. Como deve compreender, este tipo de operação é das mais confidenciais.

— Entendo — disse Wetherby vividamente. — Obrigado por ser franco conosco. Precisarei informar ao diretor-geral, claro, e a Geoffrey Fane, que está ciente das fotografias e foi, creio eu, franco com você quanto a outras coisas. — Olhou momentaneamente para Bokus, depois se voltou a Oakes com olhar firme. — Porém, mais ninguém fora desta sala precisa ser informado. Embora existam algumas coisas que gostaríamos de saber sobre este agente que estão agenciando debaixo do nosso nariz — acrescentou com um breve sorriso.

— Como o quê? — perguntou Bokus, falando pela primeira vez.

— Por que Kollek não foi declarado pelos israelenses? Deve existir uma razão ou nunca fariam isso. O Mossad sabe qual seria nossa reação caso descobríssemos que há um agente disfarçado operando aqui. O que Kollek está fazendo de tão importante para que corram o risco?

Oakes olhou para Bokus e assentiu. O homenzarrão estava suando um pouco, depois curvou os ombros e inclinou-se à frente ao dizer:

— O papel de Kollek aqui é cuidar dos informantes do Mossad vivendo no Reino Unido ou de passagem por aqui. É o ponto de contato local deles.

— Há quanto tempo está trabalhando para vocês? — indagou Liz.

Bokus deu de ombros.

— Não muito. Talvez nove meses, um ano.

Wetherby estava rolando um lápis entre os dedos, ponderando a informação.

— Posso perguntar qual a motivação dele em trabalhar para vocês?

— Ele fez a aproximação. — Bokus parecia tranquilo. "Está recuperando a confiança", pensou Liz, "agora que sabe que está limpo".

— Que razão ele deu? — perguntou Wetherby. Liz estava contente por ver que ele não confiara em nada. Charles acrescentou com um toque de acidez: — Ou foi por dinheiro?

— Bom Deus, não! — interveio Oakes, com o que Liz sentiu que fosse horror forçado. — Não estou exatamente certo de seus motivos. Andy? — Virou a cabeça para o chefe de base.

Bokus pôs uma das mãos grandes sob o queixo, pensativo.

— Acho que ele sente que as coisas estão andando muito devagar no Oriente Médio para que haja paz um dia. Ele vê as coisas piorando. Acha que será preciso que a América faça seus líderes se mexerem e, se não tivermos um panorama completo, isto não vai acontecer.

Wetherby perguntou:

— E como ele está ajudando a pintar este "panorama completo"?

Como nenhum dos americanos respondeu, Wetherby fitou seu lápis com obstinação. Parecia estar evitando olhar diretamente para Oakes, como se para não desafiá-lo desnecessariamente. Mas, quando falou, a voz era firme:

— Eu disse que podem contar com nossa discrição, Ty. Mas, em troca, precisamos ouvir o que Kollek tem contado a vocês. Ele está operando em nosso território sem ter sido declarado, tanto pelos israelenses *quanto* por vocês, em uma clara quebra de protocolo — argumentou, agora erguendo os olhos e encarando Oakes.

Liz compreendeu onde Wetherby queria chegar: em um *quid pro quo*. Eles não contavam nada aos israelenses, mas, em troca, os americanos confiariam a informação recebida de Kollek.

Bokus se curvou ainda mais na cadeira, mas Oakes parecia inteiramente inabalável. Poderia estar na reunião do conselho de um clube de golfe, discutindo a entrada de um associado.

— Claro — disse com rapidez. "Rápido demais", pensou Liz, que sabia que eles só ofereceriam trechos selecionados das informações de Kollek. Mesmo assim, trechos eram melhores que nada.

Oakes se virou novamente para Bokus.

— Por que não começa a contar, Andy?

Bokus apanhou sua pasta e puxou um arquivo. Extraiu uma única página e a entregou por cima da escrivaninha para Wetherby.

— Estas são as pessoas que ele está controlando em Londres.

Wetherby a verificou com atenção, depois a passou por cima da mesa para Liz.

Havia seis nomes. Liz nunca topara com nenhum deles, embora dois fossem empresários internacionais dos quais ouvira falar, e um terceiro um exilado russo que sempre estava na imprensa. Ela olhou para Wetherby e deu de ombros.

— São conhecidos seus? — perguntou Oakes um pouco ansioso.

— Preciso verificar — disse ela. — É óbvio que já ouvi falar de alguns deles. — Ela olhou para Wetherby, que assentiu em confirmação. Depois ela apontou um dedo para a folha. — Markov é dono de um time de futebol no norte. Sua vida pessoal sempre está nos jornais. Me surpreende que tenha tempo para conversar com o Mossad.

Wetherby baixou o lápis.

— Que tipo de inteligência estas pessoas estão fornecendo?

Bokus não respondeu, deixando Oakes replicar:

— Bem, ainda está no começo. Claro que nada muito dramático nos apareceu ainda. Nada sobre o Reino Unido ou do contrário teríamos garantido que soubessem... de uma maneira ou outra. — Wetherby inclinou a cabeça diligentemente em reconhecimento. — Podemos relatar isso em mais detalhes se quiserem. — Ele olhou para Bokus. — Se Miles está em contato com a Srta. Carlyle, por que não fazê-lo vir aqui e repassar nossos relatórios sobre Kollek?

Bokus assentiu, embora Liz pudesse ver que ele não estava nem um pouco satisfeito com a ideia de envolver Miles. A julgar por isso, Miles não teria muito a lhe contar, mas, de qualquer forma, os pensamentos de Liz estavam focados em algo mais. Não foram os nomes na lista que lhe chamaram a atenção, mas os nomes que não estavam ali. Sami Veshara não estava ali — talvez não muito surpreendente, já que ele tinha dito a Charles que só encontrara os israelenses em Tel Aviv — tampouco Hannah Gold. O que isso significava? "Talvez eu esteja enganada", pensou. "Talvez Kollek não tenha nenhum motivo velado para cortejar tão cuidadosamente a sogra de Sophie Margolis. Talvez fosse só amizade, como Hannah dissera. Até agentes da inteligência precisavam de amigos", disse a si mesma. Mas pelo que conhecia de Kollek, sentimentos representavam muito pouco para ele.

Liz se ligou novamente na conversa e ouviu Wetherby dizendo a Ty:

— Assim será ótimo.

— Com que frequência se encontra com Kollek? — perguntou ela a Bokus, sua mente ainda em Hannah.

O americano grandalhão pareceu incomodado com a pergunta. Como Oakes não veio em seu socorro, ele respondeu sucintamente:

— Uma vez por mês. Às vezes menos.

Uma súbita intuição a fez prosseguir nisso — não sabia dizer o porquê.

— Antes do encontro no Oval, quando foi a última vez em que se viram?

Agora a irritação de Bokus era óbvia. Ele hesitou, depois disse com mau humor:

— Em junho. Ele esteve fora por um tempo.

Houve um breve silêncio que Wetherby encerrou.

— Mais alguma coisa que precisamos discutir, Ty?

— Há uma coisa. Como Andy pode testemunhar, Kollek é um tipo nervoso, muito cuidadoso, quase ao ponto da paranoia

Se ele tiver suspeita desta nossa conversa, acho que pararia de falar conosco imediatamente. Não é mesmo, Andy?

A grande cabeça de Andy assentiu com vigor.

— Mais fechado que uma ostra.

— Eu disse a você, o conhecimento desta reunião será bem restrito — disse Wetherby, acrescentando incisivamente: — Não há possibilidade de vazamento do nosso lado.

— Claro. Mas também seria útil se você cancelasse sua vigilância sobre Kollek. Seria um desastre se ele a descobrisse, e o cara é um verdadeiro profissional. Se achasse que está sendo observado, presumiria que nós contamos a vocês sobre ele. E de qualquer forma, não vejo como a vigilância serviria para qualquer propósito útil agora, já que vocês sabem que o estamos agenciando.

Charles digeriu isso por algum tempo.

— Vou cuidar disso.

Depois que os americanos saíram, Liz ficou para trás. Wetherby se levantou e tirou o paletó, pendurando-o no encosto da poltrona. Caminhou até a janela e olhou para o Tâmisa lá embaixo.

— O que acha disso? — perguntou ele.

— Acho que sentiram que precisam ficar limpos. Ty Oakes deve ter visto que não tinha opção. Do contrário, pensaríamos que seu chefe de base em Londres estava dando com a língua nos dentes.

— Sim, como pensamos por um momento. Embora fosse de se esperar que Ty se mostrasse bem despreocupado. Ele se esforçou para fazer parecer como se estivesse aqui para fechar um acordo.

— Mesmo que não estivesse guardando qualquer trunfo.

— Exatamente. Eu disse que Oakes adora um jogo de pôquer. — Wetherby deu um breve sorriso. — Mas temos que admirar sua energia e confiança. Ty é um verdadeiro sobrevivente.

— Posso ver o porquê. Mas não sei se Andy Bokus estava contente. Deve ter se sentido completamente exposto. Não vai escolher um local de encontro tão público como o Oval da próxima vez.

Wetherby deu uma risada alegre.

— Provavelmente foi a natureza pública que o atraiu. Não foi Sherlock Holmes que alegou que, para se esconder em uma sala de visitas, deve-se sentar no sofá em plena vista, enquanto as pessoas que procuram por você estão revistando os cantos e cutucando as cortinas?

— É um excelente conselho, até alguém ficar cansado e sentar-se ao seu lado no sofá.

Wetherby exibiu um sorriso apreciativo.

— Agora você sabe por que não se pode levar histórias de detetive a sério.

— O que eu não entendo bem é como isso se conecta à ameaça síria. Se é que se conecta.

— Acho que devemos presumir que Bokus tenha contado a Kollek mais do que deveria. É óbvio que conosco quis agir como se estivesse em pleno controle e que a informação era passada estritamente em um sentido. Mas, de certa forma, duvido disso. Tenho o pressentimento de que Bokus está muito mais próximo de Kollek do que estava disposto a admitir. Preciso descobrir o que exatamente Geoffrey Fane contou a Bokus sobre a fonte de informação dos sírios. Mas se Bokus passou qualquer coisa sobre isso para Kollek, então o vazamento deve ter vindo do Mossad. Mas o que os israelenses ganhariam prevenindo os sírios?

— Talvez uma luta partidária que desconhecemos. Você sabe, extremistas que não querem que a conferência de paz vá adiante.

Wetherby considerou a possibilidade, depois balançou a cabeça.

— Duvido disso. O Mossad sempre ficou bem longe de política. Está é uma das razões porque são tão bons.

Liz disse:

— Mesmo assim, alguma coisa está errada. — Wetherby fitou Liz, que balançou a cabeça em uma leve frustração. — Não sei dizer o que é, porque não sei. É um pressentimento meu.

— Aprendi a confiar nesses seus pressentimentos. — Ele caminhou de volta à escrivaninha parecendo contemplativo. — Acho que vamos continuar observando Kollek um pouquinho mais.

CAPÍTULO 37

Charles estava trabalhando em casa naquele dia, o que dava a Joanne a oportunidade que ela precisava. Era hora de terem o que ela chamava de "a conversa", ao menos porque não faltava muito tempo.

Ela estava sentada, como fazia na maioria das manhãs agradáveis, no pequeno pátio fora da cozinha, de frente para o jardim. Tinha se acostumado a tomar café ali depois que Charles saía para pegar o trem. Gostava de ver os pássaros arremetendo sobre o rio no fim do jardim, apanhando insetos, e o tordo que vinha beber e se lavar na fonte no gramado. Às vezes ela cochilava, acordava com frio e descobria que tinha se passado quase a manhã inteira.

O dia já estava esquentando — a previsão dizia que alcançaria os 20 graus até o meio-dia —, mas ela sempre sentia frio ultimamente e estava vestindo um grosso cardigã sobre a blusa de manga comprida. Tinha um travesseiro enfiado nas costas da cadeira que reduzia a dor, constante agora na lombar.

Ouviu a porta da cozinha se abrir, depois fechar, e em seguida Charles apareceu, carregando uma bandeja com um bule cheio e duas canecas.

— Muito bem, querido — exclamou ela com animação. Charles sorriu em um irônico reconhecimento de que nunca fora talentoso na cozinha. Porém, Joanne pensou com melancolia nas várias tarefas que ele assumira no que antes era seu setor particular.

— Aqui está — disse ele, entregando-lhe uma caneca e sentando-se com outra. — Leitoso e doce.

— Assim como eu — disse ela, baixinho. Uma velha piada, mas que ainda o fazia sorrir. Ela acrescentou: — Não estou reclamando, mas me preocupa que esteja em casa hoje. Parece que você tem muito trabalho.

— Não se preocupe.

— Se foi para Washington tão repentinamente, e em seguida eles vieram aqui, deve ser importante.

Ele deu de ombros tolerantemente. Ela prosseguiu:

— E para Liz vir até aqui em um fim de semana...

Ele assentiu.

— Sim, estamos ocupados, mas tenho estes relatórios confidenciais anuais para escrever e posso fazê-los com mais facilidade em casa, onde não sou perturbado, do que no escritório.

Joanne já trabalhara no serviço. Fora secretária de Charles. Foi assim que se conheceram. Mas havia muito tempo tinham estabelecido uma convenção quanto ao trabalho dele — Charles às vezes lhe contava o que estava acontecendo, mas ela nunca o pressionava para saber mais. Sempre funcionou bem assim; ele nunca era indiscreto, e ela nunca se sentia totalmente excluída.

— Gostei de Liz, a propósito. — Ela olhou para o marido com persistência. — Muito. Fiquei contente em conhecê-la. — Queria ser bem clara quanto a isso; era uma das coisas que queria que ele soubesse mais tarde.

Ele assentiu e pareceu pensativo. Depois disse:

— Bem, de qualquer forma, os americanos chegaram e já foram, felizmente. Acho que o problema está solucionado.

Sentaram-se em silêncio por um minuto. Do rio podiam ouvir os patos grasnando. Charles terminou seu café e fitou a caneca.

— Lembra-se de quando as compramos? — perguntou, erguendo a caneca no ar. Era colorida, com uma listra cor de mel ao redor da borda e sereias azuis e vermelhas pintadas ao longo das laterais.

— Como poderia esquecer? Foi em San Gimignano, e os meninos pensaram que estávamos loucos. Não percebiam que 8 mil liras não eram 8 mil libras.

— Eram tão pequenos — disse Charles ligeiramente melancólico. — Eu estava preocupado em como se arranjariam fazendo trilha, mas eles me surpreenderam.

— Eles sempre surpreendem — acrescentou ela com um visível orgulho materno.

— Eu estava pensando naquela viagem outro dia, quando estava em Washington no hotel, ou talvez fosse um motel; nunca sei ao certo a diferença. Meu quarto era enorme; poderia abrigar a família inteira. Fiquei pensando naquela noite perto de Siena, quando pensamos que nunca encontraríamos um lugar para ficar.

— Sam estava preocupado com a possibilidade de dormir em um palheiro. E quase dormimos.

— No fim encontramos um quarto — disse ele.

— Nem me lembre. — Ela estremeceu com a lembrança dos quatro espremidos em um sótão minúsculo. Era no topo do "casarão" de um fazendeiro que já vira dias melhores.

— Imagino como está a aldeia hoje.

— Fervilhando com turistas, e metade das casas compradas por ingleses.

— Provavelmente — reconheceu ele com tristeza. — Mesmo assim, seria bom vê-la novamente. Talvez na primavera, se você estiver melhor, pudéssemos pensar em passar alguns dias lá. Você sempre amou a Itália. Aposto que os meninos gostariam de vir conosco.

Joanne reconheceu a ansiedade na voz dele, um tom que ele gostava de adotar quando achava que ela precisava ser animada. Geralmente ela cooperava com a simulação otimista, a determinação dele de que qualquer copo meio vazio estava na verdade meio cheio. Mas ela não estava disposta a cooperar com ele naquele dia, não quando não havia mais qualquer maneira de negar que o copo estava quase vazio.

— Acho que não, querido — disse calmamente. Charles a encarou, surpreso com a certeza em seu tom, e ela viu o medo entrando em seus olhos. — Vi o Sr. Nirac ontem — declarou ela. Seu médico.

— Não me disse que ia lá — protestou ele. — Eu a teria levado.

— Eu sei. Mas sou perfeitamente capaz de chegar lá sozinha. Especialmente quando você está tão atarefado no trabalho. — Ela deixou o real motivo sem ser dito: queria ver o médico sozinha para que pudesse ouvir a verdade, sem ser suavizada pelo insistente otimismo de Charles.

— E o que aquele velho charlatão tinha a dizer?

Ela estendeu a mão sobre a mesa e segurou a dele.

— Disse que não deve faltar muito.

— Ah — disse ele por reflexo, e ela viu seus ombros se curvarem, e que Charles não conseguia encará-la.

Ele fora o forte, fazendo-a suportar todos aqueles anos de doença, irritando-a, provocando-a, fazendo-a rir, sempre ao seu lado quando se sentia tentada a sucumbir ao desespero. Agora ela precisaria ser forte por ele.

— Queria que soubesse que agora eu também sei. Queria que nenhum de nós tivesse que fingir. Você está bem? — perguntou com gentileza.

Ele assentiu com os olhos abaixados. Podia ver que estava lutando para manter o controle. Por fim ergueu a cabeça e a encarou.

— Quer alguma coisa? Algo que eu possa fazer por você? Alguém que gostaria de ver, talvez. Sua irmã?

Joanne deu uma risadinha.

— Ruth estará por perto quer eu queira quer não. Mas não, o que eu realmente mais desejo é ter você e os meninos. Só a família. — Ela hesitou. — E se possível, gostaria de ficar aqui, em casa, quando... isso terminar. Já vi o bastante de hospitais por toda uma vida. — Ela sorriu com o involuntário jogo de palavras.

— Claro — disse ele.

— Há mais uma coisa. Tem a ver com... depois. Quero que me prometa que terá uma vida. — Charles pareceu surpreso e estava prestes a falar, mas ela o impediu. — Estou falando sério. Quero ter certeza de que não vai desabar. Eu o conheço, Charles. Se tivesse a chance estaria trabalhando 18 horas por dia e dormindo naquele seu clube medonho. Mas isso não é bom. Deve me prometer que não fará isso. Os meninos precisam de você, antes de mais nada, então não deve se esconder. Este sempre foi um lar feliz para eles, não quero que isso acabe só porque não estarei mais aqui. Quero que esteja aqui por eles, Charles, e não quero você vivendo sozinho para sempre. Você ainda é jovem, sabia?

— Acho difícil — disse ele, com uma aspereza na garganta.

Sem desanimar, Joanne continuou falando.

— Gosto de pensar que terá memórias felizes de nosso tempo juntos, e de toda diversão que tivemos. Mas a vida aqui é para ser vivida; se eu aprendi uma coisa com isso tudo, foi exatamente isso. Não quero você vivendo como um fantasma, Charles. — Ela se inclinou, embora as costas lhe doessem tanto que precisasse lutar para não se contorcer. Fitando-o nos olhos, ela perguntou: — Me promete?

Charles agora a fitava também, pressentindo que ela precisava de sua promessa. Joanne notou que seus olhos estavam úmidos e ele piscou uma vez, depois uma segunda, em um esforço para conter as lágrimas.

— Está certo — murmurou ele enfim. — Eu prometo.

Ela se reclinou, e estremeceu ligeiramente.

— Estou sentindo frio. Importa-se muito de entrarmos agora?

CAPÍTULO 38

Até que enfim ela tinha ido embora. Acabou conseguindo manter a mulher em xeque, mas a visita dela o deixou muito, muito assustado. Ela deixara claro que sabia de alguma coisa. Será que o MI5 tinha descoberto o que ele conseguira manter em segredo por dez anos? Mas por que ela insistia em perguntar sobre a inteligência síria ou isso seria apenas um pretexto?

Desde o dia em Jerusalém em que aqueles dois homens vieram ao seu quarto de hotel, vivia com medo de ser descoberto. Foi muito antes de "sair do armário" e admitir que era gay. Ainda estava casado na época — Hope, sua namorada de Cambridge. Ela tinha ido embora havia muito tempo; ele estava sozinho há anos. Os homens possuíam fotografias dele na cama, com um rapaz que conhecera em um clube. Agora sabia que o rapaz estava trabalhando para eles e que a coisa inteira fora uma armação. Eram da inteligência israelense e disseram que se ele não cooperasse, publicariam as fotografias e garantiriam que ele nunca pudesse trabalhar novamente no Oriente Médio. Ele teria perdido o trabalho e o casamento. Agora, claro, este tipo de fotografia não importava tanto, mas então eles o tinham nas mãos e muitas outras coisas aconteceram para que pudesse sair. Na época, estava trabalhando na Síria como correspondente. Os israelenses queriam saber tudo, principalmente detalhes pessoais sobre agentes sírios de alta posição — fraquezas, tendências sexuais, todo tipo de coisa — sem dúvida para que pudessem tentar com eles o que haviam feito a ele.

Agora o MI5 tinha descoberto alguma coisa, mas aquela mulher não disse o que sabiam. Se ela estava dizendo que os sírios sabiam o que ele tinha feito, então sua expectativa de vida havia diminuído dramaticamente. Ela o deixara doente de preocupação, mas no escuro.

Desde a partida dela, tomara precauções. Passou duas trancas nas portas da frente e dos fundos, verificou se todas as janelas estavam bem fechadas e trancadas. Ficou dentro de casa, não atendeu ao telefone e manteve as cortinas fechadas. Mas não poderia viver assim para sempre, e naquela manhã foi forçado a se aventurar colina abaixo até a aldeia de Hampstead. A despensa sequer estava vazia, e isso não era uma metáfora — não restara um pacote de macarrão instantâneo.

Não que fosse comprar muitos mantimentos, pois decidira deixar a casa até que o perigo imediato passasse. Mas como saberia quando seria seguro voltar?, perguntou-se com ansiedade, enquanto caminhava lentamente ao longo da margem da charneca, pontilhada àquela hora da manhã com cuidadores de cães e babás do Leste Europeu empurrando bebês em carrinhos.

Para onde deveria ir? Provavelmente poderia conseguir garantir outro trabalho, supondo que o MI5 não o arruinasse.

Precisava era de algo que o levasse para o exterior. O pessoal do *Sunday Times* tinha gostado de seu perfil sobre Assad e sugerira outras tarefas — Merkel na Alemanha estava no topo da lista deles. Mas seria impossível ser discreto trabalhando nisso, não quando precisaria estar em Berlim marcando compromissos para ver a Chanceler, entrevistando seus amigos e colegas, esmiuçando seu histórico na Alemanha Oriental. Qualquer um que quisesse encontrá-lo poderia fazê-lo em dias.

Mas *existia* uma ameaça? O lado racional e experiente de Marcham lutava para se convencer que não. Afinal, tinha acabado de vir da Síria e não havia sinal de que alguém soubesse de suas atividades sigilosas. Se soubessem, poderiam tê-lo matado lá. Poderia ter sido facilmente eliminado em Damasco — encontrado morto em um quarto de hotel, uma fatalidade declarada acidental por um médico submisso, sob ordens das autoridades do país.

Pensou um pouco mais sobre para onde deveria ir, enquanto caminhava tortuosamente de volta para casa, certificando-se de que as pessoas atrás dele na rua não eram as mesmas que notava quando virava casualmente na esquina seguinte. Sempre havia a Irlanda, onde o jovem Symonds, um amigo religioso que ironicamente fizera por intermédio de Alex Ledingham, tinha um bangalô além das fronteiras de Cork para o qual sempre convidava Marcham. Se ficasse lá por um mês, as coisas podiam se acalmar. Deveria contar a alguém para onde estava indo? Não, apenas diria que estava fora. Sempre poderia verificar seus e-mails num cyber café em Cork; não seria rastreado assim — era o que esperava.

Mas existia uma pessoa para quem não falaria sobre sua partida, e ele estremeceu de pensar na reação do homem caso o fizesse. Ele chamava a si mesmo de Aleppo, que Marcham conhecia como uma das cidades mais pacíficas e bonitas na Síria. Parecia um nome muito inadequado para o sujeito; havia algo de implacavelmente clínico a respeito dele, um ar de ameaça controlada que não parecia inteiramente humana.

Em sua própria rua não viu ninguém, mas mesmo assim teve cuidado ao se aproximar da casa, parando no passeio pavimentado assim que ultrapassou o portão na sebe, olhando e escutando por sinais de que ninguém esperava ali fora. Nada.

Destrancou com cuidado a porta da frente, depois com igual cuidado passou tranca dupla na porta após entrar. Caminhou direto até a cozinha e certificou-se de que a porta dos fundos não fora aberta. Esvaziou as duas sacolas de mantimentos, ferveu uma chaleira e fez para si mesmo uma xícara de chá forte, que levou para a sala de estar. Foi só quando se sentou com um suspiro que viu o homem na poltrona junto à lareira abandonada. Era Aleppo.

— Deus, você me assustou! — exclamou ele, pulando e derramando chá na mesinha de centro.

— Vai se recuperar — disse o homem. Vestia uma jaqueta de couro preto, pulôver preto e jeans preto. O efeito era europeu em vez de inglês; ele poderia ser um palestrante na Sorbonne, pois igualmente, o cabelo escuro e a compleição morena poderiam ser tanto do Oriente Médio quanto franceses.

— Como entrou? — perguntou Marcham, o coração batendo freneticamente. Queria ficar zangado com a intrusão, mas estava assustado demais para protestar.

— Sou pago para entrar — disse Aleppo. — Relaxe. Sente-se.

Marcham fez o que ele disse, começando a se sentir um prisioneiro em sua própria casa.

— Então, teve alguma outra visita recentemente?

Marcham hesitou. Não queria falar nada sobre a visita de Jane Falconer, mas pressentia que seria um grande erro ser pego mentindo, pois Aleppo sempre parecia saber mais do que revelava.

— Na verdade, tive. Uma mulher do MI5. Queria conversar comigo sobre um amigo meu que morreu.

— Algo mais?

Ele hesitou por um segundo.

— Sim — admitiu. — Isto é que foi estranho. Ela queria saber se tive qualquer contato com a inteligência síria.

— *Síria*? — Aleppo ergueu os olhos de repente. — O que contou a ela?

— Nada — respondeu apressadamente. — Nada que importe. Contei sobre o perfil que escrevi sobre Assad.

— E contou a ela o que mais fez na Síria?

Ambos sabiam ao que ele se referia.

Agora havia um frio na sala, e Marcham percebeu que sua resposta seria crucial. Crucial como? Não gostava de pensar.

— Claro que não — disse ele convincentemente.

Aleppo o fitou pensativamente.

— Ela não quis saber nada sobre sua história lá?

— Claro que sim. Mas eu a distraí. Meu amigo Ledingham morreu sob circunstâncias bastante bizarras. Você deve ter lido sobre isso nos jornais. Eles o chamavam de "O Homem na Caixa".

Ele ficou contente por ver que os olhos de Aleppo se arregalaram. Marcham prosseguiu:

— O que os jornais não diziam era que fui eu quem encontrou o corpo. Eu o coloquei na caixa. Então, quando esta mulher começou a me pressionar sobre a Síria, fiquei angustiado. Acho que ela pensou que eu estava tendo um ataque. Disse a ela que era por causa de Ledingham. Disse que fomos bem próximos; amantes, na verdade. Contei a ela que estava escondendo isso. E também o fato de que escondi o corpo dele.

— Ela acreditou nisso?

— Com certeza. Ela não me perguntou mais sobre a Síria. — Ele olhava atentamente para Aleppo. — Dou minha palavra.

Para seu grande alívio, Aleppo assentiu. "Ele acredita em mim", pensou Marcham, sentindo-se quase grato. Pressentia que, se tivesse dado uma resposta diferente, algo terrível poderia ter acontecido.

Aleppo disse:

— Esta mulher esteve na casa antes. Há algo que ela pudesse ter visto que não deveria?

— Não. Não há nada de secreto aqui.

Aleppo se levantou.

— Vamos apenas garantir, certo? Fazer uma pequena revista.

— Claro. — Marcham mostrou o caminho através do pequeno corredor da cozinha, sentindo-se mais calmo agora, as preocupações dispersas. Contara a verdade a Aleppo, e a verdade parecia ter sido aceita.

Marcham entrou no quarto e acendeu a luz central. Aleppo parou à porta, examinando o quarto. Depois apontou para uma pequena pintura, atrás de Marcham, de Jesus na cruz pendurada na parede afastada.

— Gosto disso. Onde a encontrou? — perguntou, com uma voz cheia de curiosidade.

— Por mais engraçado que pareça, encontrei em Damasco — começou Marcham, aproximando-se da pintura. — Há uma história interessante associada à loja onde eu a vi — acrescentou, preparando-se para contar a história a Aleppo; divertiria até aquele homem circunspecto e sombrio. Enquanto começava sua história, não notou o outro fechar silenciosamente a porta do quarto.

CAPÍTULO 39

A ligação veio assim que Liz chegou ao escritório. Ela equilibrava uma caneca de café com a mesma mão que segurava um jornal; a outra segurava a bolsa, e o crachá do escritório estava em sua boca. Conseguiu pegar o fone no quarto toque.

— Srta. Carlyle? É o investigador Cullen. É sobre Christopher Marcham, aquele amigo de Alexander Ledingham, o homem que foi encontrado em St. Barnabas.

— St. Barnabas? Ah, o Homem na Caixa — disse ela instintivamente. Depois ficou um pouco tensa: algo devia ter acontecido se Cullen estava ligando para ela.

— Tenho más notícias. Christopher Marcham foi encontrado morto.

O quê? Ela ficou chocada com a simples declaração. Não fazia nem 48 horas que tinha visto o homem.

— Onde foi isso?

— Na casa dele em Hampstead.

— Como ele morreu? Foi um ataque cardíaco?

— Não, não — disse Cullen, apressando-se em corrigi-la. — Isto é o que é peculiar. Ele se asfixiou. Exatamente como Ledingham fez. Parece que estava envolvido em autoerotismo também. Estava amarrado às pernas da cama e, hã, não vestia nenhuma roupa. — O policial tossiu para encobrir seu embaraço. Liz pressentiu que o investigador Cullen não via tais práticas com bons olhos.

Ela perguntou:

— Tem certeza de que foi um acidente? Parece uma grande coincidência.

— Bem, não acho que ele estivesse tentando se matar, se é o que quer dizer. Existem muitas maneiras mais fáceis de fazer isso. Mas não é incomum para pessoas que têm este tipo de hábito fazer algo errado. É coisa perigosa.

— Não foi o que eu quis dizer — disse Liz, forçando-se a conter a impaciência. — Quero saber se tem certeza de que não tinha mais ninguém envolvido.

— Tão certos quanto podemos estar no momento, embora os rapazes da investigação criminal venham ainda esta manhã. Encontrarão qualquer coisa que exista para ser encontrada. Mas não há sinais de arrombamento; a casa estava toda trancada quando a faxineira chegou. Foi ela quem o encontrou.

— Eu o vi anteontem, como combinamos. Ele estava perfeitamente bem quando saí.

Cullen tossiu novamente.

— Sim, precisarei de um depoimento. Você pode ter sido a última pessoa a vê-lo vivo. Mas devemos conseguir manter isso oculto caso seja tão importante quanto acho que é.

— Quando ele foi descoberto?

Ela o ouviu virando as páginas de seu caderno.

— Aproximadamente às 16h de ontem. Ainda não temos o relatório do patologista, mas o médico de plantão disse que ele provavelmente está morto há menos de 24 horas. É uma boa coisa que tenha sido no dia da faxineira, ou ele ficaria lá por um bom tempo. Aparentemente ela é nova. Foi um grande choque. Ela está se perguntando no que se meteu.

Quando Cullen desligou, Liz sentou à escrivaninha, imaginando por que Chris Marcham estava morto. *Outro* acidente bizarro? Não acreditou naquilo nem por um minuto. A coincidência era grande demais e ele lhe dissera que não gostava das mesmas práticas que Ledingham.

"Confie nos seus instintos." É o que seu pai sempre dizia a respeito da intuição. E Liz sentia que aquilo não era nenhum acidente. Não podia provar, bem sabia, mas isso significava que o assassino de Marcham não era apenas implacável, era também astuto. O que o tornava ainda mais perigoso.

Talvez fosse sua culpa. Não devia ter insistido em fazer a entrevista. Não estava pensando com clareza. Fora evasiva demais. Deveria tê-lo alertado em vez de apenas perguntar vagamente sobre a Síria. Bom, não havia sentido em se preocupar com isso agora. A única coisa na qual valia a pena pensar era se a morte tinha qualquer ligação com a Conspiração Síria. Afinal, fora esse ponto que inicialmente levantara seu interesse nele. Se isso tudo era parte da trama, o que aconteceria em seguida?

Lembrou-se da primeira visita à casinha em Hampstead, e uma imagem lhe surgiu na mente, a do misterioso jardineiro. Alto, magro, moreno, com aqueles sapatos denunciadores, vistos pela última vez desaparecendo sobre o muro dos fundos do jardim de Marcham.

Havia algo de preocupante na cena, quase uma forma de déjà-vu — um sexto sentido que ligava aquilo à outra imagem armazenada em sua mente. Ficou sentada pensando sem chegar a uma conclusão, tentando identificar o rosto em outro contexto. Será que o vira em outro lugar? Poderia ter sido em Essex, aonde fora em perseguição aos negócios ilícitos de Sami Veshara? Ou mesmo em Bowerbridge, quando pela primeira vez emergiu hesitantemente do leito de enfermo, visitando as lojas da aldeia vizinha com sua mãe?

Não, não conseguia identificá-lo. E de repente compreendeu o porquê. Não vira o homem em outro lugar; ela o vira em uma *fotografia*. E a fotografia estava guardada em um envelope no armário no canto de seu escritório. Girou a tranca para abrir o armário e pegar o envelope, despejando as fotografias sobre a escrivaninha impacientemente.

Lá estava ele, sentado perto de Andy Bokus, no alto das arquibancadas do Oval. De repente, dois mundos diferentes colidiram, e o nome Danny Kollek, que para ela viera a representar o Mossad, juntou-se à imagem do homem sinistro bisbilhotando pela casa de Marcham.

Então Kollek conhecia Marcham. Por quê? Será que o agenciava para o Mossad? Não parecia existir nenhuma outra explicação concebível. De qualquer modo, por que o nome de Marcham não estava na lista que Bokus fornecera, com todos os agentes coordenados por Kollek ali em Londres? E quanto a Hannah?

Havia perguntas demais às quais não podia responder. Mas o que mais a incomodava era pensar que os americanos — Andy Bokus ou Miles Brookhaven — também não poderiam respondê-las. Estava certa de que Bokus não estava escondendo informação ao MI5; ele simplesmente não sabia. Ele pensava estar agenciando Danny Kollek, mas estava começando a parecer que era o contrário.

CAPÍTULO 40

— E isso é tudo. — Miles Brookhaven atirou a pasta sobre a escrivaninha de Liz e suspirou, exausto.

Ela também estava cansada. Passaram toda a manhã revisando os relatórios do que Danny Kollek repassara para Andy Bokus, e a experiência não fora edificante. Era coisa muito medíocre; pouco mais do que fofoca. Nem Markov, o oligarca russo judeu agora estabelecido em Lancashire, perto de seu recém-adquirido time de futebol, tinha algo a dizer sobre seus ca naradas emigrantes que o MI5 já não soubesse.

— Está pensando no que estou pensando? — disse Miles deliberadamente.

— Provavelmente. — Liz apontou as pastas. — Não há muita coisa aqui.

— Na verdade, eu estava pensando no quanto estou faminto. — Ele riu, acrescentando: — E você?

— Sim, eu poderia fazer proveito de um almoço. Há uma boa lanchonete logo ali na esquina. Poderíamos sentar num banco e observar o rio passando.

— Não estamos perto da Tate Gallery?

— É descendo a rua. Por quê? — Ela notou como Miles sempre parecia estar preparado com perguntas irrelevantes e comentários tangenciais.

— Não vou lá há muito tempo. Não poderíamos comer um sanduíche lá?

Vinte minutos mais tarde, Liz e Miles estavam olhando para uma grande pintura a óleo de Francis Bacon, de uma figura masculina grotesca semelhante a um sátiro cujo rosto exibia uma careta de agonia.

— Não sei se gosto de Bacon — disse Miles por fim. — Sei que é muito talentoso e tudo mais, e que suas pinturas atingem milhões. Mas não posso deixar de pensar no que ele fez que Hieronymus Bosch já não tenha feito séculos antes.

No andar de baixo, dispensaram o formal restaurante e compraram sanduíches em uma cafeteria, encontrando um lugar para sentar na fileira de banquetas junto à parede do corredor.

Liz, casualmente vestida com saia e blusa, achava graça do blazer elegante e da calça de linho creme de Miles. Será que seu gosto por roupas formais remetia à sua época de escola em Westminster? Ele só precisava de um chapéu de palha, pensou ela, e se encaixaria bem na regata Henley.

— Não falta muito para a conferência — disse Miles ao olhar com atenção para seu sanduíche de salmão defumado.

— Duas semanas.

— Não estarei aqui para o evento, creio eu.

— Verdade? — perguntou ela, surpresa.

— Estarei no Oriente Médio. É parte do meu trabalho estar a par das coisas, e acompanhar qualquer assunto com o qual tenha me deparado aqui em Londres. Estarei em Damasco. Há alguma coisa que eu possa fazer por você lá?

— Estaria interessada no que conseguir de informações sobre o tempo que Marcham passou por lá.

— Oh — disse ele —, quis dizer alguma coisa *pessoal*. Seda adamascada da Velha Cidade, por exemplo.

Liz abafou um suspiro. Ela gostava de Miles, mas depois de tentar arrancar informação dela no Eye, agora estava tentando fazer sondagens românticas? Era lisonjeador, e ela não era avessa ao interesse dele, mas desejava que Miles tivesse escolhido um momento melhor.

— Além disso, seria bom tirar férias de Andy Bokus. — Ele fez uma careta.

Liz o encarou, e ele a encarou de volta.

— É tão ruim assim? — perguntou ela com delicadeza, intrigada, mas sem querer pressionar. Miles nunca lhe pareceu do tipo reclamão.

Ele deu de ombros, depois dobrou o guardanapo de papel e o pôs sobre o prato.

— Um dos mitos sobre os Estados Unidos é que somos uma sociedade sem divisões sociais. Bokus guarda muito rancor.

— Sério? Do que ele tem rancor? — Ela não fingiria compreender as complexidades da sociedade americana.

— Na metade do tempo parece ser de mim. Não que eu seja extraordinário. Não é o que quero dizer. Tem mais a ver com a educação. Bokus gosta de me chamar de almofadinha.

"Almofadinha?", pensou Liz. Ela estava surpresa. Miles em nada tinha a arrogância machista de seu chefe, mas não havia nada de efeminado nele. Será que ela não tinha entendido?

Liz devia parecer intrigada, pois Miles explicou.

— Sou da Ivy League. Ele gosta de pensar que devo ser um esnobe refinado porque fui para Yale e ele foi para uma universidade estadual.

— Isso tudo não é um bocado fora de moda?

— Claro que é. Mas suponho que Bokus possa se lembrar dos dias em que metade da equipe era de Yale. Um pouco como seus serviços e Oxbridge, suponho.

— Isso mudou por aqui há muito tempo — disse Liz. "E foi uma boa coisa", pensou consigo mesma.

— E Andy está se sentindo especialmente sensível desde que Tyrus Oakes me informou sobre Kollek.

— Deve estar bem constrangido por ter sido pego por nós. Embora fosse por puro acaso que estivéssemos observando Kollek naquele dia.

— Pode apostar. Andy foi pego com as calças na mão. — Miles deu um gole cuidadoso no café, parecendo pensativo. — O caso é: nunca compreendi qual é a dessa ameaça à conferência. Estes dois homens, Veshara e Marcham, não me parecem tipos que fariam nada significativo. Um empresário e um jornalista.

— Embora ambos tivessem conexões com o Mossad. — Liz já tinha contado a Miles sobre a admissão de Veshara de que ele tinha relatado posicionamento de foguetes aos israelenses. Agora explicava as ligações de Marcham com Kollek: que ela só muito depois percebeu que o israelense na fotografia de vigilância era o mesmo homem que vira escalando o muro do jardim de Marcham.

— Certo, então ambos recolheram informações para os israelenses — concluiu Miles quando ela terminou. — Mas também não consigo imaginar nenhum deles realmente executando algum plano. E suas ligações com o Mossad não explicam por que estariam trabalhando para atrapalhar a conferência de paz. Não estariam fazendo isso em nome de Israel, com certeza. Não há motivo para pensar que os israelenses queiram desmantelar o encontro. Por que o fariam? Eles são parte dele.

— Não sei. Também não entendo — admitiu Liz.

— Sabe, quando fomos avisados sobre esta ameaça, não fazíamos ideia de onde estava vindo a informação. Fane não nos contou — queixou-se. — Ele é sempre assim tão fechado?

— Bastante — disse Liz. — "*Confidencial*" está escrito no coração dele.

Brookhaven suspirou.

— Isso causa problemas, acredite.

"Pode apostar", pensou Liz, bem ciente das desvantagens da perpétua reticência de Fane. Algo que Brookhaven acabara de dizer a estava incomodando, mas ela não tinha certeza do que era. Então arquivou esta parte da conversa no fundo da mente, prometendo a si mesma refletir sobre isso quando estivesse sozinha.

— O que sabe sobre Kollek? — perguntou Liz casualmente. Não queria soar muito interessada no homem, ou dar qualquer indicação de que ele ainda estava sendo observado pelo A4.

— Não muito. E não tenho chance nenhuma de algum dia encontrá-lo.

— Bokus o quer para si mesmo?

— Sim, mas na verdade, isso é mesmo por causa de Kollek, o sigilo foi tanto insistência dele quanto nossa. Não que eu possa culpá-lo. Não gostaria de estar no lugar dele se o Mossad descobrisse que anda conversando conosco.

— Me pergunto sobre as motivações dele — disse Liz, lembrando o que Bokus dissera na reunião com Oakes e Wetherby: que Kollek sentia que só os Estados Unidos poderiam conseguir a paz no Oriente Médio e que, portanto, precisava saber o que Israel estava pensando. Mas era difícil enxergar como Kollek estava fazendo isso na prática. Os bocados de inteligência que ela passara a manhã revisando com Miles não seriam ajuda significante para nenhum país tentando encontrar uma solução para a crise do Oriente Médio.

Miles pareceu ler seus pensamentos, pois disse:

— Talvez ele só tenha um senso inflamado da própria importância. Deus sabe, nada do que você e eu lemos justifica toda essa confidencialidade. Ele poderia ser apenas outro egomaníaco; há muitos deles neste negócio.

Ele olhou para o relógio de pulso.

— Melhor eu ir andando. — Eles devolveram as bandejas e deixaram a Tate Gallery pela entrada lateral.

— Vai ficar fora por quanto tempo? — perguntou Liz quando chegaram à esquina com o Embankment.

— Dez dias ou mais. Mas só vou na próxima semana.

Ela assentiu.

— Seria uma boa ideia manter contato antes que vá.

— Talvez gostasse de sair para jantar uma noite dessas? — perguntou ele.

Miles parecia ligeiramente desajeitado, mais parecido com um adolescente do que com uma estrela em ascensão da CIA. Liz pensou que havia algo de infantil nele. Era atraente de certa forma, enormemente preferível à arrogância de homem viajado de Bruno Mackay. Porém, mais uma vez, Miles estava misturando trabalho e prazer de uma maneira que Liz considerava desconcertante. Desejava que ele não fizesse isso.

Então disse:

— Estou um pouco atolada até depois da conferência. — Miles não conseguiu conter um ar de desapontamento, então ela acrescentou com mais animação: — Vamos nos encontrar quando voltar de Damasco. Ligue para a minha casa.

Liz se virou e caminhou ao longo do rio na direção da Thames House, pensando na conversa. Era o lado profissional dela que prendia sua atenção. O envolvimento do Mossad nisso tudo continuava a intrigá-la: aquela conexão sempre retornava a uma pessoa, Danny Kollek.

Imaginou como descobrir mais sobre ele. "Vou colocar Peggy Kinsolving nisso", pensou, "ela encontraria o que houvesse para ser descoberto. E vou checar novamente com Sophie Margolis para ver se Hannah esteve em contato com Kollek recentemente."

Tudo parecia bem claro, mas algo ainda a aborrecia. Então ficou paralisada na calçada. Claro, ela percebeu o que era.

O ataque a Liz e o assassinato do informante sírio de Fane no Chipre deviam significar que alguém vazara o fato de que os britânicos sabiam da ameaça à conferência. Quem sabia sobre a ameaça? Só umas poucas pessoas no MI5 e no MI6, Miles e Bokus. A princípio pensara que eles eram os principais suspeitos — principalmente Bokus, uma vez que o A4 o fotografou encontrando Kollek.

E mesmo quando Tyrus Oakes admitiu que Bokus estava agenciando Kollek em vez de, como suspeitaram a princípio, ser o contrário, Charles continuou suspeitando que o homem da CIA talvez tivesse acidentalmente revelado mais do que deveria para Danny Kollek.

Mas existia um problema neste panorama, Liz concluiu de repente. Mesmo que Bokus *tivesse* falado demais, isso não explicaria a descoberta por parte dos sírios de um agente duplo no meio deles. Geoffrey Fane ocultara a fonte da informação original — de todos. E como Miles tinha acabado de dizer, nem ele nem Bokus faziam qualquer ideia de onde vinha a informação. Poderia ser qualquer um de qualquer país ou — Liz pensou no Hamas e no Hezbollah — organização política. Se Bokus tinha contado a Kollek sobre a ameaça à conferência de paz, então mesmo que o Mossad tivesse desejado vazar a informação de volta à fonte de origem, não saberiam para quem vazar. Não podiam deixar escapar um segredo se nem mesmo sabiam de quem era o segredo que estariam deixando escapar.

Então como é que os sírios descobriram sobre o agente duplo no Chipre?

Ela viu Thames House adiante, sua pedra pálida ao sol do meio-dia. As perguntas do caso estavam começando a parecer enlouquecedoramente circulares; Liz tinha a sensação de que no fim haveria algo simples — uma pessoa, estava certa disso — ligando todas elas. Porém, sempre que ela olhava para aquele mistério, só via uma sala de espelhos refletindo algo até o momento irreconhecível.

CAPÍTULO 41

Dougal fora alertado pelo gerente do hotel de que israelenses podiam ser rudes. Mas os três para quem estava mostrando Gleneagles naquela manhã eram perfeitamente educados — embora reservados. Falavam um com os outros em hebraico, e mal se dirigiam a Dougal.

Os três israelenses não estavam hospedados no hotel; tinham alugado uma das propriedades compartilhadas de Glenmor, onde sua delegação também ficaria durante a conferência de paz. Normalmente o próprio gerente os estaria escoltando, mas ele tinha um peixe ainda maior para fritar: o Serviço Secreto chegara na noite anterior e já estava vasculhando o hotel, onde o presidente americano ficaria.

As propriedades compartilhadas eram casas agradáveis de frontão alto, dispostas em uma linha serpeante ao redor de um lago e um riacho bem do outro lado de uma estrada atrás das terras do hotel. Quando Dougal buscara os três visitantes logo pela manhã, eles não tinham reclamações quanto à acomodação.

A mulher do trio, Naomi, tinha cerca de 40 anos, aparentava um pouco de cansaço e estava sempre falando ao celular. Parecia estar consultando seus supervisores em Londres ou Tel Aviv sobre cada detalhe, desde a forma como cada quarto deveria estar arrumado à comida e utensílios de cozinha exigidos para se fazer duas dúzias de desjejuns kosher. O mais jovem dos dois homens, Oskar, parecia ser assistente dela; cedia a Naomi em qualquer discussão e concordava com tudo que ela dizia.

Era o outro homem que Dougal considerava desconcertante. Mantinha-se distante, e só falava com Dougal quando tinha uma pergunta. Também não conversava muito com Naomi ou Oskar, e Dougal tinha a distinta impressão que o homem deixava os outros dois um pouco nervosos. Eles o chamavam de Danny.

Durante a manhã, concentraram-se em finalizar os arranjos domésticos, inspecionando cada uma das casas designadas à delegação israelense, os arranjos de suprimentos para aqueles que queriam fazer sua própria comida, e em conhecer o hotel — Dougal lhes mostrou os restaurantes, a piscina e a pequena galeria de lojas.

Dougal os deixou sozinhos para almoçar, alegando que tinha que se apresentar no escritório — não era verdade, mas precisava de um descanso, especialmente do moreno Danny, cujos olhos apáticos Dougal considerava irritantes.

Quando se reencontraram após o almoço, no passeio de cascalho à entrada do hotel, Dougal pressentiu que algo fora decidido. Naomi não estava mais ao celular e ficou para trás enquanto Danny se adiantava.

O israelense disse:

— Na noite anterior ao início da conferência, estamos planejando oferecer um jantar para uma das delegações. Achamos que o restaurante do clube de golfe seria um bom local.

Dougal assentiu.

— Podemos organizar isso. A vista da colina é magnífica. Gostariam de ir até lá para ver?

— Mais tarde — disse Danny, um pouco sucinto. Dougal imaginou se ele tinha sido militar, mas lembrou, não o eram todos os israelenses? — Também queremos oferecer algum entretenimento aos nossos convidados. Algo local desta região que eles possam apreciar.

— Gostaria de música ao vivo? — Ele poderia reunir alguns gaiteiros de kilt para dar um "autêntico" sabor escocês ao entretenimento.

Mas Danny balançou a cabeça.

— Não, música não. Gostaríamos de algo antes do jantar. Algo lá fora.

— Lá fora? Não há como prever como o tempo estará, sabe, especialmente agora que é outono. — E frio, pensou Dougal.

— Assumiremos o risco. Vamos ao centro de falcoaria — disse Danny. O homem preocupado da manhã dera espaço para o líder, alguém que sabia o que queria. Estava claro agora que Danny estava no comando daquele curioso trio.

— Dizem que todos os árabes gostam de aves de rapina — disse Naomi.

— São os árabes que vocês estarão recepcionando? — perguntou Dougal, enquanto esperavam Danny terminar a conversa com o chefe do centro de falcoaria. Estavam lá há uma hora; Dougal teve que se esforçar para parecer interessado enquanto Danny fazia ao sujeito da falcoaria mais uma de suas incontáveis perguntas. Quanto os pássaros pesavam? O transmissor os incomodava? Eles se importavam em ser manipulados por estranhos? Isto presumindo que os convidados dos israelenses quisessem tentar.

— Na verdade, não devo dizer — disse Naomi, olhando com ar culpado para Danny, que felizmente estava ouvindo atentamente o falcoeiro. Mas Dougal notou que ela já tinha balançado afirmativamente a cabeça.

Danny enfim terminou. Falou atentamente com Naomi e Oskar em hebraico. Virando-se para Dougal, disse:

— Agora precisamos ver o restaurante do clube de golfe. Mas, no caminho, vamos parar na escola de cães de caça.

Danny caminhou com confiança em direção à escola, e Dougal o acompanhou com Naomi e Oskar. Estava começando a sentir-se uma peça sobressalente. "Parece que ele conhece este lugar melhor do que eu", pensou, de mau humor.

Pararam do lado de fora de um grande conjunto cercado enquanto 12 labradores pretos, presos dentro da cerca, pulavam alegremente. A treinadora, uma mulher sorridente com uma juba de cabelo loiro cacheado, veio atendê-los. Danny a chamou de lado, conversando a sério com ela, e Dougal só pôde ouvir fragmentos da conversa. *Uma exibição de captura... patos-chamarizes... sem problemas.*

Aos poucos ficou claro para Dougal que o israelense queria que os cães fizessem parte do entretenimento que estava planejando para a noite antes da conferência começar. Ele ficou surpreso. Pelo que sabia, árabes não gostavam de cães, considerando-os apenas um degrau acima dos vermes.

A treinadora tirou um dos labradores da baia em uma corrente, caminhou até o prédio do canil, onde deixou o cão amarrado em um poste, e entrou, saindo um minuto depois carregando um par de chamarizes e um grande trapo. Atrás um cachorro a seguia obedientemente, sem corrente. Era maior que os labradores, com rica pelagem curta, cor de chocolate e um rosto manchado de branco e marrom.

— Este é Kreuzer — disse a treinadora, caminhando em direção à beira do gramado adjacente, um amplo quadrado relvado de vários acres, pontilhado com pequenos *greens* e *bunkers* de areia do campo de *pitch & putt*. — É um braco alemão. Dê a ele qualquer coisa para cheirar que ele a encontrará em 800 metros.

Ela parou e chamou o braco. Kreuzer veio e sentou-se obedientemente, o rosto entusiasmado erguido à espera de ordens. A treinadora pegou o trapo que carregava e o passou uma, duas vezes, diante do focinho de Kreuzer. Ela recuou, depois entregou o trapo para Oskar, o auxiliar de Naomi.

— Atravesse o campo enquanto distraio o cão. — Ela apontou na direção das árvores distantes do outro lado da extensão do gramado. — Esconda isso onde quiser.

Enquanto Oskar se preparava, ela se virou e encarou o prédio do canil, na direção oposta. Kreuzer obedientemente fez o mesmo. Danny ficou ao lado dela e conversaram por um minuto, enquanto Dougal imaginava o que estava acontecendo. Olhou para as árvores e viu Oskar rodear uma touceira de rododentros, depois sair, não mais carregando o trapo.

A treinadora se virou quando Oskar se juntou a eles.

— Agora observe isso — disse ela, que deu um alto assobio. Imediatamente, o braco alemão começou a se mover agitadamente em círculos, o focinho erguido no ar como se farejasse com cuidado. De repente, virou-se e correu em alta velocidade pela grama, dirigindo-se diretamente para os arbustos onde Oskar estivera. O cão lançou-se bem no meio da folhagem escura e sumiu de vista; quando apareceu, segundos depois, estava com o trapo na boca.

— Bravo! — gritou Naomi, enquanto o cão trotava de volta com seu achado.

A treinadora assentiu com satisfação.

— É bom o bastante? — perguntou ela a Danny, que estava observando o cão com atenção.

— Vamos tentar os chamarizes — disse Danny, apontando com um braço na direção do lago perto do passeio de entrada.

— Certo — concordou a treinadora. — Só vou buscar o labrador. — Enquanto ela se afastava, Danny olhou para Dougal. — Não há necessidade de que fique conosco — declarou.

— Ah — disse Dougal, embaraçado. — Estou voltando então. Sabe como me encontrar se precisar.

Danny saiu em direção ao lago antes que ele pudesse sequer lhe dar um aperto de mão. "Sujeitinho grosseiro", pensou Dougal, enquanto voltava para o hotel e seu escritório. "Não me importo se nunca vê-lo novamente."

Mas ele o viu, naquela mesma noite, enquanto Dougal dirigia de volta para o pequeno chalé de concessão vitalícia no qual morava em uma propriedade vizinha. Tinha acabado de deixar as terras do hotel e passava pelo centro equestre quando viu o israelense sob a proteção de algumas árvores. Estava falando insistentemente com uma garota — uma garota bonita com cabelo louro-avermelhado que certamente não era a abatida Naomi da delegação. Havia algo na fisionomia do israelense que deixava óbvio que ele conhecia a garota; não estava apenas dizendo olá. Ao passar, Dougal viu o rosto da garota sob os faróis, apenas rapidamente, mas o bastante para reconhecê-la de imediato — era uma das garçonetes do restaurante italiano do hotel. Uma garota estrangeira, muito atraente. Janice? Algo assim. "Danny, seu maldito dissimulado", pensou Dougal, não sem um tom de inveja.

CAPÍTULO 42

Ela sempre fora ousada desde garota. O pai morrera quando ela tinha 4 anos, e depois disso havia sido apenas a mãe e a pequena Jana por conta própria. Sua mãe lhe dissera que não chegaria a lugar nenhum sendo tímida, e desde tenra idade ela se sentia confortável com adultos — especialmente homens, pois eram quem ela encontrava principalmente. Começou a ajudar na taberna moraviana onde a mãe trabalhava quase tão logo aprendeu a ler; aceitando a dica da mãe, conversava facilmente com os clientes, provocava-os quando queriam ser provocados, bancava a coquete quando queriam que fosse uma Shirley Temple. Até imitava o modo atrevido da mãe falar com Karl, o dono da taberna, embora só quase aos 12 tivesse percebido que os deveres da mãe incluíam mais do que ser garçonete.

A Morávia e sua cidade natal agora pareciam estar a um milhão de quilômetros de distância. A mãe foi amarga quando a jovem contou que estava partindo para trabalhar no Ocidente.

— Você pode tirar a garota da Ostrava — avisara —, mas nunca vai tirar a Ostrava da garota. Você vai voltar.

"Pouco provável", pensava Jana agora, comparando os arredores opulentos de Gleneagles com suas vívidas recordações da taberna cheia de fumaça e ensopada de cerveja azeda que fora seu lar. Ela trabalhava muito ali no restaurante, mas não mais do que trabalhara na cidade natal, e o pagamento era uma fortuna para os padrões moravianos; até mandara um pouco de dinheiro para a mãe. Era bem alimentada e sempre tinha o sétimo dia de folga. Outras garçonetes reclamavam dos quartos no alojamento dos funcionários atrás do hotel, mas para Jana eles pareciam realmente luxuosos.

Verdade, a vida social era um pouco limitada: os pubs nos arredores de Auchterarder não eram exatamente animados ou mesmo muito amigáveis, especialmente quando os locais ouviam seu sotaque estrangeiro. Os outros funcionários do hotel eram bem simpáticos, mas ela não tinha muito em comum com as garotas, muitas delas polonesas, e os rapazes eram jovens demais para seu gosto.

Não que estivesse procurando por um romance sério.

— Acha que vai encontrar um cavaleiro de armadura brilhante para arrebatá-la? — perguntara a mãe. — Acha que é isso que acontece com garçonetes e camareiras?

Claro que não pensava isso, embora fosse engraçado o cavaleiro ter aparecido. Não tinha dito exatamente que a arrebataria — mas Sammy era um bom amante, e dissera que se veriam novamente.

E sem dúvida, ele enviara uma mensagem dizendo que estava voltando. Mas ela ainda ficou surpresa quando o viu, caminhando pelo gramado em direção às quadras de tênis naquela tarde. Sentira-se tentada a chamá-lo, mas não o fez quando viu que estava na companhia de outros — inclusive do jovem Dougal, que tentara flertar com ela na noite de dardos dos funcionários. Ele tinha um jeito doce e feio, mas não era jovem demais para ela.

Havia uma mulher com Sammy, mas ela não sentiu necessidade de ser ciumenta. Era uma verdadeira velha desmazelada.

Jana manteve o celular ligado enquanto servia o almoço e às 15 horas, enquanto ainda estava fazendo a limpeza após a saída dos últimos fregueses, recebera uma mensagem de texto: "*18h perto do centro equestre. S.*"

Não havia sinal dele na estrada fora do centro equestre, e Jana esperou com impaciência. Então de um grupo de abetos escuros em um dos lados da construção veio um assobio baixo. Ela se aproximou com cautela das árvores até conseguir enxergar a figura esguia parada sob um galho. Seu coração se elevou ao perceber que era Sammy.

— O que está fazendo aqui?

— Shhhhh — respondeu ele, saindo de baixo das árvores. Ele se confundia com o fundo da paisagem em seu black jeans e gola rulê cinza, mas ela conseguia enxergar seu rosto claramente. Mais uma vez pensou no quanto era bonito.

— Qual o problema? Tem vergonha de ser visto comigo? — perguntou, ofendida.

— Claro que não — disse ele. — Mas precisamos ser cuidadosos, pelo seu bem e pelo o meu. Estou aqui a negócios desta vez, com colegas e, se me vissem com você, seria um bocado difícil de explicar. São muito rígidos quanto a este tipo de coisa. Eu poderia ser suspenso, ou até pior.

— Ah — exclamou ela, agora compartilhando a preocupação dele.

Um carro acelerou na estrada atrás dela, então Sammy se afastou, andando apressado de volta para o abrigo das árvores. Ela seguiu mais devagar, e os faróis do carro apenas a iluminaram ao passar. Ficaram debaixo do galho de um alto abeto. Ela se sentia uma adolescente em um encontro furtivo. Havia algo de excitante em tudo aquilo.

— Não sabia que estava vindo — disse ela com um pouco de petulância.

— Honestamente, eu também não sabia. Só cheguei na noite passada. De qualquer forma, estou aqui agora — declarou com firmeza.

— Quanto tempo vai ficar?

— Acho que só até amanhã.

— Bem, ao menos isso nos dá uma noite.

— Não tem que trabalhar?

— Está com sorte. Tenho a noite de folga. — Ela conseguira no último minuto trocar de folga com Sonja, uma das garotas polonesas. — Qual o número do seu quarto desta vez? — perguntou, sorrindo para ele.

Mas ele estava sacudindo a cabeça.

— Não estou no hotel. Sinto muito, mas estou numa casa de Glenmor com meus colegas. Não posso tentar fazer você entrar escondida; seríamos pegos.

— Ah — disse ela, incapaz de disfarçar o aborrecimento. Por que então ele tinha se dado ao trabalho de fazer contato? — Mas estará de volta para a conferência, não é? Não me diga que vai ter que ficar com estas pessoas.

— Não ficarei mesmo. Oficialmente não estarei na conferência — afirmou ele sem rodeios, depois, olhando para ela, seu tom se abrandou. — Mas não se preocupe, estarei por perto. Só que ninguém deve saber que estou por aqui. É estritamente confidencial. Entende? — Havia um tom rígido na voz dele que assustou um pouco Jana, que assentiu imediatamente.

— Bom. Agora me escute — disse ele, colocando um braço ao redor dos ombros dela. Jana tentou se aconchegar no peito dele, mas ele a manteve afastada. Podia sentir a força de seus braços e desejou que estivessem em um lugar mais íntimo. — Há algo que quero que faça por mim durante a conferência. Duas coisas, na verdade: coisas que não posso fazer por mim mesmo porque não estarei aqui. Você faria isso por mim?

Ela ergueu os olhos e disse:

— Isso depende.

— Depende do quê? — Havia um toque de frieza na voz dele novamente.

Jana se soltou do braço dele, depois o segurou pela mão.

— Depende do quanto for bonzinho comigo agora. — E o puxou em direção ao bosque atrás deles.

— O que está fazendo?

— Você sabe. Venha — disse ela —, as agulhas de pinheiro lá atrás são bem macias.

Estava escuro quando ela caminhou de volta ao hotel, espanando agulhas de pinheiro da parte de trás da saia. Riu por dentro diante do ridículo daquilo tudo; poderia ser uma colegial novamente, encontrando Franz, o filho do advogado, junto ao rio perto da taberna. Mas não conseguiu evitar; nunca fora capaz de evitar.

Além disso, o homem era *tão* atraente, até demais para que ela perdesse a oportunidade. Ele podia ser um pouco frio, concluiu Jana, quase de aço, mas por outro lado, aquilo era parte do atrativo dele

Pensr : no que ele lhe pedira para fazer. Certamente parecia estr~ no, mas ela se tranquilizou de que não podia ser nada errado, ao contrário ele não voltaria depois que todas aquelas personalidades internacionais tivessem ido embora. Estava um pouquinho assustada, mas não queria admitir isso. Precisaria encontrar alguém para fazer a outra coisa — como poderia estar a 8 quilômetros de distância e ao mesmo tempo servindo mesas no jantar? Mas sabia que seu amigo Mateo, um dos ajudantes de garçom, faria aquilo por ela. Era espanhol e tinha uma família enorme. O que ele dissera? Doze irmãos e irmãs. Quinhentas libras não eram de se rejeitar quando tudo que tinha que fazer era subir algumas colinas.

CAPÍTULO 43

— Andou fazendo compras — disse Liz, enquanto Peggy Kinsolving entrava em seu escritório em um novo terninho com um paletó curto que valorizava sua silhueta.

Peggy corou.

— Gostou? — perguntou.

Liz assentiu.

— Fica bem em você — disse ela, pensando que as coisas deviam estar indo bem com Tim. Peggy geralmente não se incomodava muito com roupas; mas agora, percebeu Liz, com um matiz de inveja, ela tinha alguém para apreciá-las.

Discutiram o que vieram a chamar de A Conspiração Síria, Liz dividindo sua frustração com a falta de pistas óbvias.

— Agora que Bokus e Brookhaven estão limpos, o único elemento que continua recorrente é o Mossad, ou Kollek, na verdade. Acho que devemos nos concentrar nele. Por que não faz algumas pesquisas?

— Posso falar com o pessoal em Israel?

— Prefiro que não o faça, por enquanto.

— Isso não vai ajudar — disse Peggy.

Liz compreendia a reclamação, mas meneou a cabeça.

— Se falarmos ao Mossad que estamos interessados em Kollek, vão querer saber exatamente o porquê, e prometemos aos americanos que seríamos discretos.

— E que tal outras fontes de lá? Sabe, a escola e a universidade dele.

— Lamento, não. É um país tão pequeno que logo descobririam que andamos fazendo perguntas. Não podemos nos arriscar. Creio que desta vez você terá que se ater ao Reino Unido. Comece com o pedido de visto dele.

— Estou procurando por algo em particular?

— Veja se consegue descobrir onde mais ele esteve alocado. Confira com os aliados e veja se o conhecem. Mostre a eles a fotografia; ele pode estar usando outros nomes. Fale com o FBI. Podem ter algo sobre ele que não tenham compartilhado com a CIA. Mas, por favor, não conte o segredinho de Bokus.

— Isso me parece um verdadeiro tiro no escuro.

Liz sabia que Peggy não estava sendo negativa, só realista.

— Nunca se sabe — comentou encorajadoramente. — Algo pode aparecer e é tudo que temos para seguir em frente agora.

Depois que Peggy saiu, Liz telefonou para o número residencial de Sophie Margolis. A amiga atendeu no segundo toque.

— Oi, Sophie, é a Liz. Como estão as coisas?

Ela escutou pacientemente enquanto Sophie lhe contava as últimas dos dois filhos (medo de escola e dentição eram as preocupações atuais) e sobre a recente promoção de David.

— E quanto a Hannah? — perguntou Liz.

— Está bem. A conferência de paz a deixou muito animada.

— Posso apostar — disse Liz. — Ela tem visto nosso amigo Kollek ultimamente?

— Engraçado você perguntar. Ela não o mencionava fazia um tempo, mas estão almoçando exatamente agora, enquanto conversamos.

— Verdade? — Liz pensou depressa. — Gostaria de conversar com ela a respeito dele. Kollek está se provando um verdadeiro enigma, mas, por favor, não diga isso a Hannah. Seria possível eu dar uma passada por aí? Talvez esta noite, se não for muito em cima da hora.

— Claro. Venha depois do trabalho. Pode aproveitar nosso refogado de frango, se isso serve de persuasão. E não se preocupe, não direi nada exceto que vai dar uma passada aqui.

Mais uma ligação a ser feita. Ela olhou pela agenda telefônica e encontrou o número do escritório de Edward Treglown. Temia um pouco a ligação, já que tinham combinado o encontro quase duas semanas antes. A central a passou para uma secretária, que foi glacial quando Liz perguntou por Edward. "Ele sabe do que se trata?" devia ser a resposta telefônica menos apreciada por Liz.

Mas Edward atendeu logo, parecendo animado.

— Alô, Liz. Sua mãe e eu estamos ansiosos para vê-la esta noite.

— Ah, Edward — disse ela com indisfarçável pesar —, é exatamente por isso que estou ligando. Não posso ir. Aconteceu uma coisa no trabalho, preciso ver alguém.

A pausa foi quase imperceptível, mas ela agradeceu mentalmente pelo modo como Edward reagiu.

— Sem problema. Marcaremos outra data. Mas escute, me ajude com uma coisa. Como não pode vir, gostaria de fazer algo especial para sua mãe. Ela vai ficar desapontada por não vê-la. Tem alguma ideia?

Ela teve uma súbita inspiração.

— Por que não a leva à London Eye? Existe um pacote especial em que se ganha champanhe.

— Me parece a voz da experiência — disse ele com uma risada. — Esplêndida ideia. É uma pena que não possa vir conosco. Ligue logo que pudermos fazer outros planos.

Hannah parecia animada, bebendo vinho branco e comendo biscoitinhos de camarão que apanhava aos punhados de uma grande vasilha da mesa da cozinha. Sophie desaparecera momentaneamente para colocar o pequeno Zack na cama; o bebê já estava dormindo.

— Eu estava dizendo a Sophie antes de você chegar que recebi notícias maravilhosas. Fui convidada a ir à conferência, como parte da delegação de paz. — Seus olhos se iluminaram.

— Que maravilha. Não sabia que haveria uma delegação de paz. Então está indo para Gleneagles?

Hannah assentiu.

— Eu até consegui um lugar para ficar. Uma pensão em Auchterarder. — Ela riu. — Pronunciei certo?

— Acho que sim — respondeu Liz, com um sorriso. — Para os escoceses, sou tão estrangeira quanto você.

— É óbvio, do ponto de vista do governo israelense é tudo um exercício de relações públicas. Eles convidaram um pequeno grupo de pacifistas judeus para se encontrar com a delegação israelense antes que a conferência principal comece. Mas se pensam que só vamos ficar dizendo sim a tudo, estão muito enganados. — Acrescentou desafiadoramente: — Apresentaremos nossas opiniões com firmeza, pode deixar. Eles não têm o direito de agir como se representassem Israel mais do que nós.

— Quem a convidou?

— A embaixada — disse com orgulho. — Sabiam que eu estava aqui e colocaram meu nome na lista. — Depois ela pareceu sem graça. — Acho que Danny teve algo a ver com isso. Ele negou, mas sabia o quanto eu gostaria de ir.

Ela parecia tão entusiasmada que Liz esperou um momento antes de perguntar:

— Danny disse se vai à conferência também?

— Sim. Quero dizer, não, ele não vai. É uma pena sob certos aspectos, mas acho que seria difícil para ele... sabe, ter que agir como um membro da delegação oficial quando seu coração realmente está com o pessoal do movimento de paz.

Liz tentou parecer compreensiva, mas por dentro estava intrigada. Por que Kollek não compareceria?

— Ele disse por que não estaria lá?

— Estará em Israel. Há alguma conferência de comércio à qual ele precisa comparecer. Afinal, é a especialidade dele.

— Claro — acrescentou ela, tentando fazer soar como algo em que não tinha pensado antes: — Ele não pediu que fizesse algo na conferência?

Hannah meneou a cabeça.

— Não exatamente. Disse que nos falaríamos por telefone. Sei que ele quer saber como estaremos nos saindo por lá.

— Então vai ligar para ele de Gleneagles? — perguntou Liz, tentando manter a tensão longe da voz. Se Hannah tivesse o número do celular de Danny, poderia rastrear a localização do aparelho... e a dele.

— Não — disse Hannah. — Ele disse que vai me ligar. Creio que não disse quando — acrescentou, pressentindo o que Liz desejava saber. Sorriu apaticamente.

"Droga", pensou Liz. Kollek poderia estar em qualquer lugar, e ela não tinha como encontrá-lo. Mas se não ia para Gleneagles, então o que estava aprontando? Sophie agora entrara na cozinha e, embora estivesse ocupada no fogão, começando o refogado, Liz podia ver que ela escutava com atenção.

Hannah suspirou de repente.

— Sinceramente, vocês duas ficam agindo como se Danny tivesse planos terríveis para mim. Primeiro você pensou que fosse um gigolô, Sophie; agora as duas agem como se ele fosse algum tipo de espião.

Liz ignorou o comentário e perguntou:

— Danny já partiu para Israel?

Hannah olhou para Sophie, que se mantinha de costas para as duas.

— Ainda não. Na verdade, nos veremos depois de amanhã. Iremos a um concerto à hora do almoço na igreja de St. John em Smith Square.

— Deve ser bom — disse Liz, pensando em se lembrar de conversar com o A4 logo pela manhã.

CAPÍTULO 44

Dois dias depois, às 14h30, Liz estava na sala de controle do A4 na Thames House, sentada em um velho sofá de couro que era mantido especialmente para oficiais encarregados que quisessem ouvir sobre como suas operações estavam indo. Aquele era o domínio de Reggie Purves, o controlador do A4, e as regras eram estabelecidas por ele. Oficiais encarregados podiam entrar, desde que ficassem quietos. Se Reggie precisasse da contribuição deles, pediria. Que Liz estivesse lá era um sinal do quão preocupada estava com Kollek. Normalmente teria deixado a operação de vigilância com os especialistas e esperado até mais tarde pelo retorno.

A equipe de Denis Rudge tinha apanhado Kollek ao sair do concerto à hora do almoço na St. John e o acompanhava enquanto caminhava com Hannah em direção às Casas do Parlamento.

Liz ouviu as conversas entre a equipe e a sala de controle quando Hannah e Kollek alcançaram a estação de metrô de Westminster, onde compraram bilhetes da máquina e desceram a escada rolante, com o A4 no rastro deles.

Cinco minutos depois veio um relatório do agente de ligação na superfície de que ambos haviam saído na estação Embankment e mudada para a Northern Line. Mais dez minutos de espera, então uma transmissão adicional passou a informação de que Kollek saíra na Leicester Square e mudara para a Piccadilly Line, rumando para oeste na direção do Heathrow. Hannah ficara na Northern Line e, como orientadas, as equipes a deixaram ir, e se concentraram em Kollek. Wally Woods e sua equipe estavam no trem com ele. Equipes de apoio em carros já estavam bem adiantadas a caminho do Heathrow, prontas para encontrá-lo caso saltasse lá e acompanhá-lo se entrasse nos terminais do aeroporto.

Em resposta à pergunta de Liz, veio a informação de que Kollek não levava nenhum tipo de bagagem.

Liz sabia que era uma perda de tempo ficar sentada na sala de operações a tarde inteira, apenas esperando para ver o que acontecia. Não havia nada que pudesse fazer, então saiu dali e voltou para seu escritório, tendo extraído uma promessa de Reggie Purves de que ele lhe ligaria imediatamente se algo importante acontecesse.

Ela tinha acabado de sentar à escrivaninha quando Charles enfiou a cabeça pela porta.

— Estou realmente preocupada com Kollek — disse tão logo o viu. — Peggy não está conseguindo chegar a lugar nenhum com rapidez. Não conseguiu nada com o FBI e ainda está esperando notícias dos europeus. Disse a ela que não poderia fazer perguntas em Israel. Agora o A4 está com Kollek no metrô, aparentemente indo para o Heathrow. Acha que ele está deixando o país? Ele disse a Hannah que não vai à conferência, mas parece ter arrumado para que ela vá com algum tipo de delegação de paz. O que acha que está acontecendo, Charles? A conferência é na próxima semana e estou com um péssimo pressentimento sobre isso.

— Faço tanta ideia quanto você do que está acontecendo — replicou ele. — Mas também não gosto do aspecto disso e estou achando que é hora de conversarmos com os israelenses.

— Mas Charles... Você não pode. Prometemos a Ty Oakes que não o faríamos.

— Bem, só precisamos persuadi-lo a mudar de ideia.

Ela o encarou com surpresa e pela primeira vez notou o quanto ele parecia pálido e abatido.

— Charles, você está bem? Parece bem cansado.

— Não exatamente — respondeu ele, sentando-se pesadamente à cadeira de visitante. — Há algo que quero lhe contar. Foi por isso que vim. — Fez uma pausa e desviou o olhar. — É Joanne. Ela está morrendo. O médico disse que agora não falta muito.

— Oh, Charles. Lamento muito — disse Liz. Ela estava mortificada. Estava tão focada em seus próprios problemas que nem notou como ele estava angustiado. — Quanto tempo? — indagou com hesitação, sem realmente querer ouvir a resposta.

— Não sei. É questão de semanas, eu acho. Não mais do que isso. Podem ser dias. Ela está muito fraca agora. Passa a maior parte do tempo na cama.

Liz estendeu a mão e tocou-lhe o braço.

— Oh, Charles — repetiu. — Que terrível. Tem algo que eu possa fazer para ajudar? — perguntou, sabendo que não havia.

Ele meneou a cabeça, olhando para baixo, e seus olhos se encheram de lágrimas. Depois de alguns segundos, ele pareceu se recobrar e ergueu a cabeça, piscando para se livrar das lágrimas.

— Então ficarei em casa a partir de agora até o fim. Ela precisa de mim lá, os meninos também. Lamento muito ter que deixá-la na mão.

— Eu dou conta — declarou, embora algo parecido com pânico apertasse seu estômago quando percebeu o peso da responsabilidade que recaíra sobre ela.

— Tyrus Oakes está de volta à cidade. Você precisa ir vê-lo e persuadi-lo de que chegou a hora de conversarmos com o Mossad. Falei com Geoffrey Fane e pedi que fosse com você. Não me entenda mal, mas acho que há uma chance melhor de persuadi-lo se Geoffrey estiver lá também. Você conheceu Oakes, e garanto que sabe do que estou falando.

Ela fez uma careta, mas sabia que ele estava certo. Oakes com todo o seu charme sulista era um tipo durão que achava que podia sobrepujar alguém que era muito mais jovem e mulher. Ela provavelmente teria tudo ao seu modo no fim, reconheceu, mas seria muito mais rápido e simples se pudesse contar com Geoffrey Fane.

— Boa sorte — disse Charles. — Tenho toda a confiança em você. Estarei ao lado do telefone sempre que precisar me ligar, e o diretor-geral disse para mantê-lo bem informado sobre o que está acontecendo. Ele irá garantir que você consiga qualquer apoio que precise. Sei que você e Geoffrey Fane não têm um relacionamento dos mais fáceis, eu nem sempre estou de acordo com ele também, como você sabe, mas ele é um verdadeiro profissional e tem você em alta conta, então o consulte também. Estou certo de que pode confiar nele para ajudar em uma crise.

Liz assentiu, pensando que era a primeira vez que Charles realmente revelava algo sobre sua opinião a respeito de Geoffrey Fane.

— Bom, é melhor eu ir andando agora — disse, levantando-se.

Liz se levantou também, e os dois se encararam sem jeito por um segundo ou dois, depois ele estendeu a mão para pegar a dela.

— Sabe, fico muito contente que tenha conhecido Joanne, Liz. Ela gostou muito de você.

— Fico contente também — afirmou ela, fitando-o. Ele se virou e saiu da sala.

Depois que ele se foi, Liz se sentou novamente à escrivaninha, pôs a cabeça nos braços e chorou.

Foi só quando ela estava de volta em casa, em Kentish Town, considerando o que comer no jantar, que Reggie Purves ligou. Kollek saíra do metrô no Heathrow. Tinha ido ao balcão da El Al no Terminal Um. Devia ter um bilhete ou mostrado algum tipo de passe porque o deixaram passar para o embarque. Quando o A4 conseguiu contato com a Divisão Especial no terminal para liberá-los para o embarque também, não o viram em lugar algum. Procuraram em todas as lojas, restaurantes e saguões abertos. A parceira de Wally, Maureen Hayes e um oficial da Divisão Especial foram ao saguão da El Al também, mas não havia sinal dele por lá e ninguém admitiu tê-lo visto. Nenhum voo da El Al para Israel tinha partido ainda, então ou ele tinha saído do aeroporto ou entrado em outro voo.

— Vamos esperar até o voo da El Al partir. O embarque é às 21h05 e podemos ver se ele aparecer no portão. Mas depois teremos que nos retirar ou precisaremos alocar algumas equipes novas. Isso pode ser um problema porque temos vários destacados para contraterrorismo esta noite.

— Obrigada — disse Liz. — Vigie até terminarem o embarque e, se ele não aparecer, retire-se e vamos apenas presumir que o perdemos.

— OK — replicou Reggie.

Liz colocou o telefone no gancho e serviu-se de uma taça de vinho. Sabia com uma sensação penetrante que Kollek lhes escorregara pelos dedos. Ele não apareceria para o voo, e agora eles não tinham ideia de onde ele estava ou do que estava fazendo.

Às 21h30, o telefone tocou. Ela estava certa. Kollek não embarcara. Droga.

CAPÍTULO 45

Andy Bokus estava de saco cheio. A última coisa que queria era outra visita dos britânicos e, se Ty Oakes não estivesse na cidade espiando por cima do seu ombro, ele os teria enganado. Já não tinham tirado o bastante da pele de Bokus?

Ele sentia que tinha se feito passar por estúpido. Lamentava ter sido pego pela vigilância do MI5 com Danny Kollek. Mas não tinha razão para pensar que estariam observando o israelense. Afinal Kollek não havia sido declarado e suas operações eram discretas o bastante para não atrair a atenção do MI5. Ou ao menos, era o que ele contara a Bokus.

Agora o americano tinha que refletir. Continuava perguntando a si mesmo o que a princípio colocara o MI5 atrás de Kollek.

Talvez pudesse descobrir isso hoje; devia haver algo de útil que pudesse arrancar daquele encontro.

Olhou sem apetite para a fatia de pão doce no prato e tomou um gole descuidado do café, praguejando ao queimar a língua. Estava sentado no restaurante da embaixada, praticamente deserta no meio da manhã. Chegou ao escritório antes das 8h, mas estava agitado demais para tomar o café da manhã.

Perguntava-se o que os britânicos teriam feito do material que Kollek fornecera. Não muito, supôs ele. Era coisa sem importância. Sabia disso, mas esta não era a questão. Era preciso pensar a longo prazo, e, nesta escala, Kollek era potencialmente um dos agentes mais importantes que a CIA já tivera. Era ridícula a ideia de comprometer tudo isso porque os britânicos estavam em pânico devido a uma conferência de paz que ninguém sequer acreditou por um minuto que fosse chegar a algum lugar.

Ao menos Miles Brookhaven estava longe, então não tinha que suportar encontrar os britânicos com aquele almofadinha imbecil a reboque. Lembrou-se do quanto o menino da Ivy League parecera satisfeito consigo mesmo quando Ty Oakes relatou o desastre Kollek. Interessado e superior ao mesmo tempo. Bokus nunca tinha sido fã de Miles Brookhaven, mas agora efetivamente o detestava. Conseguira se livrar dele temporariamente acelerando a viagem anual do agente júnior para a Síria. Bokus alegara que poderia ser útil, dada a iminência da conferência de paz, embora isso fosse apenas uma desculpa para tirá-lo do seu pé.

Agora Fane e a tal Carlyle haviam pedido aquela reunião, e ele estava preocupado com a possibilidade de terem descoberto mais alguma coisa para seu descrédito. Sua reputação em Langley era alta, desde as bombas em Madri, quando se saíra tão bem. Não estava acostumado a ser pego constrangedoramente por seu país anfitrião.

Sentia-se no limite ao olhar o relógio — os britânicos estavam para chegar a qualquer minuto. Podia até suportar Fane: toda aquela coisa de classe alta britânica o irritava e ele tinha bastante certeza de que Fane se considerava superior tanto intelectual quanto socialmente. Também era irritante quando Fane bancava o amador talentoso, cujo trabalho de inteligência era apenas mais um de seus hobbies, como pescar com mosca ou colecionar livros raros. Mas por trás daquela fachada tranquila e cínica, Bokus sabia que Fane era um profissional — o que significava que era um cara com quem se podia fazer negócios.

Aquela Carlyle, por outro lado, era mais difícil de ler. Não tinha nada do esnobismo ou da afetação de Fane e, à primeira vista, parecia ser muito mais objetiva e direta. Porém era difícil saber o que estava acontecendo com ela, o que estava realmente pensando. E havia algo implacável também, um tipo de tenacidade que Bokus considerava desconfortável, particularmente quando ele era o alvo. Ela precisava ser observada, como dissera a Miles Brookhaven.

"Ah, diabos, me dá um tempo", pensou Bokus, suspirando cansado, enquanto se levantava para ir à reunião. Se tivesse tomado um pouco mais de cuidado, como teria feito em qualquer outro lugar, os britânicos nunca teriam descoberto sobre ele e Kollek. Esperava que estivessem vindo hoje para falar de Gleneagles, não daquele maldito israelense novamente.

Quando adolescente, Liz ouviu a avó dizer para tomar cuidado com o tipo de rapaz que "não era seguro em táxis". Geoffrey Fane antigamente teria se encaixado perfeitamente ao modelo. Mas naquela manhã, enquanto o via sentado melancólico e ligeiramente curvado no canto do táxi preto que a apanhara na Thames House, ele parecia deprimido demais para servir de ameaça. Ele mal respondeu quando Liz levantou o assunto da iminente reunião em Grosvenor Square, resmungando seu consentimento quando ela esboçou a abordagem que queria tomar.

Enquanto seguiam pelo Mall, passado o palácio de Buckingham, ele deu um suspiro alto.

— Pena Miles Brookhaven não estar lá. Presumo que esteja no exterior.

— Sim. Ele está na Síria.

— Rapaz bem elegante e esperto, não? — perguntou Fane causticamente. Como Liz não respondeu, ele olhou com tristeza pela janela.

Vinte minutos depois, quando a reunião começou, Liz estava aliviada por ver que Fane saíra de seu mau humor. Aquela era a característica compensadora do sujeito: você pode ficar enfurecido com seu sigilo exagerado, seus modos manipuladores, sua arrogância, mas nunca existia dúvida quanto ao seu comprometimento profissional. Ou sua competência.

Ela explicou a ausência de Charles Wetherby aos dois americanos, prometeu repassar suas mensagens de simpatia e suportou o papo-furado sobre o persistente clima quente, enquanto se encaminhavam à sala protegida. Lá dentro, o ar-condicionado, zunindo alto, tornara a bolha isolada um congelador.

Fane deu o chute inicial, cruzando a perna languidamente e dizendo:

— Desculpe incomodá-los, cavalheiros, mas achamos que uma reunião rápida antes do início da conferência de Gleneagles poderia ser útil. — Acrescentou enfaticamente: — Especialmente sabendo que Miles Brookhaven está no Oriente Médio.

Bokus respondeu.

— Claro. Eu o despachei para ver se há algo de útil para ser obtido por lá.

— Bem, o que está acontecendo aqui é o que mais nos preocupa no momento — declarou Fane indulgentemente. — Elizabeth?

Liz se inclinou à frente, preocupada em sustentar seus propósitos sem ambiguidade.

— Ficamos muito preocupados com Danny Kollek. Sim, reconhecemos a delicadeza do assunto, mas o fato é que duas pessoas que nos informaram estar trabalhando contra os sírios estavam na verdade trabalhando *para o Mossad*. E acontece que sei que um deles, Christopher Marcham, estava em contato com Kollek porque eu mesma vi Kollek do lado de fora da casa de Marcham. — Ela encarou Bokus. — Relatei isto por completo a Miles.

Bokus deu de ombros de forma cansada.

— É, eu sei. Mas não significou muito para mim. Nunca tive muita fé na ideia de que os dois sujeitos estavam trabalhando contra os sírios. Me pareceu uma clássica informação errada.

— Talvez — concedeu Liz. — Mas informação errada de quem? A lista que você nos deu dos contatos de Kollek no Reino Unido não incluía Marcham. E antes disso, quando Geoffrey falou sobre os dois nomes que recebemos, você disse que também não tinha ouvido falar deles.

— Não tinha — disse Bokus com agressividade. — Do contrário eu teria dito quando Geoffrey veio nos contar que eles eram os alvos. É por isso que tenho certeza de que Kollek não tinha nada a ver com eles ou os teria listado como contatos que estava agenciando.

Ninguém falou. Liz viu Tyrus Oakes baixar o olhar para estudar a gravata — outro item de listras reversas. Bokus olhou ao redor com uma expressão perplexa.

— Qual o problema? — perguntou.

Liz olhou para Fane, imaginando se deveria dizer o que todos estavam pensando. A contínua inspeção da gravata por Tyrus Oakes dizia muito.

Enfim Fane disse friamente:

— Talvez Kollek não quisesse que você soubesse.

Liz pensou por um momento que Bokus fosse explodir. As bochechas dele se tornaram roxo-escuras e ele começou a sacudir a cabeça.

— De jeito nenhum — exclamou enfaticamente. — Kollek era franco; nunca ousaria encobrir informação de mim. Havia muito em jogo para ele. Se os colegas no Mossad sequer suspeitassem de que estava conversando conosco, sua carreira não valeria 5 centavos. Teria ido para a prisão; pensem no que aconteceu com Vanunu.

O cientista que, tendo revelado a um jornal britânico sobre a capacidade nuclear de Israel, foi atraído para a Itália em uma clássica "armadilha de sedução", depois sequestrado à semelhança de Eichmann e levado de volta para Israel, onde foi julgado e sentenciado, e por fim passou 18 anos na solitária.

— Escute — acrescentou Bokus rudemente, apontando um dedo acusador para Liz —, já agenciei mais recursos do que o número de cafés da manhã que você já tomou. Sei quando um recurso está encobrindo informação, e este cara não estava.

— Então onde ele está agora? — perguntou Liz.

— Ele disse que estava indo para Israel. Deve ser onde está agora. Sei que ele não estaria no país durante a conferência de paz. Se for aí onde quer chegar.

Liz falou com deliberada brandura.

— Me parece que Kollek nem sempre conta a você a verdade sobre sua localização.

— O que isto quer dizer?

— Quando nos encontramos na Thames House, você me contou que Kollek esteve fora por algumas semanas. Mas ele não esteve fora, andava se dedicando a uma mulher chamada Hannah Gold aqui em Londres. Kollek flertou com ela no teatro no dia em que você disse que ele estava em Israel.

— Pelo amor de Deus! — exclamou Bokus, exasperado. — Não sou a maldita babá dele. Não o vigio todos os dias.

— Precisamos saber onde ele está agora. — Liz sentia que se não tomasse cuidado sua própria irritação se equipararia à dele. Isto seria um erro. Então falou tão calma quanto pôde: — Já que não pode nos dizer, acho que só nos resta uma opção.

— E qual seria?

— Precisamos falar com o Mossad.

— Não! — gritou Bokus.

Ela se voltou para Oakes.

— Prometemos não seguir este caminho, mas não vemos qualquer outra escolha. É por isso que estamos aqui. Acreditamos que Kollek possa representar algum tipo de perigo iminente. Ainda não sei exatamente o quê.

Fane agora interveio. Disse apaziguadoramente:

— Obviamente, Ty, se estivermos enganados quanto ao assunto, pediremos desculpas. Mas creio que apoio Liz nisto. Precisamos ter certeza.

— Mas eu *tenho* certeza — disse Bokus, em um meio uivo.

Liz o ignorou e falou diretamente com Oakes. Era difícil ler o que ele estava pensando.

— Do nosso ponto de vista, duas pessoas supostas de serem uma ameaça à Síria e à conferência de paz estavam trabalhando para o Mossad, e ao menos uma delas era agenciada por Kollek. Garanto que é verdade, eu mesma vi Kollek na casa de Marcham. E agora Marcham foi encontrado morto, sob circunstâncias suspeitas. Não sabemos o que qualquer destas coisas significa, mas não podemos ignorá-las. E como a conferência está tão próxima, a coisa toda se tornou desesperadamente urgente.

Bokus fitava Oakes em busca de apoio, mas, para o alívio de Liz, Oakes assentiu, para demonstrar que aceitava o argumento. Bokus ficou mais agitado.

— Ty, não podemos. Quer que os britânicos contem ao Mossad que estávamos agenciando um dos seus oficiais? Pense no estrago que vai ser. Kollek *é* nosso. Estou certo disso.

— Acalme-se — disse Fane sem alteração. Agora só olhava para Oakes. Liz percebeu que Bokus fora relegado à condição de observador; Oakes seria o juiz.

Fane prosseguiu:

— Esta é a má notícia. Mas ficaríamos contentes se vocês fizessem a abordagem com os israelenses. O Mossad é muito mais passível de se relacionar com vocês, amigos, do que conosco. E desta forma, vocês podem controlar o quanto o Mossad vai descobrir sobre suas transações com Kollek. Só o que queremos é a garantia de que o Mossad tem Kollek sob controle, que sabem onde ele está, e que possam nos atestar que ele não está em posição de causar qualquer dano a Gleneagles.

Bokus estava olhando atentamente para Tyrus Oakes. Mas Oakes não estava olhando para ele; olhava diretamente para Fane.

— OK, Geoffrey. Vejo que tem razão.

Bokus meneou a cabeça em desgosto.

Liz disse:

— Miles Brookhaven já está em Damasco e sabe tanto quanto nós da situação. Ele poderia fazer isso?

— Claro que não — disse Bokus, olhando desesperadamente para Oakes.

Mas não havia ajuda vindo daquele canto.

— Faz sentido — disse Oakes. Fitou Bokus, e desta vez havia um toque de raiva em seus olhos. — Quem mais posso enviar, Andy? Não posso enviá-lo para conversar com os rapazes em Tel Aviv, posso? Não com você ainda insistindo que Kollek é um dos mocinhos.

CAPÍTULO 46

O tempo estava se esgotando. Só faltavam cinco dias até o começo da conferência, e Liz não estava chegando a lugar nenhum na procura de Kollek.

Então, exatamente quando pegava sua caneca de chá da tarde, chegou sobre sua escrivaninha o relatório de Miles, de Tel Aviv, marcado URGENTE. Vinte minutos depois ela ainda estava lendo, enquanto o chá permanecia intocado.

Por sugestão de Teitelbaum, tinham se encontrado, não nos escritórios do Mossad, mas em um café na esquina de uma pequena praça em Tel Aviv.

Seu equivalente em Damasco, pensou Miles, que tinha chegado na noite anterior da Síria, teria sido uma cabana escura, apertada, imunda, fétida — e cheia de charme. Aquele café era limpo e arrumado, com mesas de metal e cadeiras de alumínio, e tremendamente impessoal.

Tinha tomado uns drinques na noite anterior com Edmund Whitehouse, o chefe de base do MI6 em Damasco e, com a ajuda da descrição que lhe dera, Miles localizou o israelense imediatamente. Teitelbaum estava sentado em uma mesa externa, sob a beira do toldo do café, metade sob e metade fora do sol. Vestia uma camisa cáqui de manga curta, aberta no pescoço — o uniforme informal dos israelenses desde generais a empresários —, fumava um pequeno charuto marrom e falava ao celular. Olhando para Teitelbaum, sentado ali com os antebraços poderosos apoiados sobre a mesa, a cabeça careca reluzindo sob o sol brilhante da manhã, Miles pensou que ele era a imagem perfeita de Nikita Kruschov.

Teitelbaum pôs o celular no bolso e levantou-se enquanto Miles se aproximava da mesa. Apertaram as mãos e Miles sentiu a mão do homem apertar a sua com força momentânea, depois relaxar com a mesma rapidez. *Viu*, o gesto parecia dizer, *poderia esmagá-lo se quisesse*.

Miles pediu um espresso ao garçom, depois disse:

— Obrigado por me ver.

Teitelbaum acenou a mão sem interesse. Depois perguntou:

— Veio de Washington?

— Não. Vim de Damasco. — Não mentiria; a velha raposa sabia perfeitamente bem de onde ele viera.

Teitelbaum assentiu.

— Ah, nossos vizinhos. — Ele ergueu um braço, e Miles pôde ver uma lasca de tecido rosa cicatrizado, correndo em um leve crescente debaixo do pelo escuro encaracolado de seu antebraço. — Sempre quis ver o país que me deu isso. Minha relíquia da Guerra dos Seis Dias. — Ele olhou sem emoção para Miles — Agora me diga como posso ajudar você e o Sr. Tyrus Oakes.

Do outro lado da praça, um homem saiu de uma joalheria. Ele estava abrindo a loja, e inclinou-se para destrancar a grade de aço semelhante à gaiola que protegia a vitrine. Miles respirou fundo e disse:

— Quase dois meses atrás recebemos notícias de uma potencial ameaça à conferência de paz que começa na semana que vem na Escócia. Soubemos que dois indivíduos no Reino Unido estavam trabalhando para minar a participação dos sírios na conferência.

Miles não sabia dizer o quanto disso era novidade para Teitelbaum, mas ao menos ele estava ouvindo com cuidado. Miles prosseguiu:

— Um destes homens é um empresário libanês estabelecido em Londres. Outro era um jornalista britânico, assíduo no Oriente Médio.

— Você disse que ele *era* jornalista?

— Isso mesmo. Ele está morto. Aparentemente por acidente, embora algumas dúvidas tenham sido expressadas.

Teitelbaum franziu os lábios.

— O que estes homens deviam estar fazendo para prejudicar a Síria e afetar a conferência?

— Não está claro, e talvez nunca se descubra. O libanês encontra-se sob custódia agora, está enfrentando acusações sobre suas negociações comerciais, nada relacionado a esse assunto. Mas é conveniente do nosso ponto de vista que ele esteja preso.

— Sim — disse Teitelbaum, assentindo lentamente como um Buda. — Posso entender. E o outro camarada está ainda mais fora do caminho.

"Agora vem a parte difícil", pensou Miles, e esperou enquanto o garçom servia seu pequeno espresso.

Miles bebericou o café — estava amargo e escaldante. Ele pôs dois cubos de açúcar e mexeu a xícara enquanto reunia seus pensamentos. Podia ver o joalheiro do outro lado brigando inutilmente com a tranca da grade, depois fazer um gesto de irritação e entrar na loja.

— Investigando-se estes dois homens, descobriu-se que os dois alegaram estar trabalhando para seu serviço e um deles tinha ligações com um membro de sua embaixada em Londres.

— Ah — disse Teitelbaum, como se não houvesse nada de incomum nisso. — Quem era?

— O nome dele é Daniel Kollek.

Ele observou o rosto de Teitelbaum em busca de uma reação. Não houve nenhuma, o que Miles assumiu como uma reação em si. Teitelbaum disse lentamente:

— Acho que talvez tenha ouvido o nome. Mas por outro lado, é um nome famoso neste país, lembra o prefeito de Jerusalém.

— Kollek é agregado à delegação comercial, aparentemente.

— Verdade? — indagou Teitelbaum com tamanha demonstração de surpresa que Miles ficou tentado a perguntar se ele tinha feito teatro. — Mas o que um oficial de comércio tem a ver com estes homens? Um empresário libanês e um jornalista.

"Ele vai me fazer suar, pensou Miles." "Cada passo do caminho."

— Pensei que talvez pudesse me contar.

— Eu? — Agora a surpresa era ainda mais dramática. — Sou apenas um agente da inteligência a seis semanas da aposentadoria, pronto para voltar para minha casa em um kibbutz. O que eu poderia saber?

Miles ignorou isso: Edmund Whitehouse lhe contara que Teitelbaum estava proclamando sua iminente aposentadoria nos últimos dez anos. Do outro lado da praça, o joalheiro reapareceu com outro homem, e os dois se puseram a trabalhar no gradil recalcitrante.

Teitelbaum disse claramente:

— Diga-me, quem descobriu este suposto conjunto de conexões? Vocês ou os britânicos?

— Andamos trabalhando juntos nisso — respondeu Miles impassivelmente. "O que os britânicos gostavam de dizer? Mantenha-se firme. Bem, estou tentando", pensou Miles, sentindo que do contrário Teitelbaum se esforçaria para colocar uma divisão entre Estados Unidos e Reino Unido usando o próprio argumento de Miles.

— Ari Block não mencionou nada disso — disse Teitelbaum. Block era o chefe da base do Mossad em Londres, como Miles bem sabia.

— Não conversamos com Ari Block.

— Estou surpreso. Me parece que se o MI5 imaginasse que havia um agente do Mossad não declarado trabalhando em Londres, levantaria o problema com o Sr. Block imediatamente. Porém, em vez disso, você está aqui, numa missão confidencial arranjada pelo próprio Tyrus Oakes.

— Sim, mas estou representando os britânicos também. Estou aqui com a bênção deles.

— Ah — disse Teitelbaum com uma apreciação infantil que não escondia sua zombaria —, que *embarras de richesse*, Sr. Brookhaven: ter a autoridade de Langley e uma bênção britânica. — Ele fechou os olhos, como se transportado pela completa alegria do cenário. Quando os abriu, deu olhada cética em Miles. — Não sonharia duvidar de você, Sr. Brookhaven, mas preciso dizer que seu relato é... intrigante. E não vejo por que isso deve envolver minha organização.

— Ah, isso é bastante simples: não acreditamos nem por um momento que Kollek seja apenas um oficial de comércio. E temos certeza de que estava agenciando Marcham. — Quando Teitelbaum começou a interrompê-lo, Miles o impediu. — Mas isto não é tudo, Sr. Teitelbaum. No decorrer desta investigação, alguém tentou matar um oficial encarregado do MI5 que estava dirigindo o lado britânico das coisas. Também chegaram bem perto de obter sucesso.

— Poderiam ter sido os sírios — protestou Teitelbaum, embora parecesse surpreendido com a notícia. — Eles nunca foram conhecidos pelo comedimento.

Miles não estava conseguindo nada. Meneando a cabeça intensamente, disse:

— Não neste caso. Havia uma presença síria com a qual estávamos preocupados: mandachuvas treinados. Mas deixaram o Reino Unido agora e foram seguidos de perto enquanto estavam lá. Não, a tentativa de assassinar o oficial encarregado possuía todas as características de um esforço individual.

— E está acusando Kollek? — perguntou Teitelbaum severamente.

— Não estou acusando ninguém. Mas estamos preocupados. E se Kollek é um dos seus, como acreditamos ser o caso, então queríamos que soubessem de nossas preocupações.

— Na esperança de que eu possa de alguma forma oferecer tranquilidade? — Havia um desafio em sua voz.

— Sim — respondeu Miles. Não havia razão para negar.

Teitelbaum ficou em silêncio por quase um minuto. Esticou os dedos de uma mão, olhando para as unhas. Então, por fim, disse:

— Vamos brincar com hipóteses por um momento, Sr. Brookhaven. Vamos supor, por exemplo, que há algo nesta sua ideia de que Danny Kollek não é simplesmente um adido comercial. Mas isto não explica sua preocupação, explica? Estes dois homens que você mencionou tiveram ligações com o Oriente Médio... podia muito bem ser que soubessem de coisas que interessariam alguém como Kollek, presumindo, como digo, em prol do argumento, que ele tinha interesses complementares aos seus deveres normais de embaixada. E certamente não há razão para pensar que ele teria algo a ganhar tentando matar um agente do MI5; a ideia é insana. Então o que é que você quer saber sobre o Sr. Kollek?

Miles pensou por um momento; estava determinado a não se deixar dissuadir por aquele brutamonte esperto. Disse cuidadosamente:

— O bizarro neste caso é que não sabemos se a pessoa por trás disso está trabalhando para ferir os sírios, para ferir outros países ou ambos. Estamos certos de que a pessoa em si não é síria, mas o que quer que o esteja motivando tem a ver com o país. Então o que eu gostaria de saber sobre Kollek é se ele tem algum tipo de conexão com a Síria. Sei que é um tiro no escuro, mas é isto.

O silêncio se colocou entre os dois, e por um momento Miles ficou convencido de que Teitelbaum não responderia sua pergunta. Miles viu que os homens do outro lado da praça ainda estavam brigando para abrir as grades. Havia algo quase de ridículo em seus esforços contínuos.

Teitelbaum pareceu se decidir. Olhou para Miles de forma imparcial, e disse simplesmente:

— Deixe-me contar uma história.

CAPÍTULO 47

Liz continuou lendo, completamente absorta pela prosa lacônica de Miles. Ela mesma estava lá, sentada naquele café em Tel Aviv, ouvindo a voz rouca de Teitelbaum contando sua história simples, mas assombrante.

O avô de Danny Kollek, Isaac, era um sírio judeu. Um mercador, que negociava tapetes e especiarias, e quase qualquer coisa que mantivesse sua lojinha na antiga cidade de Aleppo. Ficou na Síria após a guerra e sobreviveu aos levantes assassinos contra os judeus naquela cidade em 1947, quando sinagogas foram queimadas e lojas, incluindo a de Isaac, destruídas.

A vida por fim retornou a um aspecto de normalidade. Jamais próspero, Isaac mesmo assim ganhava a vida e foi capaz de sustentar a esposa e o filho único, chamado Benjamin.

Mas depois do episódio de Suez, o clima de repente mudou outra vez. Isaac se descobriu o objeto de um boicote não oficial dos residentes locais, tanto muçulmanos quanto cristãos, e objeto de assédio do próprio governo. Ficando cada vez mais ansioso e temendo o pior, mandou a esposa e o filho para Israel, onde se assentaram em Haifa e esperaram que Isaac viesse se juntar a eles. Ele ficou para trás para tentar vender seu negócio e também, como Teitelbaum agora reconhecia, "nos ajudar".

Depois de seis meses, apenas três semanas antes do planejado para se unir à família em Israel, Kollek foi preso. Julgado por acusações de traição, foi considerado culpado e seis dias depois enforcado em praça pública diante de uma multidão silenciosa de residentes de Aleppo.

Depois disso, seu filho Benjamin, pai de Danny Kollek, cresceu em Israel e tornou-se um bem-sucedido varejista de bens eletrônicos em Haifa. Teitelbaum o encontrou uma vez, não muito depois do jovem Danny — recém-saído da universidade, tendo servido seus anos obrigatórios no exército — ser recrutado pelo Mossad. Em uma sociedade tão pequena, a natureza do trabalho de Danny era dificilmente secreta; o pai dele certamente sabia — contou a Teitelbaum que quando Danny se juntou ao Mossad foi o dia em que teve mais orgulho em sua vida. Porque seu filho estaria defendendo o estado em perigo, lar dos judeus? Nada disso, replicou Benjamin. Porque ele então estaria em posição de vingar a morte do avô.

Quando Teitelbaum terminou, Miles ficou sentado em silêncio por um momento. Depois exclamou baixinho:

— Quem dera soubéssemos disso antes.

Disse isso mais com lamento do que com raiva, mas os olhos de Teitelbaum reluziram.

— Queria que nos contasse algumas coisas também. Acho que sabe muito mais sobre Danny Kollek do que está deixando escapar.

— Por que diz isso? — perguntou Miles, pressentindo que estavam rumando para um território perigoso. A única coisa que Tyrus Oakes salientara no telegrama era que não devia admitir explicitamente que Kollek fora agenciado por Andy Bokus.

— Sorte? Coincidência? Não acredito nisso. Talvez seja um defeito de se pertencer à nossa mútua profissão. Mas é assim que sou. — Ele encarava Miles com olhos hostis. — Então a ideia de que vocês e a inteligência britânica se concentraram em Danny Kollek por causa da observação de dois homens ditos serem uma ameaça à Síria me parece, francamente, totalmente absurda.

Miles conteve o fôlego, não ousando falar. Teitelbaum deu um sorrisinho sardônico, que aumentou a tensão de Miles. Então o israelense declarou:

— Acho que sabe exatamente do que estou falando, Sr. Brookhaven. E se não sabe, então acho que descobrirá que seu chefe de base, Sr. Bokus, pode iluminá-lo.

"Você sabia sobre Kollek", pensou Miles, e uma nova onda de agitação o varreu. Havia lutado para fazer segredo de algo que Teitelbaum sabia há muito mais tempo que Miles.

Teitelbaum deu uma curta gargalhada guinchada, mas sem malícia.

— Você parece um coelho pego pelos faróis de um trator. Mas se anime, Sr. Brookhaven; eu mesmo não estou me sentindo tão esperto.

— Por quê? — perguntou Miles, esperançoso.

— Porque se o Sr. Andy Bokus sente que foi enganado, preciso admitir que sinto precisamente o mesmo. Ele pensou que estava agenciando Danny Kollek; eu pensei que Danny Kollek o estava agenciando.

— *O quê?* — Miles estava estupefato. Então o Mossad *pensava* que Bokus estava fazendo jogo duplo: Danny Kollek lhes dissera isso. Jesus, isto está se tornando um pesadelo, com indivíduos e agências inteiras manipuladas maestralmente por um titereiro tortuoso. Era difícil acreditar.

Parecendo igualmente perturbado, Teitelbaum fitou a xícara vazia, como se esperando encontrar ali algo que amenizasse seus problemas. Recostando-se, uniu as mãos e as pôs sobre o amplo estômago. Falou com melancolia:

— Mas agora vejo que fui tão idiota quanto, se assim posso dizer, seu próprio chefe na base de Londres.

— Por quê?

Teitelbaum suspirou pacientemente. Miles teve a súbita sensação de que aquele homem tinha visto mais aspectos da comédia humana do que ele sequer conseguiria. O israelense disse:

— Em parte por causa das coisas que me contou. Mas para o argumento decisivo, como acho que vocês americanos gostam de dizer, você teria que perguntar a Danny Kollek.

— Com prazer — disse Miles ansiosamente. — Podemos chamá-lo?

— Isso não será possível.

A animação de Miles murchou. Teria avaliado mal a conversa? Tinha começado a pensar que Teitelbaum estava do seu lado. Então notou a expressão no rosto do homem mais velho: ele parecia estar desfrutando de algum segredo.

Teitelbaum disse:

— Não estou sendo difícil, Sr. Brookhaven. É mais do que bem-vindo a conversar com Kollek... se conseguir encontrá-lo. Nós certamente não conseguimos.

— O que quer dizer?

— Apenas que Danny Kollek desapareceu. — Encarou Miles, todo o divertimento desaparecido. — Parece que temos um agente extraviado. — Neste instante houve um grande estrondo do outro lado da praça, e, olhando para lá, Miles viu o joalheiro parecendo triunfante, empurrando a grade destrancada contra a parede.

* * *

Quando Liz, em seu escritório em Londres, terminou de ler o relatório de Miles, viu como todos tinham sido feitos de bobos. Enganados por falsas ligações, alianças de mentira, manipulação astuta de rivalidades nacionais e entre agências. Tudo conduzido e encorajado por um homem. Quem disse que a era do Indivíduo estava acabada? Ela pegou a caneca de chá. Estava completamente fria.

CAPÍTULO 48

A embaixada israelense era uma mansão de reboco branco na extremidade da High Street Kensington da Kensington Palace Gardens, a praticamente um pulo do metrô. Liz levou 15 minutos para entrar. Teve a identificação solicitada duas vezes, foi revistada e escaneada, passou por um arco detector de metal, teve a bolsa examinada de cabo a rabo, e só depois disso tudo foi admitida em uma sala de espera.

Quando por fim alcançou uma sala contendo Ari Block, o chefe de base do Mossad em Londres, sentiu tanto surpresa quanto alívio por descobrir que ele era um homenzinho de aparência gentil, com voz macia e olhos pesarosos.

Sentaram-se a cada lado de uma mesa pequena e quadrada. Liz não estava iludida de que aquele fosse o escritório dele. Era claramente uma sala de reunião dispensada para visitantes que não se qualificavam para serem admitidos na base do Mossad em si. Ari Block não era um homem de afundar-se em conversinha social. A voz possuía uma característica sibilante, quase sussurrante, ao dizer:

— Meus colegas em Tel Aviv entraram em contato, então sei porque está aqui. — Um olhar doloroso surgiu em seu rosto gentil. — Infelizmente, não sei onde Danny Kollek está.

— Bem, isso significa que ninguém sabe — disse Liz. — Mas precisamos realmente encontrá-lo, para o bem de todos. Tenho certeza de que ouviu de Israel que temos boas razões para suspeitar que ele possa estar planejando algum distúrbio na conferência de Gleneagles. Não sabemos exatamente qual seria, mas na pior das hipóteses poderia ser algo bem terrível.

Ari Block assentiu e disse:

— Fui instruído a ser bem franco com você, Srta. Carlyle, mas preciso dizer que não conheço Kollek muito bem. Ele estava nominalmente na minha equipe e se comunica comigo quando julga adequado, o que preciso dizer que não é muito frequente. Mas, excepcionalmente, ele presta contas diretamente a Tel Aviv. Não é um arranjo que eu goste ou aprove. E pelo que entendi, parece que se provou desastroso.

— Este arranjo permitiu que ele escondesse bem as suas cartas?

— Sim. Apesar de se dar bem com os outros membros da minha equipe, ele não compartilha informações com eles e não é próximo de ninguém. Pode ser muito charmoso quando quer, mas há algo de reservado naquele homem. Um tipo de frieza, até. Para ser bem honesto com você, apesar de não gostar de ter um membro da minha equipe que não se reporte a mim, de certo modo é um alívio que eu não tenha responsabilidade por ele.

Liz disse:

— Estamos especialmente preocupados com a conferência de paz na semana que vem. Ele tem algum envolvimento com os arranjos para sua delegação?

Block a encarou e seu rosto corou de ansiedade.

— Envolvimento? Certamente que sim. Em nome da embaixada, ele está encarregado de todo o planejamento para nossa delegação e seu programa.

Liz sentiu a mandíbula tensionar involuntariamente.

— Então ele esteve em Gleneagles?

— Sim. Na semana passada.

— Ele foi sozinho?

— Não. Uma pessoa da equipe da embaixada e uma pessoa da minha equipe foram com ele. Espere um minuto — disse Block — e tentarei chamá-los. — Ele pegou um telefone sobre a mesa e falou com urgência em hebraico.

Enquanto aguardavam, Liz aproveitou a oportunidade para fazer mais perguntas sobre Kollek.

— Ele se socializa com outros membros da base ou da embaixada?

— Não que eu saiba.

— Onde ele mora?

— Em East Dulwich. — Block já tinha mandado dois homens revistar o apartamento, mas não encontraram nada incriminador e nenhum sinal de Kollek.

Ouviu-se uma batida na porta. Entrou uma mulher, robusta, de estatura mediana, um pouco mais velha que Liz, com rosto cansado, fadigado. Parecia nervosa ao se apresentar como Naomi Goldstein. Sem qualquer explicação, Ari Block contou a ela que queriam ouvir sobre a visita a Gleneagles. Ela pareceu perplexa, mas não fez perguntas e começou uma descrição detalhada minuto a minuto dos dois dias que passara lá.

Tiveram muito a fazer com todos os arranjos domésticos a serem confirmados, tudo desde camas a banheiros. Também tiveram que conhecer o resort para que pudessem falar à delegação sobre as instalações recreativas disponíveis para o tempo livre. Se tivessem algum, disse Ari Block, ressaltando que se a conferência corresse bem, todos estariam na verdade bem ocupados.

— E depois, claro — disse Naomi, quase que em uma reflexão tardia —, houve o planejamento do jantar.

— Que jantar é esse? — perguntou Liz.

— Ah — exclamou Naomi, como se tivesse falado fora de hora. Ela olhou para Ari Block.

— Está tudo bem, Naomi. Estamos trabalhando com a Srta. Carlyle — disse gentilmente. Voltou-se para Liz. — Decidimos oferecer um jantar para a delegação síria na noite antes do começo da conferência. Eu mesma comparecerei. Estamos mantendo isso em segredo, para que a imprensa não faça caso. A ideia é que se compartilhar o pão com alguém, será mais difícil querer causar qualquer mal. — Acrescentou: — Sem dúvida foi por isso que Judas saiu antes da ceia.

Liz sorriu.

— Vocês três ficaram juntos o tempo inteiro em que estiveram em Gleneagles? — perguntou ela a Naomi.

Naomi pensou por um momento.

— Não o tempo inteiro — disse ela enfim. — Danny saiu por conta própria duas vezes.

— Sabe o que ele foi fazer?

— Não. E achei que não era da minha conta perguntar. Uma vez ele disse que estava indo dar um passeio. Na outra vez, ele simplesmente não estava lá. — Ela estava pensando bastante, então Liz aguardou. De repente, Naomi ergueu a mão, como se para afastar algo que pudesse atrapalhar seu fio de pensamentos. — Houve algo de estranho na segunda vez. Foi antes do jantar, comemos no hotel na segunda noite. Na primeira noite, eu cozinhei na casa onde ficamos. De qualquer forma, Danny estava demorando a voltar na segunda noite, e eu estava preocupada com a nossa reserva no restaurante, não queria perdê-la. Oskar e eu saímos para o hotel, e eu imaginei que esbarraríamos com Danny no caminho. E sem dúvida o encontramos. Ele estava vindo na nossa direção ao longo da estrada, estava um pouco escuro, mas quando ele se aproximou, eu o vi penteando o cabelo, o que era estranho porque não é o tipo de homem que se vê fazendo isso em público. Quando todos nós entramos no hotel, onde estava claro, pude ver que o cabelo dele estava molhado. Quase como se tivesse tomado banho, mas não poderia, porque não estava vindo da casa.

— Estava chovendo?

— Não. O tempo estava bem aberto.

— Havia piscina por lá? Ele podia ter dado um mergulho.

— Foi o que pensei a princípio, mas ele não estava com sunga, toalha, bolsa ou qualquer coisa assim. Ele estava apenas de roupas comuns.

A sala ficou em silêncio. Todos os três pareciam estar pensando nas implicações do que Naomi tinha visto.

Por fim, Liz disse:

— Muito obrigada. Embora não soubesse dizer exatamente o que estava agradecendo. Ao menos agora sabia o que fazer em seguida.

CAPÍTULO 49

Liz estava morta de cansaço quando ela e Peggy entraram no carro que as levaria através do Tâmisa para o Battersea Heliport. Passava das 21h, e ela tinha passado o tempo desde que voltara da embaixada israelense para o escritório em um fluxo de telefonemas e reuniões. Mas ao afundar no assento do carro para a curta viagem, teve o conforto de saber que uma operação internacional estava a postos para impedir seja lá quais planos Kollek tivesse feito para estragar a conferência.

Liz começara com o diretor-geral, que concordara sem hesitação que, por ter visto Kollek e estar em melhor condição para descrevê-lo e identificá-lo caso fosse encontrado, Liz deveria ir para Gleneagles, levando Peggy como apoio. Na ausência de Charles, uma equipe de emergência fora reunida para guarnecer as coisas na Thames House, sob o comando de Michael Binding, o diretor de contraterrorismo. Não era uma boa escolha do ponto de vista de Liz; ela considerava Binding um chauvinista pomposo, embora não pudesse falar isso ao diretor-geral.

Durante a tarde, Binding reunira sua pequena equipe e todos foram instruídos por Liz. O próprio diretor-geral falara com o diretor do Mossad em Tel Aviv para conseguir seu apoio. Geoffrey Fane ligara para Tyrus Oakes, já de volta a Langley, e recebera consentimento de ter os americanos representados na equipe por um oficial sênior do FBI vindo da embaixada.

— Pode manter Andy fora disso, com minha bênção — dissera ele.

As equipes de segurança em Gleneagles foram contactadas e alertadas do risco de ameaça de um oficial extraviado do Mossad. As fotografias tiradas pelo A4 de Kollek nas arquibancadas do Oval foram enviadas, junto com algumas fotos oficiais do arquivo da embaixada israelense, que Ari Block lhe fornecera. Quando Liz e Peggy correram para casa a fim de apanhar roupas para alguns dias fora, estava montado o terreno para derrotar os planos de Kollek.

Mas quais planos eram esses, ninguém sabia. Ao subir no helicóptero militar, os rotores já rugindo e vibrando, Liz tinha a desconfortável sensação de que, mesmo com todo o apoio do mundo, ainda caberia a ela ser mais esperta que Kollek. Estava feliz por contar com Peggy para ajudá-la.

Quando o helicóptero circulou sobre as terras escuras de Gleneagles, iluminadas apenas por linhas de lâmpadas ao longo de passeios e trilhas, um ofuscante quadrado de luz subitamente apareceu abaixo. O helicóptero baixou devagar e pousou bem dentro da área de pouso, que ficava a quase 800 metros do hotel na margem do que parecia ser um campo de golfe.

Liz saiu rígida ao vento das lâminas do rotor, refletindo que, como quer que aquele hotel fosse normalmente, agora era efetivamente um campo armado. Um policial carregando uma carabina Heckler & Koch surgiu da escuridão e encaminhou Liz e Peggy para longe da corrente de ar do helicóptero que se erguia no céu novamente e voava rumo ao sul.

Em uma cabaninha de madeira, assentada no que parecia ser um campo de croqué, os documentos de Liz e Peggy foram examinados por uma policial que ofereceu um carro para levá-las até a casa compartilhada onde ficariam.

— Acho que vamos andando — disse Liz, contente por respirar ar fresco novamente.

— Como quiser — disse a policial. — Avisarei às equipes armadas de que vocês estão chegando, mas fiquem nas trilhas onde as luzes estão acesas. Todos estão sob alerta aqui; não queremos vocês sendo baleadas por acidente.

"Mas se for de propósito", pensou Liz ironicamente enquanto ela e Peggy saíam. Tinham deixado uma Londres que estava quente, um veranico tardio. Mas agora, naquela noite escocesa, havia uma friagem no ar que fazia as duas estremecerem um pouco enquanto andavam. O leve aroma fumarento de folhas queimando aumentava a sensação outonal.

Passaram pelo hotel e seguiram para o portão dos fundos, atravessando uma estradinha e entrando em um loteamento de modernas casas de pedra cercadas por abetos — casas compartilhadas durante os períodos normais. Elas conseguiram os dois últimos quartos restantes em uma das casas confiscadas pelo contingente de segurança preventiva do MI5.

As casas pareciam todas iguais, o que era confuso a princípio, mas felizmente Peggy, com sua costumeira eficácia, imprimira um mapa do site do hotel. Liz esperou em uma pequena ponte de pedra sobre um riachinho, respirando o ar com odor de pinho, enquanto a colega mais nova saía para conferir os números das portas e encontrar a casa delas. Peggy acenou, e Liz foi até ela. Tocaram a campainha. Nada aconteceu. Tocaram novamente e por fim a porta da frente foi aberta por um homem com uma toalha enrolada na cintura (e nada mais), seu cabelo uma massa preta encharcada.

Liz caiu na gargalhada.

— Olá, Dave.

Dave Armstrong trabalhara junto com Liz quando ambos estavam alocados em contraterrorismo. Tinham se tornado bons amigos; por um breve tempo, poderiam ter se tornado mais do que isso. Mas desde que Liz fora removida para contraespionagem, tinham perdido contato.

Agora Dave esboçava uma reação atrasada.

— Liz! Que diabos está fazendo aqui? Disseram para esperar mais duas pessoas, mas não falaram quem. E vejo que trouxe sua arma secreta também — acrescentou ele, com um aceno de cabeça amigável para Peggy.

— Também não esperávamos por você.

— Binding — disse ele, mal-humorado, referindo-se ao desafeto de Liz, e aparentemente agora o de Dave também. — Ele me transferiu para a segurança preventiva durante a conferência. Entrem, vou mostrar seus quartos.

Havia um quarto para Peggy e outro para Liz no andar térreo. Liz deixou a bolsa e se refrescou, depois foi ao andar de cima, onde Dave, então vestido, estava fazendo café.

— É muito confortável — observou Liz, juntando-se a Dave na cozinha. — Pena não estarmos aqui de férias.

— Garanto que faturam alguns trocados — disse Dave —, quando isto aqui não está sendo requisitado pelo governo de Sua Majestade. Temos belas vistas das montanhas por estas janelas à luz do dia. Os israelenses estão nas casas no fim desta fileira. — Ele apontou para os vizinhos. — O resto foi alocado para vários agentes de antiterrorismo e figurões militares.

Peggy subiu a escada, e eles se sentaram à mesa de jantar com suas canecas de café. Dave disse:

— Vocês duas criaram uma verdadeira confusão. Recebemos o relatório e as fotografias esta tarde. O velho chefe de polícia, que supostamente está encarregado daqui, já estava suando em bicas, mas agora está realmente se borrando.

— Ah, Deus. Ele vai ser um aborrecimento? — perguntou Liz.

Dave deu de ombros.

— Estou interessado no que você vai achar. Ele tem pavor de americanos, não gosta dos ingleses e age como se mulheres nunca devessem ter recebido direito a voto. Fora isso, ele é simpático.

— Está querendo dizer que ele é perfeitamente horrível — disse Peggy.

Dave sorriu — conhecia Peggy desde que ela se transferira do MI6, jovem, inocente e muito direta. Ele parecia contente por ela não ter perdido inteiramente estas qualidades.

— Não se preocupe. Nada com que sua chefe aqui não possa lidar. Garanto que o famoso charme dela vai vencê-lo pela persistência.

— Cale a boca, Dave — exclamou Liz.

— Então os israelenses já sabem que o colega ficou mal? — perguntou Dave. — Se esse tal de Kollek aparecer, supostamente vão agarrar o sujeito.

— Sim. Agora eles sabem. — Depois da visita de Liz a Ari Block, da conversa do diretor-geral com Tel Aviv e dos telexes que Teitelbaum garantira a Miles ter enviado, não poderia haver dúvida entre a delegação israelense de que Kollek tinha sumido.

— E os militares, o Ministério das Relações Exteriores e todo o pessoal de segurança aqui?

— Nosso amado Binding está organizando toda a coordenação de Londres, mas Peggy e eu daremos uma volta pela manhã para garantir que todos receberam informações corretas e saibam o que estão procurando. Ao menos o que temos até o momento — acrescentou com melancolia. — Agora vou para a cama. Foi um longo dia... e provavelmente amanhã será ainda mais longo.

O chefe de polícia encarregado da segurança geral da conferência era um homem alto, esquelético, nos seus 50 anos, vestindo um uniforme decorado com copiosa quantidade de insígnias e cordões prateados. Estava sentado a uma mesa grande em um posto de comando improvisado que fora estabelecido no salão de baile do hotel, lendo um documento de uma pilha de papéis. Atrás dele havia fileiras de policiais, alguns de uniforme, outros em roupas civis.

Liz reconheceu o homem como sendo Jamieson, da reunião no Escritório do Gabinete, uma ocasião que agora parecia ter acontecido há meses, não semanas. Sabia que o diretor-geral tinha ligado para alertá-lo de sua chegada e avisar que ela explicaria em detalhes a ameaça de Kollek, por isso ficou surpresa com os modos dele ao se apresentar, mesmo tendo sido avisada por Dave.

Jamieson mal ergueu os olhos dos papéis, dizendo:

— Apenas me dê um momento, por favor.

Irritada, Liz examinou os arredores, enquanto Jamieson continuava lendo. O piso do salão fora temporariamente coberto por tábuas e, espalhadas pelo cômodo, existiam várias mesas circulares, que pareciam serem utilizadas normalmente em uma sala de jantar. Cada mesa ostentava as iniciais das partes diferentes da operação de segurança que protegeria a conferência — a polícia local, o comando antiterrorista da polícia metropolitana, MI5, inteligência militar. Cada grupo possuía sua própria mesa, computadores, telefones, equipamento de comunicação e, em cada mesa, havia homens e mulheres casualmente vestidos digitando nos teclados, falando aos telefones e bebendo café. E estes eram apenas os elementos britânicos. O FBI e o Serviço Secreto estavam no cômodo também, mas separados do contingente britânico por um painel baixo. Liz notou que o Serviço Secreto tinha conseguido confiscar duas vezes mais espaço que qualquer um. Ela procurou pelas equipes árabes e israelenses, mas deviam ter sido colocadas em postos de comando próprios. Aquele parecia ser um pesadelo de coordenação; esperava que o chefe de polícia Jamieson estivesse à altura da tarefa.

Como ele não mostrava qualquer sinal de terminar a leitura, Liz se aproximou da mesa do MI5, na qual Dave Armstrong estava encarregado de uma pequena equipe.

— Primeiro round com o chefe de polícia — comentou Dave, oferecendo uma cadeira. Ela o ignorou e rodeou a mesa para ver o que as telas mostravam. Conversou com um colega novato por alguns minutos, então um emissário de Jamieson veio dizer que o chefe de polícia a veria agora. — Acabe com ele, Liz — disse Dave em um sussurro, enquanto ela acompanhava o policial, seus passos ecoando alto nas tábuas.

Esfregando uma mão impaciente sobre um bigode grisalho, Jamieson disse:

— Sim, Srta. Carling, o que posso fazer por você?

— É Carlyle, na verdade, e já nos encontramos antes, chefe de polícia, na reunião de planejamento no Escritório do Gabinete.

Ele fungou, mas nada disse em resposta. Liz imaginou por quanto tempo ainda aturaria isso. Não muito, decidiu. Ela disse:

— Acredito que meu diretor-geral tenha entrado em contato a respeito.de uma ameaça que tem nos preocupado muito.

— Sim, ele me ligou na noite passada — disse Jamieson com má vontade. — Você pode avaliar que temos muitas ameaças em potencial no momento, Srta. Carlyle. Sugiro que converse com meu subordinado, Hamish Alexander, que me fará uma estimativa do risco. — Apontou para as mesas atrás de si. — Nós a consideraremos com todas as outras na nossa reunião de planejamento esta noite.

— Talvez não tenhamos até o fim do dia. Isto requer sua atenção urgente.

Jamieson meneou a cabeça cansado, como se tivesse ouvido isso com muita frequência nos últimos dias.

— Mocinha, tenho que estabelecer prioridades.

O "mocinha" bastou para Liz.

— Sir Nicholas Pomfret já chegou?

— Sim — respondeu ele, olhando diretamente para Liz pela primeira vez. — Por quê?

Liz suspirou. Já tinha passado por aquele tipo de conversa antes. A última ocasião fora com Michael Binding na Thames House. A vida podia ter mudado de modo irreconhecível para uma mulher no mercado profissional nos últimos 30 anos, mas ainda se deparava ocasionalmente com um dinossauro. Ela disse pacificamente:

— Pergunto porque se você e eu não discutirmos isso agora e chegarmos a um acordo sobre o que fazer, eu telefono para o diretor-geral na Thames House, que depois vai telefonar para Sir Nicholas, que depois vai ter uma palavrinha com você. Fico satisfeita em seguir o rumo que você preferir, mas acho que todos os outros envolvidos pensarão que é uma perda de tempo.

— Está tentando me intimidar, mocinha? — perguntou ele.

— Eu nem sonharia com isso; estou meramente pedindo sua cooperação. E ficaria agradecida se pudesse não me chamar de "mocinha". Tenho idade suficiente para *não* ser sua filha.

Por um instante, Liz pensou que Jamieson estivesse prestes a explodir, mas então alguma semente de bom senso talvez tivesse se semeado sozinha. Ele pareceu repensar, e logo alterou seu comportamento.

— Lamento se fui abrupto. É porque parece que os serviços secretos de sabe-se lá quantos países estão tentando me dizer o que fazer. E metade deles mal fala inglês.

— Deve ser um pesadelo — disse Liz, tentando mostrar uma simpatia que não sentia. — Agora deixe-me garantir que você fique inteiramente a par deste problema em particular.

Ela descreveu Kollek como um desertor do Mossad, tremendamente inteligente e treinado em técnicas de disfarce. Explicou seu passado e o medo de que, em algum tipo de vingança pela morte do avô, ele estivesse tentando sabotar a conferência, possivelmente focando na delegação síria. Para o caso de Jamieson não estar atualizado, o que parecia bem provável, contou a ele que um relatório e fotografias tinham circulado nos canais de inteligência. Entregou-lhe cópia de fotografias do agente, suspeitando que dentre todos os circuitos de informações que estivessem operando na sala, ele não fazia necessariamente parte de nenhum.

Liz disse:

— Gostaria que as fotografias circulassem de maneira bem ampla entre todos os seguranças no terreno do hotel e também no perímetro. Seria de muita ajuda se a polícia local nas cidades vizinhas também as recebesse. Este tal Kollek esteve aqui antes, então conhece bem as instalações. Eu mesma conversarei com os gerentes do hotel, então pode deixar as coisas relativas aos funcionários comigo. Não posso salientar demais que seja um perigo real. Não sabemos onde este homem está, mas nós e os israelenses acreditamos que ele tenha intenções sérias.

Jamieson assentiu tenso. Parecia pálido e estava esfregando as palmas das mãos de maneira nervosa. "A imagem do stress", pensou Liz. Esta era obviamente a maior responsabilidade que Jamieson já teve; infelizmente, ele parecia estar se afogando em vez de se mostrar capaz.

Ela prosseguiu:

— Se Kollek for visto, quero que seja detido e colocado sol guarda Se ele for parado em algum lugar, certamente apresentará uma desculpa plausível e todas as credenciais adequadas, mas de maneira alguma pode receber permissão se prosseguir seu caminho. Pode estar bem armado, então as pessoas devem ter cuidado. Kollek é muito sutil, mas também é letal; acreditamos que tenha matado um dos seus próprios agentes em Londres há ape nas algumas semanas, então não hesitará em matar novamente.

Estava contente por ver que agora tinha a total atenção de Jamieson. Quando deixou o salão de baile, estava satisfeita não só por ele ter passado a levar a ameaça de Kollek a sério, mas também porque provavelmente não pensaria em mais nada. Seu modo arrogante inicial a enfureceu, mas ao menos ele estava a bordo, e era isso que importava.

O gerente do hotel, Ian Ryerson, ocupava um pequeno escritório sem janelas atrás da galeria de lojas no piso térreo do hotel, bem de esquina com o posto de comando no salão de baile. Era um homem agradável em seus 40 anos, com um sorriso manso e modos afáveis que poderiam ser colocados a serviço em resorts de qualquer lugar desde o sul da Espanha até o trecho de costa mergulhado em golfe entre Fort Lauderdale e Miami.

Em um prazeroso contraste com o chefe de polícia, estava ansioso para ajudar, embora logo se tornasse claro que havia limitações na assistência que ele poderia oferecer. Sim, Kollek estivera em Gleneagles, confirmou ele, e tinha feito um tour pelas instalações com dois outros da embaixada israelense.

— Pode me dizer exatamente o que eles pediram para ver?

Ryerson parecia constrangido.

— Creio que não. Veja, não os levei no tour. Estava meio ocupado com os americanos.

— Serviço Secreto?

Ele assentiu com tristeza. Liz deu uma risada compreensiva.

— Eu poderia falar com quem os guiou por aí?

— Claro — disse ele. — Foi o jovem Dougal; só está aqui há um ano. Mas é muito bom — insistiu, para que ela não pensasse que tinha enganado os israelenses com um novato incompetente.

Chamado pelo telefone, Dougal veio até eles, parecendo um colegial chamado ao gabinete do diretor. Era um jovem magricela, com uma massa de cabelo ruivo e uma expressão séria que fazia seu rosto juvenil parecer estranhamente de meia-idade. Ryerson explicou vagamente que Liz estava envolvida nos arranjos de segurança.

— Só estamos averiguando algumas coisinhas — disse Liz de modo casual. — Nada importante. Soube que acompanhou um grupo de reconhecimento israelense. Pode me falar sobre eles?

— Isso mesmo — disse Dougal, começando a relaxar, já que a chibata do diretor não estava à vista. Descreveu Naomi e Oskar, depois, com mais hesitação, o terceiro membro do grupo, um homem que chamavam de Danny.

Liz partiu daí.

— Fale sobre este Danny. Notou algo de particular nele?

Dougal pensou por um momento.

— Nada que eu pudesse apontar. Exceto que... ele parecia mais... deslocado. Eu fiquei achando que estava procurando por alguma coisa. Como se tivesse alguma ideia na cabeça que não quisesse que ninguém soubesse.

— Que tipo de ideia?

Dougal deu de ombros, impotente.

— Era sobre o jantar que os israelenses estão oferecendo aos sírios? Na noite antes da conferência?

— Não me envolvi com o jantar. Lamento.

— Se não era o jantar, ele poderia estar preocupado com alguma outra coisa?

— Não exatamente. Nada além de entretenimento, quero dizer.

— Haverá entretenimento? — perguntou Liz, tentando ficar calma. Naomi não disse nada sobre entretenimento na embaixada israelense.

— Bem, sim — disse Dougal. Parecia preocupado, como se de repente tivesse percebido que tinha feito algo errado. — Falcoaria e cães de caça.

Como Liz parecia intrigada, Dougal explicou como demonstrações de cada um destes seriam oferecidas aos convidados antes do início do jantar.

Quando ele terminou, Liz disse vividamente:

— Gostaria de visitar as duas escolas esta tarde.

— Claro — disse Ryerson. — Ligarei com antecedência para que saibam de sua visita.

— E quero saber se poderia deixar Dougal vir comigo. Assim poderíamos refazer os passos deles precisamente, e falar com as mesmas pessoas com quem Kollek conversou.

Ryerson concordou. Depois Liz pegou uma cópia da fotografia de Kollek da pasta.

— Tem mais uma coisa. Gostaria que isso circulasse entre toda a equipe aqui do hotel. Se algum deles teve contato com Kollek enquanto esteve aqui, gostaria de saber imediatamente. Qualquer um desde as faxineiras da casa até um barman... se lembrarem de tê-lo visto, ou falado com este homem, por favor, peça que se reportem imediatamente. Vou dar o número do meu celular para que possa me repassar qualquer informação que conseguir.

— É um número grande de funcionários, Srta. Carlyle, então deve demorar um pouco... — comentou ele, depois parou de falar enquanto encarava a fotografia que Liz colocara sobre sua mesa. Ele a encarou com olhos pensativos. — Ele me parece familiar.

— Deve tê-lo visto quando Dougal o estava guiando por aí

— Eu estava ocupado com os americanos na época. Não me encontrei com nenhum dos israelenses, tenho certeza. Aqui no hotel. Também não faz muito tempo. Nestes últimos dois meses.

— É possível verificar o registro de hóspedes? Veja se consegue localizá-lo.

— Eu estava justamente pensando nisso. Não temos muitas estadias de homens sozinhos, mas se ele estava usando uma das casas compartilhadas, de um amigo, por assim dizer, não teríamos necessariamente qualquer registro dele.

Era óbvio que Ryerson estava forçando a memória, tentando lembrar quando tinha visto Kollek. Liz aguardou, esperançosa, mas ele sacudiu a cabeça.

— Não, não lembro. Mas me deixe dar uma olhada no registro que depois entro em contato com você.

CAPÍTULO 50

Liz se encontrou com Peggy no clube de golfe, que seria usado até o jantar no dia seguinte como uma espécie de refeitório para oficiais dos contingentes da segurança. Elas pediram o almoço do cardápio do bar — Liz, um sanduíche, Peggy, uma salada pequena.

— Isto vai ser suficiente para sustentar você durante a tarde? — perguntou Liz.

Peggy assentiu.

— Engordei alguns quilos ultimamente, graças ao Tim. Ele comprou uma máquina de massa, e isso foi fatal. Se eu nunca mais vir ravióli caseiro novamente, ainda assim será muito cedo.

Elas se sentaram em um anexo com jeito de estufa que dava para o último buraco do famoso King's Course. O décimo oitavo *green* se assentava como uma oval esmeralda em meio à grama amarelada dos *fairways*, desbotada pelo longo verão quente.

Peggy largou uma pilha de papéis sobre a mesa.

— Estes são os itinerários de todas as delegações — anunciou com um suspiro. — Não sei ao certo por onde começar.

Liz pôs a mão sobre a pilha de páginas.

— Acho que deveríamos pedir que a equipe de Dave registre isto em uma grande planilha para que saibamos onde todos estão em determinada hora. Talvez você descubra que já fizeram isso. De modo geral, não há razão para tentar duplicar o que o pessoal da segurança já fez. Por enquanto, acho que devemos nos concentrar na programação síria. Afinal eles são o único alvo específico que sabemos que Kollek pode ter. Alguma coisa chama a sua atenção nela?

— Só o jantar aqui no restaurante amanhã.

— O jantar, certamente. Mas haverá algum tipo de entretenimento antes disso. Os israelenses planejaram divertir os sírios. Algo relacionado a aves e cães, pelo que entendi. Parece que o próprio Kollek estava interessado nisso. Não sei por que a tal Naomi não me contou. Vou à escola de falcoaria e à de cães de caça depois do almoço para descobrir exatamente o que farão amanhã. Se Kollek está planejando que algo aconteça durante a demonstração, talvez possamos descobrir o que seja.

— Acha que ele vai tentar fazer algo sozinho? Ele deve saber que agora nós todos estamos procurando por ele.

— Eu realmente não sei. Seria bem difícil para ele; o cordão de isolamento da segurança externa será erguido hoje. Garanti que a foto dele circulasse entre todos... desde que o velho Jamieson não fique sentado nela.

— E como foi com o chefe de polícia? — perguntou Peggy.

— Ele era tão ruim quanto Dave falou?

— Conto sobre ele hoje à noite. Mas acho que consegui resolver as dificuldades com ele.

Peggy deu uma risada.

— Aposto que sim. — Acrescentou: — E se o próprio Kollek estiver escondido em algum lugar?

— Não acredito nisso. Com a polícia, a Divisão Especial e o Serviço Secreto, não há lugar nenhum no resort inteiro que não tenha sido verificado e reverificado. O mesmo vale para qualquer dispositivo explosivo que ele possa ter tentado instalar; cada centímetro do perímetro deve ter passado por cães farejadores e detectores.

— Então o que ele poderia fazer?

— Calculo que só há duas opções. Uma é que ele de alguma forma ataque os sírios de fora.

— O quê, com um morteiro? — Peggy soou horrorizada.

— Impreciso demais. Ele teria que estar dentro do cordão de isolamento do perímetro para ficar confiante de que uma bomba sequer aterrisse no terreno.

— Com um helicóptero ou isso é muito absurdo?

Liz meneou a cabeça.

— Eu não consideraria Kollek incapaz de nada, mas não acredito que ele tenha chance de fazer isso. Temos uma zona restrita de interdição ao voo, exceto para o tráfego da conferência; ele seria abatido antes mesmo de alcançar visão deste lugar.

— Asa delta, balão, ultraleve?

— Todas essas coisas são possíveis. Acredito que ele esteja bem determinado, e possivelmente um bocado louco, para tentar qualquer coisa. Mas estou bastante segura de que o cordão de isolamento de proteção no chão e no ar pegaria qualquer uma dessas opções. E ele sabe disso.

— Bem, isso pelo menos é um alívio. — Mas Peggy ainda parecia ansiosa. — Qual a outra possibilidade?

— Que ele tenha alguém aqui dentro para fazer algo por ele.

— Um cúmplice?

— Possivelmente, embora eu duvide que seja um parceiro completo. Kollek é por demais um lobo solitário para confiar em alguém. Mas poderia ter alguém que o ajude involuntariamente.

— Alguém na delegação israelense?

— Acho que não. Todos foram interrogados sobre Kollek, e instruídos caso ele entrasse em contato. É mais provável que seja alguém aqui em Gleneagles. Pedi ao gerente que todos os funcionários fossem entrevistados, só para o caso de Kollek ter feito amizade com alguém. A outra possibilidade é Hannah Gold: — ele fez amizade com ela e depois conseguiu convidá-la para cá.

— Ela chegou?

— Acho que não, e gostaria que você descobrisse quando ela chega e onde vai ficar; ela mencionou uma pensão em Auchterarder. Enquanto faz isso, vou para a escola de falcoaria.

Ao se levantar da mesa, viu Dave Armstrong vindo para o restaurante. Quando ela acenou, ele se aproximou. Estava vestindo jeans, tênis e um suéter oliva de fabricação do exército.

— Andou executando manobras?

Ele riu.

— É o que parece. Estive lá fora com o exército. — Ele apontou pela janela para os sopés à meia distância. Nuvens as encobriam, e a brilhante luz do sol da manhã cedera espaço para o cinza.

— A que distância ficam aquelas colinas?

— Eu diria 3 ou 4 quilômetros.

— Um atirador pode operar desta distância?

— Engraçado você perguntar. Eu estava discutindo essa mesma questão com o brigadeiro de manhã. Ele disse que até cinco anos atrás, a resposta seria não. Agora já não é tão definido, os costumeiros avanços aterrorizantes na tecnologia de armas. Seria necessário ser treinado como atirador e ter o rifle certo, claro, e há o elemento sorte envolvido. Mas é possível. É por isso que estendemos o perímetro até o pico daquelas colinas. Elas serão patrulhadas.

— É muito terreno para cobrir.

— Eu sei. Mas temos três pelotões vindo para cobri-lo.

— O nome deste é Gorducho — disse McCash, o treinador. — Você pode ver o porquê.

Liz tentou olhar apreciativamente a águia, que parecia cerca de três vezes maior que outras aves de rapina. Era marrom e preta com listras brancas nos ombros, e possuía um curvado bico amarelo de aparência cruel. Estava empoleirada como um tanque gordo na mão estendida de McCash, que estava guarnecida em uma manopla de couro com polegar reforçado.

Liz e McCash estavam a cerca de 30 metros da escola, onde as aves ficam em suas celas individuais, espiando por janelas com grades, fitando com inveja a liberdade de Goducho. Próxima a Liz, existia uma plataforma de madeira achatada, quase do tamanho de um capacho, empoleirada há cerca de 2m do chão sobre uma estaca de madeira. Havia outra semelhante, aproximadamente 15m adiante. McCash estendeu lentamente o braço sobre a plataforma e deixou ali um Gorducho imóvel.

— Acompanhe-me — disse McCash, e eles se dirigiram à outra plataforma. Liz deu uma olhada nervosa para trás enquanto caminhavam; não gostaria de ser atacada pelas costas por aquele bico. Porém Gorducho continuava tão imóvel quanto Simeão Estilita sobre seu pilar.

Usando a mão sem luva, McCash vasculhou o bolso de sua jaqueta Barbour e puxou um pedacinho de carne magra. Colocou-a sobre a plataforma, explicando:

— Tetraz. Precisa ser crua, elas não conseguem digerir nada cozido. Nem nada vegetal, por sinal. Se alimentá-las com pombo, e se o pombo andou comendo grãos, elas regurgitarão os grãos.

Ele se afastou e Liz foi ficar perto dele. Virando-se para Gorducho, McCash bateu palmas bem alto. A princípio, não houve reação da ave. Depois, lentamente, quase imperceptivelmente, ela se inclinou à frente e se ergueu sobre os dois pés em garras. Hesitou, deu um passinho experimental, depois pareceu quase desabar da beira da plataforma.

Por um momento, Liz pensou que atingiria o chão, mas em um imenso arrastar das asas, ela ficou no ar e começou a planar devagar na direção deles, ficando suspenso do chão apenas um pouco acima da altura das duas plataformas. A ave lembrou a Liz um imenso avião sobre o qual lera numa revista. Chamado *The Spruce Goose*, fora construído por Howard Hughes na década de 1940. Voou apenas uma vez, e apenas por 150 metros. Àqueles que assistiram seu voo inaugural e final acharam difícil acreditar que sequer se ergueria do chão.

Mas se erguera — assim como Fatty. Aproximando-se da plataforma alvo, Gorducho abriu suas grandes asas e deu uma guinada de 30 centímetros em direção ao céu, depois aterrissou com um pesado *whoomf* na madeira, onde devorou de imediato o pedacinho de tetraz e olhou em volta, faminto, à procura de mais.

McCash riu. Liz estava ali há 20 minutos e estava começando a ficar impaciente. Tinha perguntado a McCash sobre a programação para o dia seguinte, e aquela demonstração fora o resultado. Aparentemente algo do mesmo tipo aconteceria, e depois os convidados poderiam lidar com os falcões, caso quisessem. Era difícil imaginar como qualquer ameaça real poderia ser injetada.

Ela se virou para McCash.

— Encontrou os israelenses quando vieram organizar isto?

— Liz sentia que se permitisse que McCash levasse sua obsessão por aves longe demais, ela também acabaria deixando o serviço para se tornar uma falcoeira aprendiz. E ainda nem tinha chegado aos cães de caça.

— Gente engraçada — comentou McCash. — Havia uma mulher nem um pouco interessada nas aves. Não sei por que se deu ao trabalho de vir até aqui. E dois sujeitos... um era um pouco insignificante; estava assustado. Não sei o porquê.

"Eu sei", pensou Liz, olhando para o bico afiado e as garras ferozes de Gorducho.

— E o outro homem?

— Ah, ele estava bastante interessado. Não nas aves, mas na tecnologia. Queria saber como temos certeza de que os pássaros voltarão quando são desencapotados e liberados para voar. Contei a ele que não temos certeza, é por isso que temos um transmissor em cada pássaro.

Liz estava ouvindo com atenção.

— Pode me falar sobre os transmissores?

McCash lhe deu um olhar significativo.

— Você é tão difícil quanto ele. Isso era tudo o que ele queria saber. Na verdade é bem simples. Se eles não voltam, podemos ir encontrá-los; é como um aparelho de rastreamento antiquado, o tipo de coisa que James Bond gruda no carro do vilão. Quanto mais perto se chega, mais alto é o bip no nosso detector. Não passa de um chip inserido debaixo da pele deles, não os machuca. O problema é que foram desenvolvidos nos EUA... Utah, me disseram. — Ele apontou na direção das colinas e árvores ao redor. — Não é exatamente um terreno parecido . Os fabricantes alegam que os transmissores alcançam até 20 quilômetros. Por aqui, é muito menos. Felizmente, quando as aves não voltam geralmente estão apenas sentadas nas árvores mais adiante.

— Tem como funcionar de maneira reversa? — O olhar de McCash a fez se sentir estúpida. — Quero dizer... — começou ela a explicar, quando o celular tocou no bolso do casaco. — Com licença — disse ela, afastando-se um pouco.

Era Ryerson, o gerente.

— Eu o encontrei! — exclamou ele animado.

— Quem?

— Kollek. Sabia que já o tinha visto antes. Foi hóspede no hotel um mês atrás. Só que não se chamava Kollek na época. Registrou-se com o nome de Glick. Samuel Glick. Ficou no quarto 411. Gostaria de vê-lo? Foi reservado para um americano, mas ele só chega à noite.

— Estarei aí em cinco minutos — disse Liz. — Por favor, não entre no quarto até eu chegar.

Ela se desculpou com McCash e rumou para o salão de baile do hotel. Desta vez, Jamieson lhe deu atenção imediata e, quando ela saiu do elevador do hotel no quarto andar, estava acompanhada por um cão farejador com seu treinador, dois agentes antiterrorismo armados com o equipamento de detecção de explosivos e um policial local uniformizado.

Esperando do lado de fora da porta do quarto, Ryerson pareceu assustado por encontrar Liz chegando com uma comitiva equipada. Ele estendeu a chave e um oficial armado a pegou e abriu com cuidado a porta. Era um quarto espaçoso, com luz se infiltrando através da janela oeste. Liz ficou para trás e deixou os homens trabalharem. Voltando-se para Ryerson, perguntou:

— Tem certeza de que foi o mesmo homem que ficou neste quarto?

— Estou certo de que era o homem na fotografia que você me mostrou. Pagou com um cartão de crédito francês. Uma das meninas no atendimento era nova e eu tive que ir até a recepção para confirmar se era aceito. Foi quando o vi.

— Muito bem. Agora, sabe quem é o americano que ficará neste quarto?

— Sim, é alguém da embaixada deles em Londres.

— O embaixador? — O coração dela bateu um pouco mais rápido.

— Não, não — disse ele, como se isto estivesse fora de questão. — *Ele* está numa suíte.

— Claro — disse Liz, suprimindo um sorriso. Mas também estava recordando como o IRA tinha operado em Brighton. — E os andares acima deste quarto? Há suítes lá em cima? O presidente ou primeiro-ministro estão ficando diretamente acima deste quarto?

Ele pensou por um momento, mas meneou a cabeça.

— Não, são quartos simples também.

Liz deu uma espiada lá dentro. Um dos homens estava movendo uma máquina ao longo da parede oposta, seguindo a trilha do cão farejador e seu treinador. Percebendo o olhar de Liz, o agente antiterrorismo sacudiu a cabeça. No meio do quarto, o policial estava parado com uma expressão perplexa no rosto; o segundo agente antiterrorismo tinha desaparecido no banheiro. De repente, ela ouviu um grito vindo de lá.

— Venham aqui um minuto.

Liz encontrou o agente descendo de um buraco no teto. Aterrissou levemente sobre os pés e estendeu uma mão aberta, palma para cima.

— Vejam isso — disse ele, um pouco ofegante.

Era uma caixa amarrotada de papelão, aproximadamente com metade do tamanho de uma caixa de ovos.

— Tem espaço para rastejar lá em cima — observou ele triunfante. — É por onde passa a ventilação do ar condicionado. Alguém deixou isso.

Liz apanhou o papelão da mão dele e o apertou delicadamente até adquirir uma leve semelhança com seu formato original. A caixa possuía inscrições em hebraico e números.

Uma mão de repente surgiu às costas de Liz para pegar a caixinha, e ela virou para se deparar com Dave Armstrong.

— Deixe-me dar uma olhada. — Ele examinou a caixa com atenção. — O hebraico não faz muito sentido para mim. Mas os números sim. — Ele ergueu a caixa no ar com cuidado. — Isto continha cartuchos, 7.62mm, ou .308 para nossos amigos americanos. São ajustados, desenvolvidos para um fuzil de precisão.

CAPÍTULO 51

Depois da agitação do dia, Liz voltou para a casa sentindo-se cansada e ansiosa. Era como se estivesse perseguindo Kollek — caminhando sobre suas pegadas. Mas eram pegadas antigas, feitas semanas antes, e ela não sabia se estava conseguindo chegar perto do homem em si.

Ainda não fazia ideia de onde ele estava e o que Kollek estava planejando fazer. A descoberta da caixa de cartuchos no teto do quarto 411 era alarmante. Mas se o perímetro de segurança permanecesse no lugar e fosse eficiente, Kollek não seria capaz de se aproximar o bastante para atingir alguém com um rifle. E devia saber disso. A não ser que já estivesse ali, pensou ela, antes que o cordão tivesse sido colocado no lugar... mas se estivesse, teria sido descoberto a esta altura. Dave tinha saído para conversar com o brigadeiro novamente, levando a caixa de cartuchos.

Encontrou Peggy lá em cima na cozinha, tomando conta de uma enorme panela borbulhante e cortando alface para salada.

— Espero que não queira sair para comer — disse Peggy.

— Acho que dormiria antes mesmo de fazer o pedido. Obrigada por cozinhar. O que é? O cheiro é bom. — Ela farejou o ar.

— É... massa.

— Pensei que tinha dito que nunca comeria massa novamente. Não me diga que trouxe a máquina de Tim?

— Não — respondeu Peggy com seriedade. — Consegui na cooperativa em Auchterarder. — Então, levantando a cabeça, percebeu que Liz a estava provocando. — Fiz bastante para o caso de Dave querer comer aqui.

— E os outros? — perguntou Liz. — Quem mais está por aí?

— Não sei, mas avisei que qualquer um no nosso grupo pode se servir. Alguns vão trabalhar a noite inteira. A propósito, vi Hannah Gold. Está hospedada no White Hart em Auchterarder. Não tem notícias de Kollek, mas nos avisará imediatamente se souber de algo. Vem aqui amanhã para se juntar ao pessoal do movimento de paz e se encontrar com a delegação israelense. Também foi convidada para drinques antes do jantar, não para jantar em si.

— Ela vai a este entretenimento sobre o qual andei ouvindo?

— Não falou nada sobre isso. Então provavelmente não.

— Certo — disse Liz. Poderia conversar com Hannah amanhã. Agora tudo o que queria era jantar e dar uma olhada nos jornais que Peggy trouxera da cidade. Afundou no sofá macio da sala de estar e tinha acabado de pegar o *Guardian* quando a campainha tocou.

— Provavelmente é Dave — sugeriu Peggy quando Liz começou a descer a escada. — Acho que deixou a chave no corredor.

314

Mas quando Liz abriu a porta, encontrou Dougal, não Dave, parado lá fora.

— Eu sinto muito — disse ele, parecendo preocupado.

— Entre, Dougal. Não tem problema.

Eles subiram, mas Dougal não quis sentar, ficando de pé inquieto sobre o carpete diante da lareira.

— Sinto muito, Srta. Carlyle — repetiu ele, e Liz percebeu que não era pela interrupção da noite que ele se desculpava, mas por algo que ainda não conseguia dizer.

— Qual o problema? — perguntou ela diretamente.

— Eu simplesmente esqueci — disse ele, parecendo angustiado. — Não sei como me escapou.

— Dougal — disse Liz incisivamente —, o que é?

Ele a encarou com surpresa; Liz compreendeu que ele estava tão consumido pela culpa que tinha presumido que ela já devia saber o motivo.

— O tal Kollek, claro. Eu o vi, naquela noite depois de mostrar a eles o lugar. Estava perto do centro equestre. Com Jana. — Ele levou a mão a testa. — Como poderia ter esquecido?

— Acalme-se — pediu Liz. — Agora sente, Dougal, e me conte tudo o que viu. — Atrás dele, Peggy teve o tato de se manter ocupada com o jantar. — Quem é Jana?

— É uma garçonete de um dos restaurantes do hotel. Ela é tcheca — respondeu, com uma súbita suavidade na voz que fez Liz pensar que ele devia admirá-la a distância.

— O que viu exatamente? O que eles estavam fazendo?

— Não estavam *fazendo* nada. Esta não é a questão. Eu poderia dizer pela maneira como conversavam que eles *se conheciam*.

— Tem certeza disso? Não poderia estar...

— Imaginando? De jeito nenhum. Conheço Jana. Havia algo entre eles. Tenho certeza.

Liz percebeu que não havia razão em interrogar o jovem Dougal. Ele tinha memorizado, formado alguma impressão que não podia ser verificada, mas que provavelmente era correta — parecia muito seguro. Depois de pensar por um momento, ela perguntou:

— Onde está Jana agora?

— Neste minuto, quer dizer? Ela está na trattoria — respondeu Dougal. — Deve servir o jantar pelo menos até as 23h.

Liz olhou o relógio; era 20h15. Imaginava se teria que esperar até o serviço do jantar terminar ou tirar a garota da escala imediatamente para que pudesse conversar com ela. Havia um risco em esperar.

— Dougal — disse ela —, o Sr. Ryerson está por aí?

— Sim. Deve estar no escritório. Sempre fica lá à noite, para o caso de algum problema.

— Diga-me. Ele é encarregado do hotel inteiro? Quero dizer, sei que o restaurante deve ter um maître, mas o Sr. Ryerson é responsável por ele? Se algo der errado, ele seria o responsável chamado?

— Ah, sim. Uma vez um hóspede chegou bêbado e Tony não deixou que fosse servido. Quando o hóspede começou a criar confusão, Tony teve que chamar o Sr. Ryerson. Ele é encarregado de tudo quando há um problema de verdade. Pode ser no campo de golfe ou no centro de falcoaria... não importa. O Sr. Ryerson é quem decide. Ele gosta de dizer "a responsabilidade é minha".

— Tudo bem, Dougal. Vou lá procurá-lo. E muito obrigada por lembrar-se disto. Pode ser importante.

Dougal partiu, parecendo mais feliz do que quando chegou.

Liz olhou para Peggy, que falou antes que ela pudesse dizer qualquer coisa.

— Faço mais massa para você quando voltar.

* * *

A não ser quando se está muito doente — não se pode ficar doente perto de um cliente, nunca se abandona o turno. Mesmo na vaga informalidade da taverna moraviana, a mãe ensinara a Jana um profissionalismo ao qual sempre se ateve. Se você aparece para trabalhar, você trabalha.

Então a princípio ela resistiu quando Tony, o maître, pediu que deixasse as mesas e fosse até o escritório do Sr. Ryerson imediatamente. Ele foi insistente e a interrompeu quando ela começou a fazer objeções.

— Eu mesmo sirvo suas mesas. Agora vá.

Ela se sentiu nervosa ao se aproximar do escritório, e parte dela queria passar direto pela porta rumo... onde? De volta para a Morávia, para uma mãe que diria "Eu avisei" pelos próximos 3 ou talvez 33 anos? Não, não podia fazer isso, mas sentia que havia problema por trás daquela porta fechada.

Quando bateu, Ryerson falou "Entre" em uma voz soturna que não era bom sinal. Ela abriu a porta com hesitação e ficou ainda mais nervosa quando viu que havia alguém com Ryerson. Uma mulher, provavelmente uns dez anos mais velha do que ela, mas elegante, atraente, que a observava de perto com olhos verdes e frios.

— Sente-se, por favor, Jana — disse Ryerson, e assim ela fez, encarando os dois. — Esta é a Srta. Falconer. Ela gostaria de lhe fazer algumas perguntas.

Jana enrijeceu. "Não fiz nada de errado", pensou consigo mesma, esperando que o simples mantra a ajudasse — e era verdade. "Oh, Sammy", pronunciou em silêncio para si mesma, sem ter certeza se este era seu nome verdadeiro, "por que não está aqui?" Ele era tão confiante e sabido. "Por favor, Deus, que isso não seja sobre ele", rezou Jana.

Mas era. Jana soube assim que a mulher chamada Falconer começou a falar.

— Estamos procurando um homem — disse apressada - Acreditamos que esteve aqui no hotel, e temos razões para acreditar que esteve em contato com ele.

— Contato? — perguntou Jana. Pensou que seria melhor fingir-se de boba por enquanto, fingir que não sabia porque fora chamada ali, que não compreendia onde a mulher queria chegar.

— Sou garçonete, então vejo muitas pessoas, senhorita. Isso é fazer contato?

— Claro — afirmou a Srta. Falconer, com um sorriso fácil que Jana achou desconcertante. — Mas estamos falando de contato íntimo. Aposto que você sabe o que isso quer dizer.

Jana decidiu não dizer nada. Assim a Srta. Falconer pôs uma foto sobre a escrivaninha e a empurrou na direção dela.

— Dê uma olhada, por favor. Já viu este homem?

Jana não teve pressa, mas podia ver de relance que a foto era de Sammy. Sentiu o pânico como um exército de formigas subindo por suas pernas. Estava surpresa por ter sido descoberta de maneira tão rápida e precisa. Falou com fraqueza, incapaz de colocar a força na voz:

— Acho que já vi este rosto. É hóspede aqui?

A Srta. Falconer ignorou a resposta e disse incisivamente:

— Você o serviu por duas noites seguidas quando ele esteve aqui pela primeira vez. Estava sozinho, então seria estranho não se lembrar dele, Jana.

O uso de seu primeiro nome a surpreendeu. Sentia-se cada vez mais exposta. Sammy disse que estaria por perto, mas que ninguém devia saber — "silêncio absoluto", insistira ele. Agora ela tentava dar de ombros.

– A questão — continuou a mulher inglesa — é que sabemos que conhece este homem. Você foi *vista* com ele. E não foi no restaurante.

— O que quer dizer? Ela queria soar indignada.

— Qual era o número do quarto dele? — perguntou a Srta. Falconer com astúcia.

— Quatro... — e Jana se repreendeu. Sentiu-se encurralada. — Foi só uma conversa. Ele tinha morado na Eslováquia — disse, inventando a primeira coisa que lhe veio à cabeça. — Ele falava tcheco. Então conversamos, só isso.

A Srta. Falconer sorriu, mas era um sorriso esperto mais do que amigável. Mesmo assim, a voz dela abrandou.

— Jana, sei que existem regras e é claro que devem ser seguidas. Quebrá-las uma vez não é o fim do mundo. Mas não me contar a verdade agora seria algo muito sério.

— Mas estou contando a verdade. — Calou-se, imaginando o quanto revelar à mulher. — Estive no quarto dele. — "Pronto", pensou ela, que fizessem o que quisessem com a informação. Ninguém poderia saber exatamente o que tinha acontecido no quarto 411.

— Muito bem, então você teve um caso com este homem.

— Não falei isso. — Como essa mulher sabia tanto?

A Srta. Falconer estava balançando a cabeça.

— Ninguém está criticando você por isso.

Jana estava assustada por pensar no rumo que aquilo estava tomando. Então percebeu que se soubessem de tudo, não a estariam pressionando assim. Perguntou-se se deveria revelar tudo. "Não", repreendeu-se. Isso só causaria problemas — ela perderia o trabalho, talvez até pior. Poderia ser deportada, forçada a voltar para casa e encarar as zombarias da mãe. Não podia imaginar destino pior.

Então revelaria um pouco, concluiu ela, esperando satisfazer aquela mulher de olhos penetrantes. Conseguir sua simpatia não seria suficiente. Havia algo de aço naquela mulher, frio e sistemático. Jana atiraria um osso, do mesmo modo que se joga um petisco para um cão feroz enquanto se mantém o filé a salvo nas costas.

Então abaixou a cabeça, forçando lágrimas nos olhos, depois ergueu o olhar com desafio, direto em Liz.

— Nunca esteve apaixonada? — perguntou, deixando as lágrimas derramarem dos olhos. Tinha lançado seu trunfo e pressentia ter dado uma boa cartada. Que a mulher pensasse que era uma tola, uma inocente, uma ingênua; que pensasse o que quisesse, desde que não descobrisse o que Sammy lhe pedira para fazer. "Direi a Sammy para sumir daqui", pensou Jana, imaginando o quão "próximo" ele estaria.

CAPÍTULO 52

— Pobre garota — disse Peggy, contendo um bocejo.

— Não tenho muita certeza disso — replicou Liz, girando sua taça de vinho com água com gás pelo pé. Voltara insatisfeita da entrevista com a menina tcheca, e precisava compreender o porquê. Mesmo querendo ir para a cama e ter uma boa noite de sono para ajudá-la a enfrentar seja lá o que o dia seguinte traria, seus pensamentos a atordoavam.

— Ela parece uma clássica vítima de sedução, só que desta vez foi um homem quem arquitetou a armadilha.

Liz meneou a cabeça.

— Não tenho certeza. Tem algo de duro e calculista naquela garota. Não a vejo sendo enganada tão fácil.

— Garota? — perguntou Dave provocadoramente. Ele parecia meio sonolento, jogado em uma ponta do sofá. — Se eu a chamasse assim, você voaria na minha garganta.

— Não, não voaria — disse Liz. — Ela é uma menina. Não deve ter mais de 18 ou 19. O que eu sei que a faz parecer a vítima inocente de um homem implacável. Mas tem algo nela que não me soa verdadeiro. Não sei se estava só fazendo uma encenação.

Ouviu-se um ruído lá fora, então Peggy se levantou e foi até a janela, afastando a ponta de uma cortina para olhar. Virou-se com ar surpreso no rosto.

— Tem um homem armado lá fora!

— É a segurança israelense — disse Dave calmamente. — Só viriam se os deixássemos formar suas próprias patrulhas. Não confiam em mais ninguém, não desde as Olimpíadas de Munique. E soube que o primeiro-ministro deles já está aqui.

— Sério? Não vi helicóptero, nem nenhuma comitiva motorizada — disse Peggy.

— Confidencial. Ele veio um dia antes. Eles gostam de embaralhar as coisas, para que ninguém saiba com certeza quem está onde e quando.

— Isso deve dar um pouco de trabalho para todos vocês que estão fazendo a segurança da conferência — comentou Peggy, sentando-se outra vez.

— Nós damos conta — replicou Dave, bocejando vistosamente.

Liz não disse nada. Ainda estava refletindo sobre a entrevista.

— O que ela poderia estar escondendo? — refletiu Peggy, tentando ser útil.

— Não sei. Ela ficou toda chorosa e patética muito rapidamente. Não acreditei naquilo. De certa forma não soava verdadeiro. Então amanhã, Peggy, poderia ficar de olho nela? É tarde demais para chamar o A4 para fazer isso e, de qualquer forma, pode não ser nada. Não podemos detê-la, não temos motivos. Não é ofensa criminal ter um caso com um cliente, embora eu acredite que o hotel não vá ver isso com bons olhos depois que partimos.

— Se está tão preocupada, não poderíamos arranjar para ela um dia de folga?

— Será mais fácil ficar de olho nela se soubermos que está trabalhando no almoço e no jantar. E não quero que ela pense que suspeito de algo além daquilo que me contou. Não, só gostaria que você soubesse onde ela está à tarde, depois que servir o almoço, principalmente quando se aproximar a hora do entretenimento antes do jantar na sede do clube. Certo? Pode me contactar pelo celular; e estarei nas proximidades do hotel até ir me encontrar com Hannah para um café, em Auchterarder, às 11h.

Peggy assentiu, e Dave deu um alto suspiro.

— Então agora você arranjou mais uma coisa com que se preocupar — disse ele. — Como se esse assunto do atirador já não fosse ruim o bastante. Vou encontrar com a segurança do perímetro, os caras do exército e o Serviço Secreto logo após o café da manhã.

— Por que o Serviço Secreto? — perguntou Peggy.

— A maioria das delegações está vindo de carro; chegam de avião em Edimburgo e vêm dirigindo para cá. Exceto o presidente; ele vem de helicóptero. O plano é que ele aterrisse em King's Course, bem na linha daquelas colinas com as quais você me deixou preocupado. Acho que teremos que mover a área de pouso, só como precaução extra.

— Faz sentido — concordou Liz. — Só me pergunto se não estamos sendo enganados.

— Mas não se esqueça daquela caixa de cartuchos — protestou Peggy.

— Foi o que eu quis dizer. Me parece tão óbvio — afirmou Liz. — Kollek nunca foi tão negligente.

— Exceto no Oval — lembrou-lhe Peggy.

— Foi muita sorte de nossa parte. Ele poderia passar facilmente despercebido.

— Está dizendo que não existe a ameaça de um atirador? — perguntou Dave.

Liz pensou por um momento. Não havia razão para ignorar um potencial assassino de longa distância, apesar do que seus instintos lhe diziam.

— Não. Só me preocupa que esta não seja a única ameaça.

Liz cochilou intermitentemente; quanto mais pensava no quanto precisava descansar, mais difícil era pegar no sono. Descobriu-se meditando sobre cada aspecto do caso, tentando compreender as pistas confusas que Kollek deixara para trás. Desejava ter alguém com quem conversar, para ajudá-la a resolver o padrão daquele quebra-cabeça esquisito, do qual só possuía algumas peças.

O chefe de polícia não era de serventia; Geoffrey Fane talvez fosse apropriado, mas ainda estava em Londres. Precisava de alguém interessado e inteligente, com muita experiência na resolução deste tipo complicado de enigma. "Alguém como Charles", pensou de súbito. Mas agora ele estava em casa, cuidando de Joanne em seus dias últimos; parecia não haver dúvida de que desta vez ela estava mesmo morrendo. Não podia incomodá-lo. Estaria ele pensando em como todos estavam se saindo? Estaria pensando nela? A ideia a animou momentaneamente, mas depois disse a si mesma com severidade que Charles estaria concentrado em Joanne, como deveria ser.

Ficou deitada cochilando, os pensamentos indo e vindo até que, ao ver o relógio digital junto à cama exibir as 6h, ela desistiu. Vestindo-se depressa, subiu em silêncio para fazer um café para si mesma, apenas para descobrir que Dave já estava na cozinha, em um longo robe atoalhado branco. Ao ouvi-la às costas, virou-se e sorriu.

— Você também, hein? — disse com simpatia, e ela assentiu.

Uma hora mais tarde, Liz deixava a casa conforme a luz do dia se esgueirava em um cobertor cinzento de nuvens. Um vento frio tornara o toque de outono do dia anterior mais forte, e Liz apertou o cinto da capa ao redor da cintura à medida que caminhava em direção ao hotel.

Durante a noite a segurança fora bastante intensificada, no aguardo das delegações que chegariam naquele dia. Policiais equipados com coletes à prova de balas patrulhavam visivelmente o terreno; no passeio de acesso aos fundos da cozinha, duas vans escuras estavam estacionadas — unidades de remoção de bombas. Todos por quem Liz passava carregavam a obrigatória identidade com foto. Ao parar no posto de controle da entrada dos fundos do hotel, ouviu um dos funcionários da cozinha reclamando que tinha sido despachado para casa para apanhar a sua identificação para que o permitissem entrar.

Mesmo tão cedo, o centro de segurança no salão de baile zumbia de tensão. Os agentes do Serviço Secreto estavam elegantíssimos em ternos passados e sapatos engraxados.

Liz passou 20 minutos com o chefe de polícia Jamieson revisando os arranjos dos eventos sociais oferecidos por Israel para a delegação síria. A segurança fora reforçada sem que ela sequer tivesse pedido; enquanto estava sentada com Jamieson, ficou grata por ver que nem mesmo o Serviço Secreto teve permissão de interromper.

Mais tarde, naquela manhã, as delegações começaram a chegar. A esta altura, Liz tinha passado mais tempo no centro de falcoaria, revisando as demonstrações planejadas com McCash, garantindo que o prédio inteiro e até seus ocupantes emplumados fossem verificados novamente por peritos em explosivos. Por fim visitou o centro de cães de caça, onde uma animada mulher de cabelos encaracolados, a treinadora, revisou o que fora combinado da parte canina do entretenimento da noite. Dois de uma interminável variedade de labradores pretos tinham sido selecionados para recuperar chamarizes que seriam colocados no meio de um pequeno lago a 100 metros de distância. A treinadora trouxe orgulhosa um cão maior, marrom e branco, com um rosto manchado e feio, mas ao que parecia com um focinho quase sobrenatural. Ele exibiria suas habilidades também.

Caminhando de volta ao hotel, Liz estava em tempo de testemunhar a primeira procissão das três limusines Mercedes pretas movendo-se melancolicamente pelo passeio de cascalho. Os figurões estavam chegando. Ao fundo pairava uma pequena frota de veículos 4x4 contendo suas comitivas de escolta, esperando que os estadistas fossem formalmente cumprimentados antes de deixar seus passageiros. Próximas a elas estavam as vans das redes de TV, estacionadas ali há dias.

Ela parou e observou as três limusines pararem na curva circular de cascalho na entrada do hotel. Um porteiro vestido em um paletó de tweed e um kilt deu um passo adiante e abriu a porta para o salão do meio, e um homem de terno e gravata saiu do carro. Era um árabe, de aparência jovem, alto e magro, com bigode. Da entrada do hotel, um homem que Liz reconheceu como o primeiro-ministro israelense desceu os degraus para cumprimentá-lo. Enquanto os guarda-costas vigiavam, os dois homens apertaram as mãos, embora fosse notável que nenhum sorrira.

Liz providenciara que um carro a levasse pelos 5 quilômetros até a cidadezinha de Auchterarder, onde Hannah estava. Quando o automóvel parou diante do hotelzinho na longa rua principal, ela viu Hannah parada na escada. Estava casualmente vestida, mas com sua costumeira elegância — uma capa de algodão sálvia, calça cor de urze e um suéter marrom de gola alta.

— Entre — disse ela. — Está bem calmo no momento. Geralmente está fervilhando. A delegação de paz inteira está ficando aqui, mas os outros saíram para um passeio de manhã. O lugar não é muita coisa; não é muito do padrão de Gleneagles. Mas fazem uma xícara de café decente.

Entraram em um lounge sombrio, todo de madeira escura e cadeiras estofadas marrom, onde uma jovem animada em um avental de renda branca anotou seus pedidos. Liz estava surpresa por encontrar Hannah, geralmente a mais efervescente das mulheres, quieta e vencida, e se indagou se o ambiente não a estava abatendo. Mas tão logo seus cafés chegaram, descobriu o porquê; Hannah disse:

— Peggy me contou tudo sobre Danny Kollek. Fiquei completamente mortificada. Como pude ser tão iludida?

— Ah, Hannah, não deve se sentir assim — disse Liz, com genuína simpatia. — Você não foi a única. Isso inclui muita gente que é paga para não ser feita de boba. O importante é que agora você sabe que ele está trabalhando contra tudo o que você acredita. Ele destruiria esta conferência se tivesse a mínima chance. Por isso é tão crucial que me avise imediatamente caso ele entre em contato com você.

Hannah assentiu e, buscando no bolso da capa, pôs o celular sobre a mesa em que estavam. Suspirou.

— Até agora nada — afirmou ela. O rosto sucumbiu um pouco ao perguntar: — Percebo que não era por minha personalidade brilhante que Danny estava atraído, mas o que você acha que ele queria realmente?

"Ah, céus", pensou Liz, "*ela está encarando isso mal.*"

— Não tenho resposta para isso. Provavelmente ele gostava mesmo da sua companhia, sabe? Mas suponho que esperava que sua ligação com o movimento de paz pudesse impedir o que você está tentando alcançar: paz. Mas como ele poderia tentar fazer isso? É o que estou procurando descobrir no momento.

— Nunca mencionei você para ele — disse Hannah.

— Tenho certeza de que não — disse Liz tranquilizadoramente, mas ela percebeu que a mulher parecia estar ligeiramente na defensiva. Então perguntou:

— Mas ele sabia sobre Sophie?

Hannah corou e desviou o olhar.

— Eu... eu talvez tenha dito alguma coisa — admitiu. — Pensei que fosse tudo coisa do passado, entende? Sophie deixou o trabalho anos atrás. Então pensei que não teria importância se eu contasse a ele. Acho que pensei que o deixaria interessado. — Ela encarou Liz com ansiedade. — Ah, Deus, estraguei isso também?

Liz pôs uma mão tranquilizadora sobre o braço de Hannah.

— De jeito nenhum — disse ela de modo calmo, embora agora pudesse ver como Kollek tinha juntado dois mais dois. Talvez tivesse se perguntado se Sophie ainda estava trabalhando para o MI5, ou pelo menos se ainda mantinha contato. Devia ter observado a casa, visto a visita de Liz, provavelmente a seguido, descobrindo onde trabalhava, depois onde morava, até que no falso táxi... Estremeceu involuntariamente ao pensar que escapara por um triz. Ao menos agora sabia porque aquilo tinha acontecido.

De repente, o celular de Liz tocou. Ela o apanhou e, enquanto ouvia a voz do outro lado, sua atenção trocou Hannah e o sombrio lounge do hotel escocês pelas colinas verdes atrás dos campos de golfe e o que andara acontecendo por lá.

CAPÍTULO 53

Mateo não se importava com a escalada; na verdade, estava achando até divertido. Era difícil fazer algum exercício de verdade trabalhando no hotel, e seu corpo baixo estava ficando gordo. Mas subir colinas não é esforço para alguém que crescera, como ele, em uma cidade na encosta, onde a mais simples caminhada — até as lojas, até um bar de *tapas* para encontrar os amigos — sempre envolvia uma íngreme subida. A inclinação gentil das colinas daquele vale não era nada para ele.

Mas algo estava estragando sua diversão. Estava incomodado com o que estava fazendo ali nas colinas. Qual era o propósito daquela jornada? Suas instruções tinham sido claras: caminhar rumo ao sul ao longo da A823 e depois, onde um pequeno riacho passava por baixo da estrada, virar no caminho de terra e subir rumo ao oeste bem onde as colinas começam, depois descer uma trilha e seguir para o norte de volta ao hotel. As instruções eram precisas: quando estivesse retornando pela trilha, deveria parar depois de 500 metros em um pequeno bosque que ele alcançaria logo após um riacho tão pequeno que ele poderia facilmente atravessar com um pulo. As árvores eram praticamente todas píceas e abetos, isso fora explicado, então ele veria o único freixo, escondido pelos vizinhos mais altos, assim que entrasse no bosque. O embrulho estava a 35 passos do monte de pedras na entrada do bosque.

Recolha o pacote que encontrar na árvore, dissera ela, *e depois caminhe com o sol diretamente à esquerda e voltará para a beira do terreno do hotel.* Ela estaria esperando por ele na margem sul do campo de golfe, perto do décimo *tee*. A menos que se perdesse, acrescentou com provocação, ele estaria de volta a tempo para o almoço.

Quando ela pediu, a princípio ele ficara relutante e desconfiado — drogas, tinha pensado. Com toda aquela segurança em volta, simplesmente não valia a pena. Mas toda a bajulação de Jana — *sei que você é um homem forte de vigor* — estava influenciando-o desde o começo.

Sem mencionar o dinheiro. Ela tinha prometido pagar 500 libras. A princípio ele não acreditou, mas ela empurrou as notas debaixo de seu nariz, folheando as beiradas com o polegar como um maço de cartas. Seu pai tinha morrido no ano anterior e sua mãe estava fazendo o possível para criar seus dois irmãos menores lá em Ronda. Se Mateo conseguisse enviar para ela sequer metade do dinheiro, faria uma grande diferença.

Então ele deixou suas dúvidas de lado e enquanto marchava encosta acima, evitando as moitas de urze murchas, abrindo caminho pela grama alta, estava pensando no que o dinheiro compraria. Ficou contente por estar vestindo jeans e não short quando esbarrou no espinheiro escondido na grama. O vento estava aumentando e, quando a nuvem baixa encobriu o sol, ficou frio. Em Ronda, ele estaria suando da caminhada; ali estava agradecido pelo pulôver.

Tinha perguntado a Jana o motivo daquela missão estranha, mas ela dissera de início que existiam duas regras: ele pegaria metade do dinheiro agora, metade quando concluísse a tarefa; e não tinha permissão para fazer perguntas. Mas ele insistira em fazer uma — *poderia arranjar problemas com a lei?* Jana tinha sido enfática: *não, só se insistisse em saber mais a respeito.*

Na ignorância jazia a inocência, assim, qualquer escrúpulo que Mateo ainda sentisse foi suavizado quando Jana enfiou metade do maço de notas no bolso de sua camisa. E com o beijo que ela lhe deu (ainda podia sentir os lábios dela nos seus), e o murmúrio de que poderia ter "o resto" — ele não pensou nem por um momento que ela estivesse falando das 250 libras — depois que tivesse feito aquilo por ela.

Ele viu a pilha de pedras assim que alcançou o topo da colina e acelerou o passo até estar quase correndo morro abaixo. O terreno se nivelou, e ele foi mais devagar ao entrar no pequeno arvoredo, espiando agora nas sombras já que o sol desaparecera por trás da grossa folhagem das árvores. Parou, esperando que os olhos se acostumassem ao escuro, e caminhou lentamente, contando. "Quatro, cinco... quinze... vinte... trinta..." e antes que alcançasse 35 passos, viu o freixo. Um pouco descascado, com galhos horizontais, portando folhas em vez de agulhas. Como instruído, olhou para cima e ali, no segundo galho, talvez 4 metros acima do chão da floresta, avistou o pacote. Um estojo comprido preto, semelhante a uma estreita sacola esportiva, amarrado ao galho em um casulo de corda verde-escura. "Inteligente", pensou ele. Era preciso procurar bem para localizá-lo.

Respirou fundo, depois subiu com um salto no galho mais baixo, equilibrando-se com cuidado. Estendendo o braço e tateando com os dedos, descobriu o nó que segurava a corda ao redor do estojo. Então usou as duas mãos, balançando por um momento até conseguir se firmar, desfez o nó e puxou devagar a corda, que deslizou ao redor do estojo até ficar pendurada como uma cobra no galho mais alto. Ele estendeu a mão e agarrou o estojo pela alça, empurrando-a com cuidado pelo galho grosso. Era tão inesperadamente leve que ele quase perdeu o equilíbrio, mas ao recuperá-lo, escorregando um pouco até chegar à terra.

Quando saiu pelo lado afastado do bosque, apertando seu prêmio, ficou meio cego pelo sol que surgia à esquerda, então parou para esperar por um momento até os olhos se reajustarem. Estranhamente, isso não aconteceu e, quando piscou, ele percebeu que existia outra fonte de luz. Foi quando ouviu o helicóptero, que subitamente apareceu sobre a colina seguinte, pairando baixo, um soldado na porta lateral girando um cano de arma montado em sua direção e um refletor brilhando com intensidade impressionante.

Virou-se instintivamente contra a luz, e foi quando viu os soldados — uma dúzia ou mais, agachados ao longo da margem do bosque, as armas apontadas para ele. Estavam próximos — a talvez 30 metros de distância — e se aproximavam rápido, então nem pensou em correr, apenas ergueu as mãos no ar, deixando o estojo cair no bolsão de grama, imaginando se Jana havia sido traída também.

CAPÍTULO 54

Liz não levou mais do que cinco minutos para quebrar a resistência do espanhol. Ele estava sendo mantido em um dormitório montado na margem externa de King's Course para os intervalos das sentinelas. Quando ela chegou, o líder do pelotão, um tenente chamado Dawson, já o tinha interrogado. Sem resultados.

Confrontado por Liz, o garoto se ateve à sua história. Seu nome era Mateo Garcia, trabalhava na cozinha do hotel e estava dando um passeio nas colinas quando foi abordado por um helicóptero e cercado por soldados armados. *O que ele estava fazendo com um estojo de rifle?*, perguntou Liz. Ele o encontrou no bosque; não devia ter apanhado aquilo, bem sabia, mas pegara. Não, não havia nenhum rifle dentro. *Sinto muito*, disse a Liz com arrependimento, mas não tinha mais nada a dizer.

Não havia tempo para sutilezas.

— Não acredito em nada do que diz — declarou ela incisivamente. — Será pior para você se não me contar a verdade agora. Entendeu? — O tenente Dawson, que estava de pé bem ao lado de seu prisioneiro, aproximou-se ameaçadoramente.

O rapaz recostou-se nervoso na cadeira, perturbado com a ferocidade no tom dela e a implícita ameaça de Dawson. Fez um leve aceno com a cabeça. "Bom", pensou Liz, sabendo que mesmo aquela pequena afirmativa era um passo adiante. Foi direto ao assunto. Apresentando uma cópia da fotografia de Kollek, disse:

— Quero saber quando foi a última vez que viu este homem. E o que ele pediu que fizesse.

Relutantemente, Mateo apanhou a foto. Enquanto a examinava, Liz observava seu rosto em busca de qualquer sinal de reconhecimento, mas não viu nada — Mateo só parecia assustado.

— Nunca vi este homem — disse como se estivesse prestando um juramento. — Não sei quem ele é. — Ou Mateo era bom ator ou realmente não conhecia Kollek. Os instintos de Liz diziam que o rapaz espanhol estava dizendo a verdade. Porém não acreditou nem por um momento que ele tinha ido às colinas dar um passeio. Então o que estava fazendo? Por que o estojo do rifle estava vazio e onde estava a arma?

Havia pouco tempo para pensar — em meia hora a delegação síria estaria desfrutando da hospitalidade de seus inimigos de longa data, os israelenses.

— Acredito em você — anunciou Liz. Mateo pareceu aliviado. Só existia um outro ângulo possível que Liz pudesse tentar. — Mas a sua amiga Jana conhecia este homem. Ela estava trabalhando para ele, não é?

O rosto do rapaz congelou, e Liz soube estar perto de alguma coisa.

— Ela não contou a você? — perguntou, deixando a voz se erguer.

Ele meneou a cabeça com fraqueza. Liz pressionou.

— O que ela disse que você estava fazendo, lá nas colinas? Qual era o propósito disso tudo?

O pânico encheu os olhos dele, e Liz pensou por um momento que o rapaz fosse chorar, mas então ele pareceu se recompor. Ela insistiu logo, mantendo a pressão.

— Sabemos como ela estava envolvida — declarou, bem consciente de que estava blefando. — Mas o quanto você sabe? Estou avisando, você está andando sobre gelo muito fino. Se não cooperar comigo, e rápido, estará amanhã em um avião para a Espanha, nunca colocará os pés neste país novamente e passará um tempo interessante com a *Guardia Civil*.

Odiava distribuir ameaças que não poderia cumprir, mas precisava fazê-lo falar e esta era a única maneira. "Espero que ele não saiba demais sobre seus direitos", pensou Liz.

O rapaz estava claramente aterrorizado agora, mas estaria com medo dela ou de outra pessoa? Podia senti-lo desmoronando, tentando formular na mente o que fazer. Então, para alívio dela, Mateo pareceu concluir que ela era a ameaça maior. A voz dele se fez ouvir quando disse:

— Não sei porque ela me pediu para ir lá, exceto pelo que disse, para recolher um pacote. Não sei nada sobre este homem; tem que acreditar em mim. Confiei nela quando me disse para não fazer perguntas.

— Ela pagou você?

Ele assentiu, parecendo vencido e patético.

— É a minha mãe... — começou a contar, e as palavras pairaram frouxas no ar denso do dormitório.

Ela arrancou tudo o que podia dele; Mateo era só um peão. Deixou-o com Dawson e seus homens, que o entregariam à polícia. Do lado de fora do dormitório, encontrou Dave Armstrong esperando por ela, sentado ao volante de um carrinho de golfe.

— Achei que assim seria mais rápido do que ficar andando para toda parte — disse ele.

— Boa ideia. Precisamos ir ao centro de falcoaria imediatamente. A demonstração começará logo.

— E o rifle? O garoto disse alguma coisa? Sabe onde está? Temos três pelotões lá nas colinas procurando pela arma... e pelo atirador.

— Não acho que exista um rifle ou um atirador. Mas é bom continuar procurando, só por garantia; e tomar todas as precauções. Mas acho que Mateo era uma isca, usada para nos distrair. O que certamente funcionou. — Ela pegou o celular com impaciência e apertou a tecla para chamar Peggy.

Peggy respondeu de imediato.

— Sim, Liz.

— Onde Jana está agora?

— Aparentemente está doente e deitada no quarto. Mas quando verifiquei com Ryerson, soube que quase nunca adoece. Talvez seja o estresse da sua entrevista.

— Duvido. Ela parece estar muito doente?

— Bem, não deve ser muito grave. Ela trabalhou no turno do almoço e deu uma volta depois disso.

— Aonde ela foi?

— Caminhou pelas quadras de tênis e depois de alguns minutos retornou ao hotel. — Liz percebeu com um sobressalto que aquela rota a teria levado direto à escola de falcoaria. Peggy completou: — Mantive distância, do contrário teria sido vista. Queria ter certeza de que ela não iria deixar o terreno do hotel.

— Ela saiu de novo durante a tarde?

— Não, ficou no quarto. Tenho certeza disso; fiquei vigiando o alojamento dos funcionários a tarde inteira.

— Preciso interrogá-la novamente. — Liz olhou o relógio; não havia tempo para isso agora. — Por favor, certifique-se de que ela fique no quarto. Se ela tentar sair, quero que seja detida. Invente uma desculpa, podemos resolver isso depois. Mas não a quero perto da delegação síria. Vá ver Jamieson imediatamente, e garanta disponibilidade de reforço caso você precise. E tome cuidado com esta mulher, ela é escorregadia e pode ser perigosa.

Liz estava pensando nisso enquanto prosseguia. Sentia-se uma goleira defendendo pênaltis, sem ideia de onde a bola seria chutada em seguida. Dave tinha guiado o carrinho pelas *fairways* e estavam se aproximando da estrada que passava pelo clube. No lado distante, policiais armados estavam dispostos a cada 20 metros. Quando o carrinho de golfe se aproximou um pouco da superfície de asfalto, um policial deu um passo adiante, depois os deteve com o braço erguido. Dave freou bruscamente.

— Não podem atravessar aqui — declarou o oficial.

— Precisamos — disse Liz com clareza. — É urgente.

Ele meneou a cabeça.

— Estão escutando? — perguntou ele, e de algum lugar no céu Liz conseguia detectar as pás barulhentas de um grande helicóptero. — É o primeiro-ministro. E esperamos o presidente americano dez minutos depois. A área de pouso foi realocada — acrescentou, apontando para o vasto gramado verde que se estendia entre eles e o hotel.

— Eu sei — disse Dave sucintamente. — Fui eu que a realoquei. — Apontou para o crachá de identificação na jaqueta. — Vamos contornar a faixa de pouso, mas precisamos atravessar a estrada.

O policial hesitou.

— Ligue para o Sr. Jamieson se quiser — interveio Liz —, mas temos uma operação em andamento. Estamos com pressa.

— Não, tudo bem. — Ele saiu da estrada e os deixou passar com um elaborado aceno de mão, para mostrar aos colegas mais adiante na estrada que eles estavam atravessando com sua aprovação.

Dave guiou o carrinho em sua velocidade máxima, então os dois cruzaram a estrada e entraram no turfe verde do campo de *pitch & putt*. O giro retumbante dos rotores de um helicóptero era claramente audível agora e, olhando para o leste, Liz podia vê-lo, a menos de um quilômetro de distância. Uma área de pouso do tamanho de uma piscina olímpica fora rapidamente demarcada com linhas de fita e giz branco; a 50 metros, cordas foram suspensas para manter o pessoal da imprensa longe.

Um esquadrão dos homens do Serviço Secreto em ternos pretos estava aguardando à beira da área de pouso. Atrás deles, um bando de agentes de segurança britânicos se reunia por trás de uma balaustrada de pedra, feito comandantes observando uma batalha de longe. Policiais armados patrulhavam as margens do campo; dois com pastores-alemães em correntes curtas.

Quando Liz e Dave atravessaram a última curva do campo de *pitch & putt*, outro carrinho de golfe saiu apressado da trilha em frente, tomando a direção deles. Junto ao motorista estava a figura magra do chefe de polícia. Ele tinha dito a Liz que supervisionaria a segurança das exibições de falcoaria e cães de caça pessoalmente, então o que estava fazendo ali? Liz cutucou o braço de Dave, que reduziu a velocidade até o outro carrinho parar perto deles.

— Está tudo bem por lá — disse Jamieson, inclinando o polegar para indicar a escola de falcoaria. — As delegações estão chegando agora. Vim ver o presidente; os camaradas do Serviço Secreto insistem para que eu esteja lá. Estão um bocado agitados por causa deste rifle que foi encontrado.

"Não existe rifle nenhum", pensou Liz. Mas não tinha tempo para discutir com o sujeito. Ele disse alegremente:

— Vai encontrar meu subordinado, Hamish, vigiando as coisas por lá.

Enquanto seguiam pela última fileira de árvores no quadrado relvado diante do prédio de falcoaria, Liz viu falanges de seguranças cercando as duas delegações que chegavam.

Dave estacionou ao fim do prédio enquanto Liz caminhava apressada pela ladeira gramada até a área destinada à demonstração. As duas delegações estavam lado a lado, sem se misturar — exceto à frente, onde o presidente sírio estava conversando, um pouco rígido, com o primeiro-ministro israelense. Próximo a eles, Liz notou um homem semelhante a um touro calvo tagarelando com Ari Block, o chefe da base londrina do Mossad. Block viu Liz e deu um curto aceno de cabeça.

Hamish Alexander, subordinado do chefe de polícia, estava de pé numa pequena elevação, monitorando o pequeno aglomerado de espectadores. Parecia temerosamente jovem, mas transmitia competência — apontando para os policiais armados a cada canto do quadrado e explicando que, por trás do pequeno bosque de carvalhos e bétulas que formavam o pano de fundo, mais policiais estavam posicionados como precaução extra contra qualquer um que, de alguma forma, penetrasse o perímetro.

A porta da frente da escola de falcoaria se abriu, e McCash saiu com uma águia dourada empoleirada na mão enluvada estendida. Ruídos apreciativos cumprimentaram a ave, apesar de que, quando McCash se aproximou do grupo de espectadores, este se dividiu conforme as pessoas se afastavam para evitar as garras afiadas e o bico.

— Olhe o tamanho dele — disse Dave com apreciação.

— Ele se chama Gorducho — comentou Liz com riso forçado. Porém, acrescentou, tensa: — Dave, isso está me deixando nervosa.

McCash começou a exibição com Gorducho, que fez o voo solo rasante que Liz já tinha visto. Ouviram-se leves risadas na multidão quando a águia dourada pareceu conseguir por pouco aterrissar na segunda plataforma.

McCash entregou Gorducho para um assistente enquanto outro colega chegava, carregando um falcão encapuzado. Esta era a ave que pretendiam que fosse lançada em voo pelo próprio presidente sírio, que não pareceu nada entusiasmado quando lhe explicaram o que precisava fazer.

Dave disse:

— Ouvi um dos sírios dizendo que o presidente não é muito afeito a falcoaria.

"Então não é verdade que todos os árabes gostam de aves de rapina", pensou Liz. "Um basta aos estereótipos".

Assim que McCash desencapotou o falcão, a ave se lançou direto ao ar, para a óbvia surpresa do especialista, depois desceu, virou e disparou como uma bala na direção do arvoredo próximo. Lá desapareceu por trás da densa folhagem. McCash ficou abismado, e os espectadores observavam, intrigados, sem saber se aquilo era parte da exibição. McCash sinalizou para a escola de falcoaria, e um assistente veio correndo, segurando um aparelhinho nas mãos.

— O jovem Felix está brincando conosco — anunciou McCash em sua suave voz das terras altas escocesas. — Mas logo o teremos de volta. Todas as nossas aves estão eletronicamente identificadas, então podemos encontrá-las quando desertam.

Liz podia ver que McCash estava remediando uma situação embaraçosa fingindo que nada dera errado. Mas algo *dera* errado, ela sabia, só não conseguia identificar o quê. Alerta como estava para que algo inesperado acontecesse, o desaparecimento da ave a deixou inquieta. Por que tinha voado tão rápido para o bosque? O que estava fazendo lá? Teria Jana se ocupado disso de alguma maneira durante o passeio da tarde? Liz sabia que o rastreador não servia para atrair o falcão — meramente o localizava — mas só ficaria relaxada quando Felix retornasse.

Conforme o assistente de McCash se aproximava das árvores, Liz podia ouvir um distinto *bip-bip-bip* do rastreador. Precisava agir.

— Quero um homem pronto para abater aquela ave — disse a Hamish Alexander.

Ele ficou estupefato.

— Abater? — repetiu ele. — Para quê? É só uma ave.

— Sim, mas pode estar fazendo algo perigoso. Não podemos correr o risco — afirmou ela sem hesitação. Olhou ao redor: Jamieson não estava à vista, sem dúvida estava tirando fotos com o presidente americano, e ela não viu nenhum outro oficial sênior nas proximidades. Não havia tempo para se preocupar com sua autoridade para ordenar que disparos fossem feitos.

Alexander hesitou, depois pareceu se decidir. Chamou um dos policiais armados que estavam parados perto da porta da escola.

O assistente de McCash tinha alcançado o bosque agora e entrava em meio às árvores com a mão erguida bem alto, segurando o aparelho de rastreamento. Os *bips* ficaram mais altos; a ave devia estar bem perto. Liz, tensa, se perguntava novamente o que o falcão estava fazendo lá.

De repente ouviu-se um farfalhar e som de asas batendo, e o assistente se abaixou quando o falcão saiu em disparada do arvoredo, voando pouco acima de sua cabeça e rumando diretamente para as delegações. Depois virou, indo direto para o céu como uma flecha. Quando alcançou o topo de sua subida e reduziu a velocidade, Liz pôde ver algo metálico pendurado em seu bico.

O oficial armado estava parado ao lado de Hamish Alexander, esperando por ordens. Liz disse com afinco:

— Prepare-se.

A ave baixou lentamente na mais leve indicação de movimentação de ar quente e veio em uma ampla curva descendente na direção deles. Passou sobre as cabeças dos espectadores, que olhavam para o céu, observando a tudo fascinados. Agora o falcão rumava diretamente para o presidente sírio. O policial apertou a arma com força e girou o cano para cima, apontando o céu. Liz estava prestes a ordenar que atirasse quando a ave de repente cortou acentuadamente o próprio trajeto, voando no que parecia ser um ângulo impossível, perdendo velocidade até estar diretamente acima de McCash. Então do bico caiu o pacote prateado, que despencou pelo ar como um borrão até aterrissar com um *plop* macio sobre a grama.

Antes que qualquer um pudesse se mexer, McCash se abaixou casualmente. Apanhou o pacote brilhante. Segurou-o no alto e disse secamente:

— Felix ainda tem que aprender que esta é uma área para não fumantes. — Na mão havia um pacote vazio de cigarros, sua embalagem prateada. O público riu em apreciação.

Liz, que inconscientemente estivera prendendo o fôlego, deixou escapar um profundo suspiro. Suas pernas estavam tremendo de tensão.

— Essa foi por pouco — disse Dave. — Por um minuto pensei que atiraríamos no presidente. Bom trabalho mesmo assim.

Depois daquele falso alarme, Felix e as duas outras aves trazidas se comportaram de maneira exemplar. O presidente sírio lançou Felix em voo com rapidez, parecendo desconfortável, depois o primeiro-ministro israelense teve uma tentativa; por fim, McCash exibiu um falcão que arrebatou comida com a asa dos dedos nus do treinador.

Quando a exibição terminou, Liz deixou Dave ir apanhar o carrinho enquanto andava acelerada rumo ao pequeno lago ao fim do terreno, onde a demonstração de cães de caça aconteceria. Estava tentada a pular aquilo e seguir direto para o clube, para ter certeza de que nada tinha acontecido nas colinas distantes, e que a segurança extra estava de prontidão para o jantar.

Seu celular vibrou no bolso. Era a voz de Hannah, agitada:

— Liz, tive notícias dele.

— O que ele disse?

— Ele não ligou. Foi uma mensagem de texto. Não fez nenhum sentido para mim. Encaminhei para você agora mesmo.

Sem interromper as passadas, Liz encarou atentamente a minúscula tela do celular. A mensagem era curta: *Diga aos seus amigos britânicos que devem procurar onde o rei joga — e mais além. As colinas estão vivas...*

"Besteira", pensou Liz irritada. Ele está atrasado. Não sabe que pegamos o garoto espanhol. Está tentando nos distrair enquanto anda por aí. Mais do que nunca, Liz estava determinada a não entrar no jogo de Kollek. Tinha deixado aquele agente extraviado dirigir a operação por tempo demais. Logo mandou Peggy fazer com que rastreassem a ligação de Kollek. Mas demoraria demais. Algo aconteceria em breve. Tinha certeza disso agora. Por que outro motivo Kollek enviaria a mensagem para Hannah? Mas o que aconteceria, e onde? Estaria ele ali agora? Ela não tinha respostas, e sua única esperança era manter-se alerta e confiar em seus instintos.

CAPÍTULO 55

Onde estava Sammy? Ela esperou por ele no quarto durante toda a tarde. Seguira suas instruções e deixara o jarro de flores no parapeito da janela na noite anterior, à vista de qualquer um lá fora, exatamente como ele dissera. Mas ele ainda não tinha aparecido.

Era hora de seguir para o que ele chamou de plano B. Tinha avisado que se ela não recebesse notícias dele até 12 horas depois de colocar as flores na janela, deveria voltar ao grupo de pinheiros atrás do centro equestre e esperar lá, escondida entre as árvores, até ele aparecer.

Saíra do quarto uma vez durante a tarde para ver se estava sendo observada. Não conseguiu saber ao certo: tinha visto uma mulher jovem ao longe, vestindo calça azul e um suéter preto, que parecia estar passeando pelas quadras de tênis; quando Jana voltou da pequena caminhada, a mesma mulher estava parada do lado de fora da sala de jantar dos funcionários.

Jana olhou o relógio. Faltavam dez minutos para as 17h; quando terminasse de atravessar o terreno, estaria bem na hora. A menos que alguém tentasse impedi-la. A ideia aumentou sua necessidade ansiosa de ver Sammy. Ele diria a ela o que fazer; saberia o que ela devia dizer caso a mulher da segurança inglesa a interrogasse novamente.

Olhou ao redor em busca de uma arma — faria qualquer coisa para se encontrar com Sammy. Vendo um peso de papel na mesinha de canto, apanhou-o, sentiu seu peso na mão. Tinha o tamanho e o formato aproximado de uma bola de tênis cortada ao meio e era feito de vidro grosso, com a cena de uma floresta coberta de neve pintada por dentro. Lembrou que uma vez tinha visto Karl, o dono da taberna lá na Morávia, deixar um bêbado barulhento inconsciente com uma bola da mesa de bilhar. O peso de papel serviria; colocou-o no bolso da jaqueta.

Trancando o quarto ao sair, olhou de um lado ao outro do corredor — vazio. Os outros funcionários já estavam se preparando para servir o jantar. Foi quando saiu no patiozinho que viu a mesma mulher das quadras de tênis observando-a da entrada dos fundos para o hotel. Agora vestia um casaco, mas Jana sabia que era a mesma pessoa.

"Talvez fosse apenas coincidência ela estar ali", pensou Jana, ao sair apressada na direção dos fundos do hotel. Mas não deu mais do que alguns passos antes que uma voz às suas costas a chamasse.

— Jana. Pare, por favor.

Ela se virou para se deparar com a mulher vindo em sua direção. Como sabia o nome de Jana?

— Sim? — disse, tentando soar mais segura de si do que se sentia. A mulher estava se aproximando dela, estendendo o cartão de identificação. — Sou da segurança. Sinto muito, mas tenho que pedir que volte para dentro.

— Para quê? — perguntou Jana, tentando soar confiante, como as pessoas das telenovelas que assistira. Quis olhar o relógio, de repente, temendo que caso se atrasasse minimamente, Sammy não esperaria.

— Sei que é um incômodo — disse a jovem com simpatia. — Veja, o helicóptero do presidente americano está para chegar, e existe uma área proibida até que ele esteja em segurança dentro do hotel.

— Mas estou indo para o outro lado — retrucou Jana, apontando.

A jovem estava meneando a cabeça. Ainda possuía um meio sorriso no rosto, mas a voz era decidida.

— Não importa. A área proibida se estende por toda parte. Lamento.

Jana estava pensando rápido. Não existia outra saída do alojamento dos funcionários. Se voltasse para o quarto, ficaria presa lá e perderia o encontro com Sammy.

— Tudo bem — disse, e virou como se pretendesse voltar. Depois, girou de repente e começou a correr na direção da estrada por trás do hotel. Mas para sua surpresa, a outra mulher se provou mais rápida, e com três passadas agarrou o braço esquerdo de Jana.

— Pare! — ordenou a mulher.

Jana tentou desvencilhar o braço, enquanto a mão direita buscava no bolso o peso de papel de vidro. Deixando-se puxar pela mulher, de repente girou a mão direita em um arco feroz. A outra mulher tentou se esquivar, mas era tarde demais, e o peso de papel a atingiu em um golpe esmagador acima do olho, depois o objeto caiu no chão, onde se partiu em pedaços. O sangue escorria por um lado do rosto dela.

Inacreditavelmente, ela ainda não largava do braço de Jana. Virando-se para encarar a adversária, Jana curvou em garra a mão direita, agarrando a bochecha da mulher com os dedos e apertando o mais forte que conseguia. Quando sentiu a mulher largar seu braço esquerdo, atacou com aquela mão também. A outra lutou, bloqueando a maior parte dos socos e desferindo um no queixo de Jana. Mas Jana era mais alta e pesada, por isso a mulher foi cedendo lentamente à ferocidade do assalto. A luta as guiava para uma ponta do pátio e, quando as costas da mulher tocaram a parede do hotel, Jana avançou de súbito, plantando as duas mãos na garganta dela, sufocando-a. Precisava tirá-la do caminho para conseguir ver Sammy, então apertou mais e mais as mãos, enquanto a mulher lutava para respirar. Porém, quando Jana pensou que a mulher fosse desmaiar, ela pareceu invocar uma explosão final de energia. Jogando a cabeça para trás, lançou-se para a frente, e a testa aterrissou com um estalo nauseante na ponte do nariz de Jana.

A dor foi agonizante. Jana tirou as duas mãos da garganta da mulher e cambaleou para trás, depois caiu no chão do pátio, completamente tonta. Tentou ficar de pé, mas um par de braços a prendia ao chão — braços masculinos, fortes o bastante para virá-la até deixá-la presa com o rosto no pavimento.

Jana podia ouvir, mas não ver, a outra mulher buscando ar.

— Obrigada, Dave — arfou a mulher.

— Você estava se saindo bem sem mim, Peggy — disse o homem enquanto botava mais pressão nos braços de Jana. — Quem diabos ensinou você a dar cabeçadas?

CAPÍTULO 56

A água do lago diante dela parecia uma mancha escura. As margens eram baixas e relvadas e, na ponta mais próxima ao clube, onde o jantar seria servido mais tarde, havia um grande quadrado de grama bem aparada — em qualquer outro dia seria um dos *tees* do campo de *pitch & putt*. Era ali que as duas delegações ficariam para observar a exibição de cães de caça. Duas mesas de cavalete foram armadas, cobertas por toalhas brancas. Garrafas de refrigerante, suco de frutas e água com gás estavam dispostas junto de um pequeno exército de copos; discretamente, em um dos cantos, havia meia dúzia de garrafas de vinho branco.

Quando Liz chegou, a treinadora já estava lá, segurando dois esguios labradores pretos com correntes, com o braço alemão sentado imóvel junto dela. O presidente da Síria estava conversando ao celular enquanto caminhava na direção do *tee*, acompanhado pelo seu embaixador em Londres e cercado por guarda-costas. Quando os israelenses chegaram, ele fechou o celular e se voltou para o primeiro-ministro israelense, com um grande sorriso. "Ao menos isso está indo bem", pensou Liz.

— Diga-me — perguntou Liz à treinadora —, você foi a única pessoa que esteve com os cães hoje?

— Isso mesmo. Eles ficam agitados demais se deixo estranhos se aproximarem em dia de exibição.

A resposta foi firme, mas Liz não ficou satisfeita e perguntou novamente:

— Então você foi realmente a única pessoa a ter contato com os cães?

— Sim. Foi o que eu disse — replicou ela, com um lampejo de irritação. Mas depois refletiu. — Bem, exceto por uma das meninas estrangeiras no hotel. A mãe tem um braco alemão em casa e a menina sente saudades, então gosta de visitar Kreuzer. Eu a deixo ajudar alimentá-lo. Por quê, alguma coisa errada?

— Espero que não — disse Liz, franzindo a testa. — Qual o nome da menina?

— Não sei — respondeu a mulher. — Nunca perguntei.

"Posso imaginar", pensou Liz, enquanto passava de volta pelas pessoas que agora rodeavam as mesas, "mas espero estar errada." Tomou posição em um pequeno declive logo abaixo da estrada e, quando os delegados se aproximaram do lago, Dave foi até ela. Ficaram parados juntos, observando com atenção.

A treinadora bateu palmas e os visitantes ficaram em silêncio. Explicou com uma voz alta e animada que os dois labradores que ela segurava pela corrente demonstrariam suas proezas sem precisar pagar o pato por nada. Liz notou o presidente sírio rindo com apreciação, exibindo seu domínio da língua inglesa

— "ou escocesa", pensou ela, pois a mulher possuía o sotaque musical da costa oeste da Escócia.

No meio do lago, a uns 10 metros da ilhota, um rapaz estava sentado em um pequeno barco a remo. Ao sinal da treinadora, atirou na água dois chamarizes imitando patos, inclusive no tamanho. Eles aterrissaram espalhando água, depois ficaram eretos e boiaram na superfície do lago.

Libertando os dois cães, a treinadora soprou o apito em uma baixa explosão aguda, e o par disparou, entrando na água sem hesitação, nadando como crianças contentes em um acampamento de verão. Quando se aproximaram do barco a remo, de repente, alteraram a rota, rumando para os patos de plástico. Cada cão apanhou um pela cauda, depois se viraram juntos e começaram a retornar para a margem, acompanhados pelo barco a remo. Ao alcançarem água rasa, reduziram a velocidade e, novamente em terra firme, correram até a treinadora, deixando os chamarizes com cuidado aos seus pés. No *tee*, o público bateu palmas educadamente. O presidente sírio parecia satisfeito; o primeiro-ministro israelense, ansioso até então, também parecia contente.

Quando os aplausos cessaram, a treinadora encarou a multidão novamente.

— A próxima exibição é um pouco diferente, serve para demonstrar como o focinho pode ser mais importante que os olhos para os cães. Escondi o outro chamariz naquela ilha. — Ela apontou para o lago. — Está completamente invisível. Mas o Kreuzer aqui vai encontrá-lo.

Ela estalou os dedos para o braco branco e marrom. Ele trotou imediatamente até a margem d'água e mergulhou.

De repente, a ansiedade de Liz aumentou. Algo nos comentários da treinadora a deixou incomodada. O que exatamente Kreuzer estava tentando encontrar? Ela caminhou rapidamente entre os espectadores até parar perto da treinadora. Kreuzer se movia suavemente pela água encrespada do pequeno lago — não realmente um lago, pensou Liz; não era muito mais que uma lagoa.

— Então Kreuzer vai descobrir o chamariz puramente pelo faro.

— Sim. Ele tem um faro maravilhoso. Em uma charneca geralmente não se vê onde a ave cai, por causa da urze, mas com um cão assim não importa. Os israelenses me contaram que achavam que o presidente sírio ficaria bem interessado... parece que ele caça bastante.

Liz observou o cão alcançar a ilha e se arrastar pelas moitas de grama pantanosa. Ele começou a circular, focinho no chão, e logo estava rumando para a árvore solitária.

— Ah, não — gemeu a treinadora.

— Algum problema?

— Ele passou direto. Enterrei o chamariz a um metro da margem, onde ele saiu da água. O que há de errado com ele?

Mas estava claro que Kreuzer estava no rastro de alguma coisa; ao se aproximar da árvore, suas orelhas levantaram e ele começou a farejar rapidamente. De repente parou, enfiou o focinho na grama e começou a puxar furiosamente com os dentes, uma, duas vezes, até subitamente erguer a cabeça e exibir na boca, apertado com firmeza e cuidado entre as presas, um pacotinho. Estava embrulhado em um tipo de pano verde e mais parecia um rolo de talheres de prata, bem amarrado ao meio com uma tira de pano.

Liz pensava seriamente em Jana — o que ela poderia ter feito? Dado outro cheiro ao cão? Mas por quê? E aí ela lembrou. O cabelo de Kollek — Naomi da embaixada israelense dissera que o cabelo dele estava inexplicavelmente molhado na noite em que saiu sozinho. Ele esteve lá! Claro. Foi Kollek quem escolheu aquele entretenimento. Tinha estado ali e nadado até a ilha para plantar seu próprio chamariz para o cão. Mas aquele seria mortal.

— Ele encontrou outra coisa! — exclamou a treinadora.

— E se ele recebeu outro cheiro? Depois do cheiro que você deu a ele.

— O que quer dizer?

— Exatamente o que eu disse — explodiu Liz. — Se você deu a ele um cheiro, mas depois alguém deu a ele outro, ele seguiria o segundo?

— Sim, claro. Ele rastreia o último cheiro. Mas não vejo...

— Consegue parar o cão? — interrompeu Liz.

Kreuzer tinha entrado na água e estava nadando de volta, cabeça erguida para manter o pacote nas presas acima da superfície.

— O que quer dizer?

— Consegue evitar que o cão venha aqui? Diga! Rápido! Consegue? — Agora não havia tempo de arranjar um atirador para abater o cão. A treinadora parecia confusa, mas obedeceu. Levou dois dedos a boca e deu um assobio alto, áspero. O cão parou de nadar, o pacote de pano ainda em segurança em suas presas. Mas depois retomou o nado, rumando diretamente para a costa.

— Faça isso novamente — pediu Liz. — Por favor. Rápido. Detenha-o.

Novamente a mão foi à boca da mulher, e novamente veio o assobio estridente, ainda mais alto. Desta vez o cão parou, com um ar questionador nos olhos. A treinadora deu um sopro curto no assobio, e de repente o cão virou como uma foca na água e começou a nadar lentamente de volta para ilha. Liz prendia a respiração enquanto a treinadora a fitava com raiva.

— O que está acontecendo? Por que estamos fazendo isso?

Ela ficou quieta quando Liz ergueu uma mão de aviso; não estava com humor para ser desafiada, não até saber que era seguro e que estava enganada. Então ficaria feliz — mais do que feliz — em ouvir qualquer crítica direcionada a ela.

O cão alcançou a ilha e subiu margem acima, mais lento do que antes — Kreuzer estava cansado. Ofegava como um nadador que tivesse atravessado o Canal, mas ainda mantinha o pacote bem apertado na boca enquanto se sacudia vigorosamente para tirar a água da pelagem. "Se houvesse algo de errado com o pacote, logo vamos descobrir", pensou Liz, enquanto água espirrava da pele retesada do cachorro.

De repente o chão tremeu e, simultaneamente, Liz ouviu o ruído ensurdecedor de uma explosão. Na ilha, um monte de terra se levantou direto para o ar e se separou em milhares de pedacinhos que caíram lentamente no lago, acompanhados por uma enorme nuvem de poeira.

A onda de choque atingiu os espectadores, desequilibrando Liz enquanto esta se encolhia por causa da dor súbita nos ouvidos. No lago, a água se ergueu como um gêiser, obscurecendo momentaneamente toda a visão da ilha. Quando o ar enfim clareou, uma cratera do tamanho de um caminhão grande havia sido escavada no chão da ilha. De Kreuzer, não havia sinal.

Próximo a Liz, a treinadora encarava pálida os restos da ilha. Às costas, havia completo silêncio entre os espectadores. Liz olhou para trás, mas todos estavam parados no mesmo lugar; ninguém parecia ferido. Felizmente todos estavam bem distantes da explosão.

O silêncio foi quebrado pelo presidente sírio. Virando-se para o primeiro-ministro israelense com um sorriso largo, bateu as palmas com aparente deleite, depois as bateu novamente. O resto da delegação síria pareceu acordar e seguiu o exemplo do presidente, batendo também as palmas obedientemente, sendo acompanhado um momento depois pelos israelenses. Logo, os aplausos de todos os espectadores ecoavam pelas margens do pequeno lago.

O presidente sírio se inclinou e falou alguma coisa com o primeiro-ministro israelense, que se virou e falou apressado com Ari Block. O homem do Mossad olhou para Liz.

— Maravilhoso! — gritou com um sorriso entusiasmado. — O presidente perguntou se teremos mais fogos de artifício como este.

"Deus abençoe a diplomacia", pensou Liz, enquanto o som das sirenes de polícia ecoava pelo terreno. Provavelmente nunca descobriria o quanto os sírios realmente sabiam do pano de fundo da explosão, mas era óbvio que o presidente tinha decidido que a noite seria um sucesso fosse lá o que acontecesse. E como ninguém tinha morrido, exceto o pobre Kreuzer, seria um sucesso.

CAPÍTULO 57

Foi o soldado Grossman quem viu a pegada. O tenente Wilentz estava liderando os outros homens até o caminhão depois de terem parado para um intervalo de dez minutos quando Grossman chamou:

— Senhor!

— O que foi? — gritou, irritado, o tenente. Estavam ali no planalto de Golã há mais de seis horas, e todos queriam voltar para banhos quentes, comida quente e ar condicionado gelado. A estação seca tinha sido incomumente prolongada e a temperatura fora de estação era de uns 29ºC. Ao longe, os picos cobertos de neve da cadeia do monte Hermon cintilavam ao calor como um sorvete tentador.

— Tem uma pegada aqui — disse Grossman, apontando para a camada grossa de poeira sobre a terra batida da trilha.

Wilentz foi até lá imediatamente. Estavam a 3 quilômetros da travessia de Quneitra, o ponto oficial de acesso entre Israel e Síria, apesar de operar estritamente em uma direção — jovens sírios vivendo na ocupada Colina de Golã tinham permissão de entrar na antiga terra natal para estudar, mas só podiam voltar para as famílias uma vez ao ano.

As incursões eram frequentes; o Hezbollah andara ativo na região recentemente, instalando inclusive minas marítimas no lado sírio, no esforço de ampliar a tensão entre os Estados vizinhos. Havia uma preocupação crescente entre o comando do exército de Israel de que o Hezbollah se aventurasse no território israelense também, a razão pela qual Wilentz e sua patrulha estavam lá.

O oficial estudou a impressão, Grossman ao seu lado.

— Está apontando para a fronteira — observou o homem mais jovem, tentando soar analítico. Tinha só 18 anos.

— É, está sim — disse o tenente Wilentz, que tentava ser tolerante com os soldados sob seu comando. A maioria deles eram crianças como Grossman, prestando seu serviço militar. — Mas isto não é o mais importante. Veja a pegada. Ela diz mais alguma coisa?

Grossman olhou para o entalho na poeira, imaginando o que tinha deixado passar.

— Parece ser recente — disse ele.

— Sim. O que mais? — De repente o tenente Wilentz pressionou o chão com a bota, a cerca de 15 centímetros da pegada. — Olhe — ordenou ele.

Grossman olhou, e então viu.

— É quase idêntica.

— Exatamente. Foi uma bota de exército que fez essa pegada. Uma bota do exército israelense.

Wilentz chamou os outros homens da patrulha e berrou ordens. Deixaram o caminhão onde estavam e seguiram a pé, com Wilentz na frente. Conforme se afastavam da estrada, as pegadas se tornaram mais claras e o tenente, seguindo o rastro, caminhava sem hesitar.

Depois de 800 metros, alcançaram uma pequena elevação que era uma mistura de rochedos grandes e lascas de pedra soltas na encosta mais baixa. O oficial fez sinal para os homens pararem, depois voltou e se aproximou do grupo para dar mais ordens. Cinco minutos depois, o soldado Grossman estava escalando a encosta rochosa na companhia de Alfi Sternberg, um recruta de Haifa que conhecia da faculdade. "Por que um soldado estaria por aqui sozinho?", imaginou ele. "Teria se afastado sem permissão? Mas então por que estaria se dirigindo à fronteira síria?"

Primeiro ele viu a garrafa d'água, deixada ao lado de um rochedo em uma pequena depressão da rocha. Ao se aproximar, percebeu que, por trás, abrigado por um rochedo maior posicionado acima, existia um grande espaço. Ele gesticulou com a mão para Sternberg, e juntos andaram cautelosamente na direção do local, os rifles de prontidão.

De repente uma mão surgiu e apanhou a garrafa d'água, depois um homem se levantou por trás do rochedo. Era alto, magro e vestia uniforme militar. Ficou encarando-os com a segurança de um soldado veterano, carregando um fuzil de assalto T.A.R. nos braços.

— É bom ver vocês — disse ele laconicamente. — Estou observando-os há algum tempo.

Sternberg riu aliviado e afrouxou a pressão no rifle. Grossman hesitou; não entendia o que aquele homem estava fazendo ali.

— Quem é você? — indagou de súbito.

— Sou Leppo — respondeu o homem imediatamente. — Sammy Leppo. Estou aqui em Patrulha Especial. Sabem o que quero dizer, tenho certeza — acrescentou de forma significativa.

Sternberg assentiu, mas Grossman ainda estava incomodado. Com o Hezbollah nas proximidades, podia entender porque Leppo tinha se escondido quando os ouviu se movendo pelo planalto, mas algo na situação parecia estranho. Ele disse:

— Preciso verificar isso.

Leppo assentiu calmamente, mas depois afirmou:

— Não é uma boa ideia.

— Por quê? — perguntou Grossman, a suspeita retornando.

Leppo subitamente balançou o fuzil em arco e apontou para Grossman e Sternberg.

— Larguem as armas — ordenou. Não havia nada de relaxado em sua voz agora. Sternberg largou o rifle de imediato, e Leppo apontou seu fuzil para Grossman. — Largue-a. — Grossman obedeceu, subitamente certo de que aquele homem o mataria sem hesitação.

Então uma voz disse:

— *Você*, largue a arma.

Por trás de Leppo, o tenente Wilentz apareceu; havia rodeado a elevação e escalado. De pé no topo do rochedo atrás de Leppo e, ele estalou os dedos. Os quatro outros membros da patrulha apareceram, armas apontadas para as costas do homem.

Wilentz disse:

— É melhor vir conosco. Terá bastante tempo para nos explicar tudo sobre esta Patrulha Especial.

CAPÍTULO 58

Desta vez o *Ma Folie* não estava fechado; estava funcionando movimentadamente à hora do almoço. No bistrô em South Bank, a comida era francesa, conservadora e excelente. Enquanto Liz comia o último pedaço de *onglet*, grelhado em manteiga de chalota, sentia um curioso contentamento.

O quase desastre em Gleneagles não tinha sabotado a conferência de paz, embora nenhum dos participantes alegasse um sucesso total. Três dias de conversas intensas não causaram nenhum avanço dramático, mas as discussões foram conduzidas com espírito positivo por todos os lados. Efetuou-se o suficiente para que outra conferência fosse agendada dentro de quatro meses, tempo longo o bastante para permitir conversas complementares informais, mas breve o suficiente para garantir que toda a dinâmica não se perdesse. Liz e os colegas suspiraram aliviados quando o local de encontro da próxima conferência foi anunciado: França.

A garota tcheca, Jana, desabou em poucos minutos no segundo interrogatório de Liz, embora o que tenha revelado não tivesse acrescentado muito ao que já sabiam. Servia principalmente para confirmar a habilidade de Kollek em manipular pessoas. Jana tinha se rendido tão completamente ao seu encanto que nem hesitou quando ele pediu que esfregasse um trapo no nariz do braco alemão, mesmo tendo um pouco de medo de cachorros. Nem tinha questionado por que estava fazendo aquilo, ou por que ele deu dinheiro para mandar o jovem Mateo às colinas para recolher o pacote.

Liz presumiu que ela simplesmente não queria saber. Refletiu que Kollek tinha muito a responder, lembrando-se do rosto de Jana (desta vez as lágrimas foram genuínas), mas ao menos havia satisfação em saber que, tendo sido capturado pelo exército a apenas 3 quilômetros da fronteira com a Síria, o sujeito de alguma forma se explicaria. Estava nas mãos do Mossad agora e era bem provável que certo veterano atarracado e durão das muitas guerras de Israel fosse continuar adiando sua aposentadoria até ter terminado o interrogatório.

Miles ligara para Liz uma semana depois do retorno dela a Londres e apenas 24 horas depois do próprio retorno do Oriente Médio. Seguindo um acordo silencioso, passaram a maior parte do almoço falando sobre quase tudo, *exceto* os acontecimentos em Gleneagles. Ele perguntou sobre a família dela, e ela falou sobre sua mãe e sobre como esteve errada a respeito de Edward Treglown. Miles riu quando ela descreveu o velho cafajeste tentando dar o golpe do baú que ela esperava. Depois ele contou tudo sobre Damasco, descrevendo uma capital, e de fato um país, que era uma mistura estranha de antigo e novo, uma terra onde o software de computador mais avançado e o tradicional *souk* eram estranhos companheiros, e o Islã lutava contra uma forma de cristianismo que estava igualmente bem estabelecida.

Só quando ela declinou a oferta de sobremesa do garçom e ambos pediram café, foi que Miles ficou em silêncio, e Liz considerou que era apropriado falar sobre a complicada cadeia de eventos na qual os dois se envolveram.

— Sabe, você foi fundamental para nos ajudar a solucionar todo este caso Kollek.

— Fui? — Miles parecia agradavelmente surpreso. Liz pensou novamente que havia algo de atraente em sua modéstia.

— Sim. Se não tivesse ido a Tel Aviv e arrancado tudo aquilo de Teitelbaum, nunca saberíamos o que estava motivando Kollek, ou seja por que fez o que fez.

Miles reconheceu com um aceno relutante da cabeça.

— Suponho que seja verdade — respondeu, ficando em silêncio novamente.

Havia muito no que pensar. Para começar, a trama de Kollek provavelmente era bem simples, mas se tornou infinitamente complicada no momento em que terminou de maneira tão bizarra: com uma explosão que, se tivesse acontecido em terra como ele pretendia, teria matado tanto o presidente sírio quanto o primeiro-ministro israelense. Pelo que se constatou, foi a habilidade da treinadora em redirecionar o cão de volta para ilha no pequeno lago que salvou a todos. No fim, o cão foi a única vítima. Triste, até comovente, mas um desastre menor. Certamente bem distante do impacto mundial que Kollek esperava.

"Mas Kollek tinha sido muito esperto", pensou Liz, "ao menos no começo". Foi o que ela disse a Miles.

— E o que me diz do Oval? — perguntou ele, exatamente como Peggy fizera em Gleneagles.

Ela meneou a cabeça.

— Até isso funcionou a favor dele. Quando os descobrimos, imediatamente suspeitamos de Bokus, não dele. De fato, sempre que descobríamos algum elo com Kollek, sempre presumimos que estava sendo agenciado por um serviço de inteligência, particularmente o Mossad, claro. Mas ele estava brincando com eles; com todos nós, de fato.

Miles serviu a Liz o restinho da garrafa de Crozes Hermitage. Ela ignorou seu limite costumeiro de uma única taça de vinho no almoço — que se dane, decidiu ela, pressentindo um ar de despedida.

— O que eu nunca entendi — declarou Miles — era o que Kollek originalmente esperava conseguir. Quero dizer, suponha que nunca obtivéssemos a informação da fonte de Geoffrey Fane no Chipre. Não saberíamos absolutamente nada do que estava acontecendo.

— Ah, acho que isto está muito claro. Ele plantou a informação entre os sírios de que estavam sendo espionados por Veshara e Marcham, esperando que tentassem matá-los. Ele queria que os extremistas em Damasco se saíssem bem e os mandachuvas entrassem. E quase teve sucesso. Se tanto Marcham quanto Veshara tivessem sido assassinados, Israel ficaria furioso já que os dois estavam repassando informação para o Mossad. Kollek garantiria que o dedo fosse apontado para Damasco, e isso bastaria para destruir as perspectivas de paz desta vez, criando mais relações hostis por anos a fio. Claro, tudo isso deu errado quando as informações vazaram da fonte de Geoffrey Fane no Chipre, Abboud. E então, de maneira bizarra, Kollek soube do vazamento através de Bokus. Este foi seu golpe de sorte, embora se possa argumentar que seu passo seguinte tenha sido um erro. Ao contar aos sírios que havia um vazamento dentro do Serviço Secreto deles, isso fez com que eles concentrassem a atenção no informante, não em Marcham ou Veshara. Então ele mesmo matou Marcham, esperando que parecesse coisa feita por eles. Mas a maneira como o matou era sutil demais para os figurões sírios, então nunca pensamos neles.

Liz fitou com melancolia a taça de vinho.

— Mas nós nos deixamos preocupar com o assassinato de Abboud, particularmente tentando entender como os sírios haviam descoberto que ele estava trabalhando para o colega de Geoffrey Fane. Primeiro pensamos que o vazamento pudesse vir de você e depois de Andy Bokus; então quando vimos Bokus com Kollek decidimos que *tinha* que ser ele. Só que estávamos enganados.

Miles disse com simpatia:

— Isso não é de surpreender. Quem em um milhão de anos pensaria que a fonte da história da suposta ameaça descobriria que sua própria história tinha vazado?

— E Kollek explorou a bizarra oportunidade brilhantemente. Ali estávamos nós, dois serviços de inteligência supostamente trabalhando juntos, porém suspeitando cada vez mais um do outro. Enquanto o verdadeiro diretor do espetáculo ficava de fora e deixava a desconfiança trabalhar. Estávamos cegos para o fato de que tudo podia não passar de uma única pessoa guiada por seus próprios e estranhos interesses.

Miles terminou o vinho e baixou a taça devagar.

— O que sempre me surpreende é que com toda a nossa tecnologia sofisticada e a grande burocracia na qual trabalhamos, uma única pessoa ainda possa fazer tanto estrago.

Liz pensou nisso por um minuto.

— Bom, quando se pensa nisso, muito de nosso trabalho corresponde às ações de indivíduos, não governos ou burocracias. É o que o torna tão fascinante. Se fosse apenas processos ou dispositivos, acha que estaria fazendo este trabalho?

— Claro que não — respondeu Miles enfaticamente. — Nem você.

De repente ele pareceu um tanto triste, e Liz lamentou o tom melancólico que se infiltrou no almoço deles. Mas então Miles se iluminou novamente.

— Mas sobraram algumas pontas soltas, não é? — constatou ele.

— Mais do que algumas, tenho certeza — afirmou Liz. Mas isso era verdade em qualquer caso; sempre sobravam pontas soltas. — Em quais você está pensando?

— Eu estava me perguntando qual era o propósito de Hannah Gold. Por que Kollek estava tão interessado nela?

— Acho que no começo ele a queria como reserva, no caso da conferência prosseguir apesar de seus esforços. Ela provavelmente o ajudaria a espalhar explosivos ou dispará-los... involuntariamente, lógico. Mas, por acidente, Kollek descobriu que Sophie, nora dela, havia trabalhado no serviço de segurança. Talvez até tenha pensado que ainda trabalhasse. Imagino que tenha ficado vigiando Hannah, notado a minha visita e somado dois mais dois. Pensou em se livrar de mim...

— Não só pensou, Liz, ele tentou fazer isso.

Ela assentiu.

— Como não funcionou, ele abandonou a ideia de Hannah. Muito arriscado. Então a usou como distração.

— Ele arranjou várias distrações, não foi? O "atirador" espanhol, o rifle inexistente... e Hannah também.

— Ele foi esperto e improvisou brilhantemente.

— Diria que também foi sortudo.

— Sério? — perguntou Liz. — Eu diria que os sortudos fomos nós. — Pensou nas brechas que tiveram: seu encontro com o "jardineiro" na casa de Marcham, a posição elevada de Abboud na inteligência síria, um invejoso Dougal que por acaso viu o encontro de Jana com Kollek perto do centro equestre; todos foram golpes de sorte.

— Talvez — disse Miles. — Mas a questão é: você usou sua sorte. Nem todos teriam conseguido, acredite em mim. — Ele ergueu a mão para o garçom e gesticulou pedindo a conta.

— Isso foi adorável — declarou Liz. — Tinha razão sobre este lugar. Da próxima, eu escolho.

Miles deu uma risadinha engraçada.

— Terá que me fazer uma visita.

Visita? Talvez os olhos dela tivessem denunciado sua confusão.

— Sim. Em Damasco. — Ele a fitou com atenção, e Liz viu surpresa nos olhos dele. — Quer dizer que não sabia?

— Sabia do quê? — Estava cansada de mistérios; sempre que pensava ter se livrado de um, outro parecia surgir, mesmo ali durante um almoço agradável com um homem do qual estava começando a gostar muito.

— Fui transferido; estou voltando para Damasco. Pensei que Fane tivesse contado.

— Geoffrey? O que isso tem a ver com ele?

— Ele é parte do motivo da minha transferência — disse Miles, com um traço de ressentimento. — Foi ideia do Bokus, para começar. Ele nunca gostou de mim, e depois do desastre no Oval ficou ainda mais difícil trabalhar com ele. Então quando Ty Oakes passou pelo Oriente Médio depois da conferência de paz, seu chefe de base lá, o nome dele é Whitehouse, mencionou que minha presença na Síria seria útil no esforço conjunto. Ele me contou extraoficialmente que Fane o instruiu a fazer este pedido. Isso se encaixava tão bem com Bokus querendo se livrar de mim que presumi que fosse algo planejado.

Liz demorou um momento para entender sua lógica, pois ela ainda estava absorvendo a notícia.

— Mas por que Geoffrey se importou? — conseguiu perguntar, por fim.

Miles deu de ombros.

— Eu tenho as minhas ideias do porquê. Acho que tem a ver com você. Mas terá que descobrir por si mesma.

Liz ficou em silêncio por um momento enquanto assimilava a informação. Miles só podia estar querendo dizer que Fane não aprovava a amizade deles. Será que objetava por motivos profissionais ou era pessoal? Teria de pensar nisso.

— Sinto muito — disse enfim, sem saber se lamentava pela transferência de Miles ou pelo fato de Bokus e Fane o forçarem a isso.

Ele deu um sorriso irônico.

— Não sinta. Gosto de Damasco. E como eu disse, terá que me fazer uma visita. Podemos ir?

Lá fora, um sol baixo e triste pouco fazia para afugentar o frio de um cortante vento de outono. Liz abotoou o casaco e apertou bem o cinto ao redor da cintura. Caminharam em silêncio na direção do rio. Na extremidade sul da Lambeth Bridge, ela se virou e, depois de um momento de hesitação, deu adeus a Miles com um aperto de mãos em vez do abraço que pretendia.

"Quem sabia o que poderia ter acontecido conosco", pensou enquanto atravessava o rio. Graças ao ciúme profissional de Bokus, e talvez ao ciúme pessoal de Geoffrey Fane, era pouco provável que sequer descobrisse. Era fácil dizer que em breve pegaria um avião para Damasco, mas sabia que isso não ia acontecer. "Tantos 'poderia ter sido' em minha vida", pensou Liz, o que tornava a clara conclusão da Conspiração Síria ao mesmo tempo satisfatória e um lembrete da apavorante falta de progresso de sua vida pessoal.

"Ah, pois muito bem", pensou ela, quando o prédio da Thames House assomou diante de si, "ao menos tenho uma carreira com que me comprometer — e cuidar". Ao mostrar a identificação na entrada, riu da habitual péssima piada de Ralph, o segurança da porta, e conforme subia no elevador encontrou um conforto melancólico por estar de volta ao seu ambiente familiar. Gleneagles parecia pertencer a um mundo diferente.

Uma vez no escritório, Liz começou a folhear a pilha de papéis que se acumularam em sua ausência. Não tinha avançado muito quando ouviu uma batida discreta na porta aberta do escritório e viu Peggy na entrada, branca como papel.

— Qual o problema? — perguntou com preocupação.

— Liz, não sei o que dizer. Acabei de receber a notícia.

— Que notícia? — O que poderia ter dado errado agora? A conferência de paz tinha seguido seu curso, se não edificante, pelo menos completo. Hannah Gold estava sã e salva em Tel Aviv. Danny Kollek fora capturado. Então qual poderia ser o problema?

— É Charles — respondeu Peggy, chorosa.

Liz sentiu o coração começar a disparar. O que poderia ter acontecido com Charles?

— Joanne morreu — disse Peggy. — Deve estar sendo terrível para ele. Sei que ela está doente há muito tempo, mas agora ela se foi e ele está completamente sozinho.

Este livro foi composto na tipologia Chaparral Pro Light,
em corpo 11,3/15,4, impresso em papel off-white,
no Sistema Cameron da Divisão Gráfica
da Distribuidora Record.